GOTH

斷掌事件

乙一

GOTH
リストカット事件

目次

暗黑系 Goth

1

暑假已經過了約二十天。返校日那一天，我看見了久違的森野。

朝會還沒開始。她到了以後，穿過教室裡嘈雜的人群，走到我的位子旁。

我們從來沒有互相問候的習慣。森野來到我面前，從口袋裡掏出一本筆記本放到我桌上，那本子看起來很陌生。

那是一本手掌般大小的筆記本，封面是茶色的合成皮，一看便知道是文具店會賣的那種常見類型。

「這是我撿到的。」她說道。

「這不是我的。」

「我知道不是你的。」

不知為何，她拿出筆記本後顯得有些興奮。

我拿起放在桌上的筆記本，合成皮製成的封面摸起來十分光滑。

我隨意翻開一看，前半部分寫滿了蠅頭小字，後半部分則是一片空白。

「你從頭讀讀看。」

我依她所說，開始讀起那些不知是誰寫的文字。文章裡換行的字句很多，倒像是一些羅列的條目。

五月十日

在車站附近認識了一個叫楠田光惠的女孩。

年齡是十六歲。

一跟她搭訕，她就上了車。

就這樣一直把她帶到了T山。

女孩一邊眺望窗外，一邊說她母親現在熱中於報紙的投稿欄。

把車停在T山的山頂附近。

從行李箱中拿出藏著刀和釘子的提包。女孩看見了，笑著問我那是什麼。

……

文章到這裡還沒結束。

我對「楠田光惠」這名字有點印象。

……三個月前，有一家人到T山去郊遊，那是一個小男孩和父母組成的三口之家。由於連日工作的勞累，父親一到山頂就躺下休息，儘管小男孩想叫醒父親和自己一起玩，但始終未能如願。

中午過後，小男孩獨自跑去樹林裡散步。

正當母親發現自己的孩子不見了的時候，一聲慘叫從樹林深處傳來。

夫婦二人衝進林中找到了小男孩，只見他微微抬起頭，站在原地一動也不動，好像在注視著什麼似的。

父親和母親順著兒子的視線望去，才發現那裡的樹幹上布滿了黑紅色的汙漬，而且，上面還有一些古怪的小東西被釘子固定在與視線成水平的地方。再往四周一看，周圍的樹幹上也有用釘子掛起來的東西。

這些東西是屬於楠田光惠的。她的身體在密林中被人解剖了。眼球、舌頭、耳朵、大拇指、肝臟……所有的部分都被釘子固定在樹幹上。

其中一棵樹上，從上到下依次釘著左腳的拇趾、上嘴唇、鼻子和胃；而在另一棵樹上，她的其他器官被刻意地排列起來，如聖誕樹上的裝飾品一樣。

這樁兇案震驚了全國。

森野拿來的筆記本上，清楚地記錄了犯人殺害楠田光惠後，從哪個部位開始肢解屍體，並將其釘到樹上，以及在這過程中使用了哪類型的釘子等等。這些不帶任何情感的描寫，篇幅足足有好幾頁。

我曾經從電視、雜誌和網路上看過不少有關這個案件的報導，所以十分了解事件的來龍去脈，不過筆記本裡的記述對我來說卻是陌生的，如此詳盡的細節從未在任何一家媒體上出現過。

「依我看來，這本筆記本是殘殺楠田光惠的兇手掉的。」

楠田光惠是鄰縣的高中生。最後一個見到她的人是她的朋友，兩人是在車站前的大廈分手的。如今，這件異乎尋常的殺人案在全國鬧得沸沸揚揚，而楠田光惠正是「第一名」受害者。

除此以外，還發生了另一件犯罪手法類似的案件，極有可能是同一個殺人犯的連續作案。

「第二名受害者的情況也寫在裡面啊。」

六月二十一日

跟一個抱著購物袋、站在路邊等車的女孩搭訕。

女孩說她叫中西香澄。

我提議開車送她回家。

當車駛向H山的時候，她發現不是回家的方向，便開始吵嚷起來。

停下車來，用釘錘砸了她，她終於安靜下來了。

把她扔到H山深處的一間小屋裡。

……

一個月前，專科生中西香澄的名字傳遍了全國，各家新聞、報紙紛紛大肆報導，而我是在放學回家的路上知道出現了第二名受害者。

她躺在H山的小屋裡。這幢房子閒置已久，屋主是誰已無從知曉。整間屋子大概長三公尺、寬三公尺，牆壁和地面均由木板拼合而成，屋頂嚴重漏水，屋內滿是雨水滲透的痕跡，空氣中更彌漫著一股霉味。

H山的山麓住著一個老人。一天清晨，老人上山採摘野菜，發現以前一直緊閉的小屋大門打開了，他覺得奇怪，於是決定去探個究竟，可是剛靠近，一股惡臭便撲鼻而來。

老人站在門口朝屋裡張望，完全看不清裡面到底發生了什麼事。

中西香澄被排列在小屋內的地板上。和第一名受害者一樣，她的身體已經被切割了，每塊肢體相隔十公分左右整齊地鋪開，屍塊在地板上形成了十乘十的點陣——也就是說，她的身體被分割成了一百個小塊。

筆記本中記載了這一次解剖時的情景。

兩樁案件都沒有目擊證人，殺害她們的犯人仍然逍遙法外。

媒體把這兩件慘案稱為連環殺人奇案，至今仍議論紛紛。

「我很喜歡看有關這個案件的報導呢。」

「為什麼？」

「因為案件很奇特啊。」森野淡淡地說。

其實我也是出於同樣的心理而非常關心這案件的報導，因此，我明白森野想表達的意思。殺人、碎屍，世上真的有人這麼做，而且真的有人成了犧牲品。

我和森野對這種陰暗的事情特別感興趣，還喜歡蒐集一些悲慘、恐怖，聽後讓人魂不附體的奇聞軼事。

儘管沒有直接說出口，我倆卻能憑著一種默契，彼此感覺到對方皆擁有這不可思議的癖好。

或許，一般人會不禁對這種事情皺起眉頭，但我倆的感覺的確異於常人。因此，當我們談論世界各地的刑具、執行死刑的種種方法時，總是把交談的聲音壓得很低。

我合上筆記本，抬頭一看，森野正望著窗外。我知道，此刻她一定在想像中西香澄的各個部位被排列在地板上的情景。

「這本筆記本是在哪裡撿到的？」

聽我這麼一問，她就娓娓道來拾獲筆記本的經過。

昨天傍晚，森野坐在一家她經常光顧的咖啡館裡。這家咖啡館的老闆沉默寡言，店內光線昏暗，環境幽靜。

她一邊喝著老闆為她煮的咖啡，一邊翻看《世界殘酷物語》。

忽然，她聽到了雨聲，往窗外一看，原來下起了暴雨。

森野看到一些正準備離開的客人們回到座位。或許他們想在咖啡館裡多坐一會兒，等暴雨停止後才離開。

這時，除了她以外，咖啡館內共有五個客人。

森野站起來往洗手間去，走了幾步，腳底感覺怪怪的，往下一看，原來她不小心踩到黑色木地板上一本不知是誰掉落的筆記本。於是，她撿起筆記本，放進了自己的口袋，絲毫沒有尋找失主歸還筆記本的意思。

從洗手間走出來的時候，顧客的人數沒變，他們正在窗前觀賞雨中的景致。

只要看看外出歸來的老闆的衣服，就可知道外面暴雨的厲害程度。才一會兒工夫，他全身都濕透了。

森野又重新開始看書，彷彿已把筆記本的事忘得一乾二淨。

暴雨停後，外面又是陽光燦爛。

有幾個客人已經離開座位，消失在窗外的人流之中。

夏日的陽光很快就把路面曬乾了。

森野是在回家之後才想起口袋裡的筆記本，在家裡開始閱讀本子裡的內容。

「我去了兩趟洗手間。第一次去的時候，地上還沒有筆記本。後來下起了暴雨，店內的顧客人數也沒有變化。當我第二次去洗手間的時候，筆記本出現在地上了，犯人那時應該就在咖啡館裡。犯人一定是住在附近的人。」

說著，她在胸前緊握拳頭。

兩具屍體的發現地點，距離我們住的鎮只有兩、三個小時的車程，當然不能否定犯人就住在這個鎮上的可能性。

可是，這件事感覺似乎不大真實。

這個案件，今後也許會一直流傳下去。雖然至今尚未破案，但我覺得這事件的詭譎程度絕對符合所謂的奇人異事。現在全國對這一案件議論紛紛，連小學生也非常關心各種後續的報導，整個案情已經到了無人不知、無人不曉的地步了。

很難想像這個犯人就住在我們附近。

「這本筆記本可能是根據媒體的報導，再加上自己的想像編造出來的吧。」
「你不妨繼續讀下去。」
森野說話的神情就像在推銷某種商品似的。

八月五日
將一個叫水口奈奈美的女孩叫上了車。
在S山附近的蕎麥麵館認識的。
S山南邊的樹林裡有一座神社。
領著女孩進了樹林。
……

在密林深處，筆記本的主人將刀捅進了這個叫水口奈奈美的女孩的腹部。
根據筆記本裡的記述，她的身體被肢解了。筆記本詳細記述了她雙眼被挖出時的情景，以及她子宮的顏色。
之後，水口奈奈美就被遺棄在樹林深處。
「你以前聽過水口奈奈美這個名字嗎？」
森野問道。我搖了搖頭。
目前還沒有關於發現水口奈奈美屍體的報導。

2

我和森野是升上二年級後，被編進同一班才認識的。起初，我很驚訝世上竟有人能和我一樣，過著與他人老死不相往來的生活。不管是下課時間，還是走過走廊的時候，她都與別人保持一定的距離。總之，她屬於不合群的學生。

班上只有森野和我會做出這樣的舉動。儘管如此，我卻不會像她那樣，總以一種冷冷的目光注視同學間的喧囂和打鬧。相反地，我不但會對別人的話做出回應，而且為了使人際關係更圓滑，甚至還會說上一、兩個笑話。我做了一些使自己能過普通生活的最基本的事情。不過，這一切都是表面工夫，而那些投向同學們的微笑也多是違心的。

這一點在我們剛開始交談的時候，就已經被森野看穿了。

「能教教我怎樣才能做出你這種表情嗎？」

五月底某一天放學後，森野一動也不動地站在我面前，毫無表情地說道。她應該在心裡嘲笑我吧。

而從此以後，我們就不時攀談起來。

森野只穿黑色的衣服，由修長的直髮至足底的鞋尖，她整個人被包裹在一片昏暗的黑色中，可是，她的膚色卻是我所見過最雪白的，她的雙手就像用瓷器做成。森野的左眼下方有一顆小黑痣，這顆痣有如小丑臉上的圖案一樣，賦予她一種魔幻般的氣質。

雖然與一般人相比，森野的表情變化少得可憐，但也不是完全沒有。譬如，她會津津有味地翻看那些介紹殺人魔在俄羅斯殺死五十二名婦女和兒童的書，這時的她彷彿變成了另一個人，臉上完全沒有身處同學們的吵嚷聲中所顯露的那種不堪忍耐、痛苦難當的表情。一看到這樣的書，她的眼睛就閃閃發光。

只有和森野閒聊的時候，我才會撕掉自己臉上的偽裝。要是換了別人一定會覺得奇怪，為何我說話時臉上毫無表情，連半點微笑也沒有。然而，跟她說話的時候，這些就變得無關痛癢了。

也許森野是出於同樣的理由，閒暇時，把我視為聊天的夥伴。

我倆都不愛惹人注目，因而總是極力避開同學們的喧嘩，把自己隱藏在教室的一角，過著悄無聲息的生活。

不久，學校放暑假了。後來，我便看到了那本筆記本。

返校日隔天，我們在車站會合後，轉乘駛向S山山麓的電車。

這是我第一次在校外和森野見面，也是第一次看見她穿便服而不是學校制服的樣子。她依舊選擇了色調暗沉的衣服，而我從她的眼神中發現，自己竟然也穿著一片深沉顏色。

車廂內非常安靜，絲毫沒有擁擠的感覺。我倆各自看書，並沒有交談，她在看一本關於虐待兒童的書，而我讀的則是由某個著名少年犯的家人所寫的。

下車後，我們走到車站附近一處破舊的香煙攤，詢問那裡的老婆婆，S山一帶共有多少家蕎麥麵館。老婆婆說蕎麥麵館只有一家，而且離這裡不遠。之後，森野發表了似乎很切中要害的見解。

「香煙奪去了許多人的生命，而香煙販賣機又奪去了那位老婆婆的生計。」

看她的樣子，好像並不指望能從我口中得到什麼巧妙的回答，所以我沒有理會她。

我們朝蕎麥麵館的方向走去，腳下的道路慢慢變成了上山的斜坡，並順著綿延的山勢向遠處彎曲地延伸開來。

蕎麥麵館位於S山山麓的一條小吃街上。這裡並不熱鬧，沒有多少車，也看不到多少人，感覺有些冷清。雖然蕎麥麵館的停車場裡連一輛車也沒有，但店門口仍然掛著一塊「營業中」的牌子，於是我們走了進去。

「犯人就是在這裡遇到水口奈奈美的吧？」

森野環視了店內一圈，好像來到某處名勝古蹟一樣。

「目前只能說，他們有可能在這裡相遇，而我們正是為了確認這一點才來這裡的。」

我認真地看著筆記本，沒理會她。

筆記本上的字跡是用藍色原子筆寫成的。

本子裡所記載的內容並不僅是三個女孩被害的經過，除此以外，還有好幾個山名，而且這些山名都被寫在筆記本的第一頁上，似乎是犯人在殺害那些女子前寫的。

山名的前面還有◎、○、△、×的符號。三名受害者遭遺棄的山名處都有「◎」這一符號，由此可推斷犯人在這裡所列的山名，應該是他認為適合棄屍的地方。

從筆記本中找不到任何顯示其主人身分的文字。

我們自始至終都沒有想過要把筆記本交給警方，反正即使我們袖手旁觀，犯人也會落網。警方要是看到了這本筆記本，也許可以更快抓到犯人，而受害者的數目也可能會相對地減少。按理說，我們是有義務將筆記本交給警方的。

可是，很遺憾，我們是如爬蟲類般冷血的高中生。我們已經決定要保持沉默，不會承認自己撿到過什麼筆記本。

「要是出現了第四個受害者，那她一定是被我們所殺的。」

「我真受不了你。」

我和森野一邊吃著蕎麥麵，一邊談論起這些事情。然而，事實上她完全沒有「受不了」的表情，眼下最讓她感興趣的是蕎麥麵，所以她才敷衍一句罷了。

我們在蕎麥麵館打聽了神社的方向。

森野一面走，一面注視著筆記本，她不斷用指尖撫摸封面，凡是殺人魔可能觸及的地方，她都摸了一遍。從這樣的舉動來看，她對這個犯人充滿了敬畏之情。

我心裡其實也有一點這種感覺。我知道這是不應該的，毫無疑問，犯人應該受到懲罰，我們不應以一種崇拜革命者或藝術家般的目光來注視他們。

而且，我還知道有一些特殊的人常常很崇拜惡名昭彰的殺人犯。我知道，我們不能變成這樣子的人。

然而，我們兩人的心早已被筆記本主人犯下的種種罪行俘虜了。犯人在日常生活的某個瞬間，越過法律所規定的界限，恣意踐踏別人的人格和尊嚴，並將別人的身體破壞得面目全非。

這就像噩夢一樣，在不知不覺間牽制著我們。

要前往神社，必須從蕎麥麵館沿著一段長長的石階繼續爬上山頂。

我們兩人都對運動抱有一種莫名的厭惡，所以既不喜歡斜坡，也不喜歡台階。

當我們好不容易終於到達神社的時候，兩個人都已累得快不行了。我們在神社的一塊石碑上坐下來喘口氣。種在神社內的樹木高大、繁茂，盛夏的陽光從樹葉的縫隙間照射下來。

我倆並排而坐，耳畔迴盪著從頭頂上空傳來的蟬鳴。森野的額頭上冒出了豆大的汗珠。

不一會兒，她擦了擦汗水後站起來，開始尋找水口奈奈美的屍體。

「犯人和水口奈奈美曾經在這裡走過吧？」森野一邊與我並肩而行，一邊低聲說道。

我們從神社的盡頭朝樹林方向走去。

我們並不知道犯人當時是朝哪個方向、走了多遠，因此只能試探性地搜索。

不知不覺間，胡亂地找了一個小時。

「啊，可能是那一邊呢。」

森野說著，轉到另一個地方，不一會兒，就聽見她從遠處叫我的名字。

我朝著聲音的方向跑去，在崖下看見森野的背影，她僵直地站在那兒，雙臂無力地垂著。森野就站在她的旁邊，我也看到了。

水口奈奈美就在那裡。

在樹林與山崖間的一棵大樹的陰影下，在夏天微暗的光線之中，她一絲不掛地坐在那裡。
她腰部著地，背靠著粗大的樹幹，雙臂和雙腿無力地張開。
頸部以上什麼也沒有。
頭被放在剖開的肚子裡。
兩個眼球已經被割下，放在她緊握著的雙手裡。
空空的眼窩中塞滿了汙泥，嘴裡也填塞著腐葉和泥土。
她背靠的樹幹上還纏繞著一些東西，那是本該在水口奈奈美腹中的內臟。
整個地面上殘留著發黑的血跡。
稍遠一點的地方散落著她的衣服。
我們呆呆地站在她的面前，靜靜地看著。
一句話也說不出來。
只是靜靜地看著這具屍體。

第二天，森野用手機發給我一則簡訊。

把筆記本還給我。

她的簡訊向來簡潔明快，絕對不會有多餘的字。這一點，與她憎惡叮咚作響的鑰匙圈和手機繩的個性也是相通的。

筆記本由我帶了回來，離開水口奈奈美所在的地方時，我沒有還給森野。

在回程的電車上，森野呆呆地盯著遠處，好像還沒從強烈的刺激中恢復過來。

她離開那個地方的時候，把水口奈奈美的衣服從地上撿起來，塞進了自己的包包裡。雖然衣服大多被撕開了，但帽子、手提包以及裡面的東西則還完好。

水口奈奈美的手提包裡有化妝品、錢包和手帕等物品，我在回程的電車上，仔細地把這些東西看了一遍。

放在錢包裡的學生證顯示水口奈奈美是鄰縣的高中生。此外，手提包裡還有一個貼滿大頭貼的筆記本。從學生證上的照片和大頭貼可以看到她生前的樣子。

水口奈奈美和許多朋友，在一張張小小的大頭貼上露出燦爛的笑容。

收到簡訊的那天下午，我和森野約好在車站前的麥當勞見面。

今天的森野與往常不同，沒有穿灰暗色調的衣服，所以起初我還沒有認出她來。她頭上的帽子跟昨天從水口奈奈美屍體旁撿來的那頂一模一樣。因此我可以斷定，她這樣打扮的目的，是為了模仿死去的水口奈奈美。

連髮型和化妝，森野也極力模仿大頭貼中的水口奈奈美。由於原本的衣服已經破爛了，她身上穿的大概是自己買的類似款式吧。

她興高采烈地接過筆記本。

「屍體在樹林裡的事，要不要告訴水口奈奈美的家人？」我問道。

她想了一想，最後還是宣布放棄。
「警方什麼時候才能找到她呢？」
森野打扮成水口奈奈美臨死前的樣子，講了許多關於她被殺的事情。
水口奈奈美的家人現在怎樣呢？是不是以為她失蹤了呢？她有男朋友嗎？在學校裡的成績好嗎？
森野跟平時有些不同。聊天的時候，不管是說話的語氣還是手勢、動作，都不像平常的她。她開始注意自己的劉海，甚至還把關於坐在遠處的一對情侶的觀感作為話題，這一切都是以前從未在森野身上出現過的表現。
我並不認識水口奈奈美，然而森野現在的舉手投足，使我覺得真正的水口奈奈美可能就是這個樣子。
森野將手肘放到桌上，臉上浮現出興致高昂的表情，身旁放著曾屬於水口奈奈美的手提包，而且拉鍊上還掛著一個卡通人物的鑰匙圈。
「這段時間妳打算就穿這樣？」
「對啊，挺有趣的吧？」
這就是森野的模仿遊戲。不是簡單地模仿笑容，或照鏡子時反覆打量自己睫毛那一類高中女生的普遍行為，我感到水口奈奈美已經開始侵蝕森野，並成為她本性中更深沉的部分。
從麥當勞走出來的時候，森野非常自然地牽著我的手，而她自己對此卻毫不察覺，直到我向她示意，她才把手鬆開。

握住我手的，一定是已經死去的水口奈奈美。

在車站前與森野分手後，我回到家的第一件事就是打開電視機。

電視上仍然播放著有關這樁詭異殺人案的報導。

焦點都集中在第一名和第二名受害人，所有消息都曾經反覆提及，完全沒有新意。

根本看不到水口奈奈美的名字。

報導頭兩個受害者的情況時，電視上播放了她們的朋友和親屬痛哭流涕的情景。

螢幕上出現了兩名受害者的照片……

這時，我想起森野，心中不禁湧出一股不祥的預感，可是這種事幾乎不可能發生——想到這裡，我否定了剛才的想法。

照片中兩名受害者的髮型和服飾，與水口奈奈美的很像。

也就是說，現在的森野也正是一個符合殺人魔口味的獵物。

3

在麥當勞見面後的第三天傍晚，我的手機收到一則簡訊。

是森野發過來的。

救救我。

液晶螢幕上出現了這短短的一句話。

我趕緊回簡訊詢問情況。

發生什麼事？

等了一會兒，還是沒有回覆。

我又試著打電話給她，可是她的手機無法接通，可能是關了機，也有可能已經被毀壞了。

到了晚上，我打電話到森野家裡。以前她曾告訴過我她家的電話號碼，不過當初我記下這個號碼，並不是因為將來有可能會打電話到她家。森野曾告訴我，她家電話號碼的諧音正好可以組成一個饒舌的句子，因此我便記住了。

接電話的是她媽媽，聲音很刺耳，說話速度極快。

我說我是森野的同學，老師有事要我轉告她，能不能讓她接電話。

她還沒回家。

森野應該不會遭到不測吧。

既然那本筆記本上所記載的都是事實，那麼，殺人犯極有可能曾與她同在一家咖啡館裡。當然，犯人也有可能在街上偶然看到森野的這副打扮，疑惑怎麼會有人穿著跟前幾天被自己殺害的水口奈奈美完全相同的衣服，於是起了邪念。

即使如此，犯人加害森野的可能性也很小，因為大街上有許多女孩都穿著類似的衣服。

如果犯人真的要加害森野的話，那麼唯一的可能，就是森野與犯人的生活圈有重疊——他們兩人曾去過同一家咖啡館。假設犯人到咖啡館的那一天並未離家太遠，而是處於日常活動範圍的話，森野就極有可能會再次與他相遇。

半夜，我陷入了沉思。

或許森野現在已經慘遭毒手，某處的山裡可能埋藏著四分五裂的屍首。

我一邊想像著那情景，一邊進入了夢鄉。

第二天，我又打了一通電話到她家。

她還是沒有回家。她媽媽很擔心，說這還是女兒第一次沒先告訴她就在外面過夜。

「順便問一下，你是她的男朋友嗎？」

聽筒中傳來了森野母親的聲音。

「不，不是不是。」

「你用不著一口否定，我可是什麼都知道啊。」

森野的母親堅信我就是她女兒的男友。她的理由是，森野根本就沒有能夠稱得上是「朋友」的朋友，而且自從小學畢業以後，還沒有哪個同學打電話到她們家過。

「而且，最近她穿的衣服也比以前亮麗多了，我想她一定是交了男朋友。」

我開始為手機的通話費心痛了。

「她房間裡有沒有一本咖啡色的小筆記本？」

她媽媽一聽，馬上去幫我找，話筒隨之沉默了一會兒，不久，又傳來了聲音。

「她桌上倒是有一本，只是不知道是不是你要找的。」

森野出門的時候似乎沒有把筆記本帶在身上，否則，就不能排除犯人碰巧看到她在翻看筆記本，為了殺人滅口而對她下毒手的可能。

我對森野的母親說自己準備去她們家拿那本筆記本，並請她告訴我住址。

我掛了電話，隨即趕往森野家。雖然以前就知道她住在離車站不遠的地方，但這還是我第一次登門拜訪。

她家在車站後方一棟公寓的三樓。

剛按下門鈴，在電話裡聽過的聲音便招呼我進去。開門後，一位太太從房裡走出來，毫無疑問，她就是森野的媽媽。

「來來來，快進來。」

森野的母親穿著圍裙，一看便知道是普通的家庭主婦。森野給人的感覺與她媽媽實在差太多了。我想，這樣的母親怎麼會有一個像森野那樣的女兒？

森野的母親雖然邀我進去，但我拒絕了，我只想在門口把事情解決。

當我提到筆記本時，她好像事先早有準備，立刻幫我拿了過來。我一邊接過筆記本，一邊問她有沒有看過裡面的內容，她搖了搖頭。

「字太小，看不清楚。」

跟筆記本相比，她似乎對我更感興趣。

「那孩子自從上了二年級後，每天都乖乖地上學，看來是另有原因呢。」

我這才知道，森野念高一的時候覺得上學沒什麼意思，所以經常不去學校。她的興趣本來就有點特殊，再加上不懂得與人相處，所以很難與周圍的人打成一片。

我向森野的母親打聽她最後見到自己的女兒是什麼時候。

「大概是昨天中午之後，那時我看到她正要出門。」

「妳有問她要去哪裡嗎？」

森野的母親搖了搖頭。

「你能幫我找找她嗎？」

當我準備離開的時候，森野的母親這麼問我。

我點了點頭。

接著又補充了一句：「不過可能不是活著的。」她媽媽以為這是開玩笑，對我笑了起來。

走向車站的路上，我翻開合成皮封面的筆記本，翻到寫滿一連串山名的那一頁。

這裡所列的山名很可能就是犯人準備用來棄屍的地方。標有「◎」符號的山名一定是犯人覺得最容易毀屍滅跡的地方。為什麼這麼說呢？因為標註有「◎」符號的山名共有四個，而目前發現屍體的地點全在其中。

那麼，最後剩下的這座山，可能就是犯人帶走森野之後的去處了。

那就是N山。

問了車站的工作人員，得知如何乘電車前往N山後，我買了車票。

在離N山最近的車站下車後，須轉搭巴士才能抵達那裡。N山的山麓種了許多葡萄，一路上，招攬遊客採葡萄的廣告看板頻頻從車窗邊掠過。

搭車上山的時候，我在想，犯人會在什麼地點棄屍呢？罪惡的儀式恐怕應該在聽不到受害者慘叫的深山密林中進行吧？我倒是看不出哪裡有這樣的地方。

巴士上只有我和司機兩個人。查看了車內張貼的遊覽路線圖和問過司機後，對於犯人在N山裡有可能選擇的地方，我已經心中有數。

附近有一條縣道通過N山的東側。據說從我和森野住的地方出發，駕車來N山玩的人大多是走這條公路。經過N山的道路本來就不多，除了縣道以外，再沒有哪條路可以通往我們所住的地方了。

犯人若要帶森野來N山，必定會經過縣道。司機告訴我，巴士現在行駛的路就是縣道。

我在巴士站下了車。車站旁有一條大路可直抵山頂附近，如果要開車進入深山的話，這條路再好不過了。我所在的巴士站是離這條路最近的一個車站。

我踏上了通往山頂的大道，這是一條柏油路，路上鮮有汽車經過。

一路上可以看到許多岔路，這些小路朝著樹林深處延伸。說不定，犯人和森野就是經過其中的某一條岔路進入森林的。

行走在上坡路上，愈爬愈高，從樹林的間隙處隱約可以望見山下的小鎮。

就快到山頂附近了。這裡有一個小小的停車場，旁邊還有一座類似瞭望台的建築物，汽車無法從這裡再往前開了。由於只走了一會兒，我還不覺得累。

我開始搜尋森野的屍體。

林間小道和途中所見的岔路都被我走遍了。

天空灰濛濛的，缺少陽光的樹林愈發顯得陰鬱。各種樹木的枝葉錯綜複雜地交織在一起，從枝條的間隙望去，可以望見一片片綿延不斷的密林。

空氣中連一絲微風都沒有，周圍彷彿被包裹在永不停息的蟬鳴之中。

要在廣闊的N山上尋找一具遭人肢解的屍體，比大海撈針還要難。最後，我還是放棄了這不切實際的計畫。

回到巴士站時，我已是滿身大汗、疲憊不堪了。

星星點點的民宅點綴在巴士駛過的縣道旁。通往山頂的道路旁也有一戶人家，我問院子裡的一位老人，昨晚是否有車子上山，老人搖了搖頭，隨後又找來自己的家人，跟他們一起認真地討論我提出的問題。最後，大家確信昨晚並沒有車子經過這裡。

昨晚，森野是在怎樣的狀況下發送簡訊的呢？

犯人是在森野頭腦清醒的狀態下將她拐走的嗎？

我倒覺得森野不是一個會輕易上當的人。

莫非是我想多了？也許森野根本就沒有落入魔掌。

我在巴士站旁坐下，再次翻開筆記本。我並不擅長心理分析，還未能從那三段描寫犯罪過程的字裡行間，判斷出犯人的個性。

滴落到筆記本上的汗水使那些用墨水寫成的文字變得模糊，有些地方甚至已經無法辨識了。看來犯人在書寫時所用的墨水是水溶性的。

筆記本裡的記述究竟是在什麼地方寫的呢？是犯罪後不久，坐在自己的車裡寫的嗎？還是回家以後再寫呢？恐怕不會是在犯罪過程中寫的吧。總之，犯人在記述這些細節的時候，一定回憶起了當時的情景，並自我陶醉於豐富的想像之中。

巴士來了，我站起來，一看錶，已經過了下午三點。

我準備下山。

或許犯人現在還沒有殺害森野，而只是將她鎖在家裡。要證明這樣的假設是否成立，唯一的辦法就是直接質問犯人。

如果森野已遭殺害，那也要從犯人口中問出棄屍的地點。

原因很簡單，因為我想看看屍體的樣子。

不管怎麼樣，當務之急就是下山去見犯人。當然，我已決定了這麼做。

4

從車站前面的酒吧街一直往裡走，就能找到森野常去的那家咖啡館。這個地方我早就知道，只是以前從沒來過。

正如我聽說過的那樣，室內的燈光幽幽的，客人們都被包裹在舒適的昏暗之中。店裡還播放著輕柔的音樂，似有若無的音符彷彿已融入空氣裡。

我在吧台的位子坐下。

大廳裡有一個洗手間的指示牌。我看了看那附近的地板，據森野說，當時筆記本就是掉在那裡。

店內除了我以外，還有一位客人，是一名身穿套裝的年輕女子。她坐在靠窗的座位上，一邊喝咖啡，一邊看雜誌。

老闆來問我需要什麼，我順便問道：

「坐在那邊的人是不是經常來？」

老闆點了點頭，臉上浮現一絲疑惑。

「啊，沒別的意思……那麼，能和我握握手嗎？」

「握手？為什麼？」

「啊，我想留個紀念……」

老闆是一個看起來很老實的男人，雖然已不年輕，但還不算是中年人。他的皮膚很白，身上穿著一件到處都買得到的黑色T恤。

鬍鬚剃得很乾淨。

起初，他可能覺得我是一個古怪的客人，因為我一直盯著他。

我點的咖啡一會兒就端來了。

「你認識一個姓森野的女孩嗎？我是她的朋友。」

「她可是這裡的常客呢。」

我又試著問：「她還活著嗎？」

老闆僵住了。

他把端來的咖啡輕輕地放到桌上，從正面注視著我的臉。

他的眼珠黑實實的像洞穴一樣，看不到半點光亮。

我早就覺得與那天傍晚在店裡的任何一個顧客相比，這個人更有可能是犯人。這時，我知道自己的判斷是正確的。

「……到底是怎麼回事？」

他佯裝不知。

我把筆記本拿了出來。一見到它，老闆的嘴角便浮現了微笑，露出了一顆尖利的白色犬齒。

「這是森野前幾天撿到的。」

他拿起筆記本翻了起來。

「沒想到你能看出這是我的。」

「其實有一半以上是我猜的。」

我把自己到N山尋找屍體的經過，以及在山上想到的事情，源源本本地向他說了一遍。

犯人到底在想什麼？

首先，我開始想像遺失筆記本的犯人究竟是怎樣的一個人。

犯人為什麼要寫這本筆記本？是為了留個紀念嗎？是為了備忘嗎？我想犯人一定是希望藉由反覆的閱讀，使自己能夠沉醉於過去的回憶之中吧。

正因如此，犯人不可能沒察覺到遺失了筆記本。

最初筆記本是放在哪裡的呢？一般來說，不是在衣服口袋裡，就是放在包包裡。要是容易掉的話，可能就是放在衣服口袋裡。當時的情形或許是犯人在洗手間洗手後，從口袋裡掏手帕擦手時，不小心順勢把筆記本也帶了出來。

那麼，犯人是在什麼時候發現了這個問題呢？也許是幾十分鐘以後，也有可能是幾個小時之後……反正應該不會超過一天吧。

接下來，犯人可能會回想自己最後一次使用筆記本是在什麼時候，由此便可以確定遺失筆記本的大致時間。換句話說，只要跟自己當天的活動範圍相對照，差不多就可以確定遺失筆記本的大致地點。

而且——當然，這是我自己的猜測——說不定犯人可以將遺失筆記本的地點限定在一個狹小的範圍之內。為什麼這樣說呢？因為他很可能每天都非常頻繁地用這本筆記本，每當腦海中產生黑暗而混亂的念頭時，他都需要把筆記本拿出來看一遍，才能使自己的心情恢復平靜。犯人愈是頻繁地使用筆記本，遺失筆記本的時間和地點就愈清晰明了。

再後來，犯人便四處尋找起來，檢查一下地板，看看筆記本是不是掉落在地上。

可惜沒有。

如此一來，犯人就會想，筆記本可能已經被別人撿到了。筆記本的內容要是被人發現了的話，那就完了。警方可能會對第三名受害者展開搜索，最後發現屍體。如果只是這樣，那還沒什麼關係，關鍵的問題在於，警方很有可能從筆記本上找到自己的指紋，還會暴露自己的筆跡。

想到這裡，如果我是犯人的話，我會怎麼辦呢？

恐怕暫時不會對第四個目標下手吧。

說不定警方正在附近進行調查，因為筆記本是在自己平時的活動範圍內遺失的，警方會據此認為犯人就在這一帶出沒，所以不能輕舉妄動。

可是，過了一段時間，第三名受害者水口奈奈美的屍體仍然沒有被找到，這是因為我和森野並沒有將筆記本交給警方。

犯人或許在等電視上播放發現屍體的新聞。如果是我的話，我也會耐心等待，直到風平浪靜後再著手襲擊第四個目標。

然而，這時森野卻不見了。

先不考慮森野的失蹤是她自導自演的惡作劇，我努力地思索我的想法究竟是哪裡出了差錯。

如果我是犯人，我會在什麼時候對第四個目標下手？

●無法控制內心衝動的時候。

●過於相信自己，蔑視警方破案能力的時候。

●無懼被警方拘捕的時候。

●認為筆記本並沒有被別人撿到，任何人都不知道其中內容的時候。

●覺得撿到筆記本的人不會相信裡面內容的時候。

要不然，犯人或許根本就沒有發現筆記本遺失這件事情。以上的每一種可能性都不能完全否定。不過，我還是把賭注押在另一種可能性上——犯人會不會是這樣想的呢？

●筆記本雖然被某個人撿到了，但其中的內容卻沒有被破解。結果便是，警方沒有得到任何通報，水口奈奈美依然沒有被發現。

咖啡館老闆一面聽我分析，一面興致勃勃地點了點頭。

「那後來又怎麼知道犯人就是我呢？」

我從他手裡把筆記本要了過來，並翻到其中一頁，上面的文字由於被汗水浸濕，已經無法辨認了。

「你知道墨水是水溶性的，一旦弄濕，文字就會消失。我猜想，犯人可能以為筆記本不是在店裡弄掉，而是在外面遺失的。森野曾告訴我，犯人遺失筆記本的時候，外面正好下著暴雨，想必犯人也考慮到了這一點。」

按照一般的邏輯來看，假設筆記本是在店裡遺失的，那麼撿到的人將本子交給警方是最合理的做法。然而，電視上卻遲遲沒有發現水口奈奈美屍體的報導。

「因此，我猜犯人得出了這樣一個結論，那就是：筆記本是在暴雨中遺失的。如果是這樣的話，就沒有人能從那個被大雨淋濕的筆記本裡找到任何犯罪的痕跡了。」

而據森野說，那天只有老闆一人曾在暴雨中到外面去。

當我把這一番只在腦海中沙盤推演過的推理講完之後，老闆露出了微笑。

「是的，我確實以為筆記本是在大雨中掉的。」

森野在我家裡——他這麼說。

這家咖啡館的二樓和三樓就是他家。

老闆小心翼翼地把筆記本放入自己的口袋裡，然後轉身走到咖啡館門口，打開了門。夏日的陽光從雲層中照射下來，陰沉已久的天空變得豁然開朗。由於已經習慣了店內昏暗的光線，外面的世界讓人感到有些刺眼。這時，他已經走出門口朝大街上走去，不久便消失在茫茫一片白光之中。

那位常來這裡的女客人從桌旁站了起來，走到收銀台準備結帳。她在店內環顧一圈後，問我：「老闆呢？」我搖了搖頭。

由於樓梯設在屋外，要上樓就必須跑到咖啡館外。

我在三樓找到了被綁著的森野，她身上的打扮還是水口奈奈美的樣子。她橫躺在地上，手上和腳上都綁著繩索，不過看來並沒有遭到侵犯。

一見到我，她的眼睛便微微地瞇了一下，這是她高興的樣子。由於嘴裡塞著毛巾，這時的她還不能說話。

當我把毛巾取出來後，她重重地喘了一口氣。

「那個老闆裝作骨折的樣子，要我幫他搬行李。等我醒來的時候，自己就變成這樣了。」

捆綁在她手腳上的繩索似乎不易解開，我暫時沒去管她，而是將注意力轉到了屋內的陳設上。從家裡的樣子看來，老闆好像是一個人住。

桌上有幾張白色的便條紙，上面畫著許多小十字架。

架子上擺著一套刀具，顯然就是用來殺人的工具。筆記本的記述中常常出現「刀」這個字。

躺在地上的森野手腳還不能活動，她開始對我抱怨起來。

我從架子上的刀具中選了一把合適的刀子，割斷了繩索。

「快走，不然就會被老闆發現了。」

「他不會來的。」

他恐怕再也不會在這一帶出現吧。我對這一點深信不疑。也許他會為了殺人滅口而殺掉我和森野，但不知為何，我覺得他不會這樣做。

因為在咖啡館的櫃台前交談的時候，我發現自己和那個怪人有某種心靈相通的感覺。

或許，他憑自己的直覺，知道我不會將他從這裡悄然離開的事情告訴別人。

當我說老闆不會再回來的時候，森野用一種不可思議的目光打量著我。她一邊站起來，一邊整了整身上的衣服。

「我發簡訊給你的時候，被他發現了……」

森野的手機就放在桌上，只是已經被關機了。水口奈奈美的手提包也在那裡，當時森野一定是把包包帶在身邊。犯人究竟有沒有發現，即將成為第四名受害者的森野隨身攜帶的手提包，曾經是第三名受害者用過的物品呢？

橫躺在地上的森野被囚禁了整整一天，她邁著顫顫巍巍的步伐朝樓梯走去。

離開房間的時候，為了留作紀念，我拿走了架子上的那套刀具，還有桌上的便條紙。當警方查明真相，搜查這間屋子的時候，或許會因為找不到兇器而大傷腦筋，對此，我當然不會在意。

來到一樓，我看看店裡的情況——空無一人的咖啡館內，正播放著輕柔的音樂。

我將掛在門上的牌子翻轉過來，把「OPEN」換成了「CLOSE」。

森野站在我身後，一面撫摸著自己的手腕，一面觀察眼前的景象。她的手腕上留下了繩索的勒痕。

「這回真受罪啊。」她喃喃地說：「以後再也不來這家店了。」

「不過，不是也滿好的嗎？能和那個人見面。」

森野的臉上露出了疑惑的表情。

「那個人……那個老闆究竟為什麼這樣對我呢？」

她好像還沒有發現那個老闆就是殺人魔。

我拿起手裡的便條紙，畫在上面的許多小十字架又一次映入了眼簾。

斷掌事件 Wristcut

引子

放學後，教室裡變得清靜起來。我正收拾東西準備回家，突然覺得好像有個人站在自己身後，回頭一看，原來是森野。

「回家前，我有一點事要跟你談談。」

她先跟我打了個招呼。由於今天一整天都沒有和森野說話，所以上一次聽到她的聲音應該是二十四小時前的事了。

「昨天我從錄影帶出租店租了一部很古怪的電影……」

森野的語氣顯示一種強烈的衝動——她似乎非常想讓其他人了解這部電影。可是全班同學中，她只跟我說話，而且總是挑我沒有和其他同學談話，獨自一人坐在位子上的時候。因此今天，直到見我要回家了，她仍然沒有機會把這件事說出來。

教室角落裡還有一群女生，她們目睹了我倆談話的情景。我知道，她們正在小聲地議論著我和森野的關係。

起初，甚至有人懷疑我們正在交往，然而我們交談的時候並不顯得親熱，相反地，臉上多半是一副瞧不起對方的表情，因此，大家至今仍搞不清我和森野的關係到底發展到什麼階段。

其實對於周圍的人來說，森野無論跟任何人說話都是一件稀奇的事。自從上了高中以後，她就很少在校內和別人說話。教室裡的她總是極力將自己隱藏起來，一到放學的時候，她便會悄然離開。總之，她所喜歡的生活方式，就如同深潛在海底的潛水艇一樣。

除了學校的夏季制服外，她的衣服都是清一色的黑色，由頭髮至鞋尖，她整個身體都包裹在一片漆黑之中。由此看來，她應該不喜歡光亮，而且似乎很主動地把自己融入到黑暗中去。

我曾問過森野，當初填志願時選擇這所學校的動機是什麼。

「因為這間高中的制服是黑色的，看上去很酷，所以就選了。你剛才說『志願動機』，倒使我想起了這個。」

她用粉筆在黑板上寫了四個字：「死亡動機」[1]，這時，從她制服裡露出來的纖細手臂引起了我的注意。她的皮膚實在是太白了，以致讓人懷疑是否接受過日照。

森野長得很清秀，以前好像有人追求過她，不過，自從不久前發生了「那件事」後，情況慢慢開始有了變化。學校裡有一位老師想要對她做出近乎性騷擾的行為，森野便用藏在身上的防狼噴霧器冷靜地將他制伏，接著又揮動身旁的椅子把那個老師痛打了一頓，整個過程都被我暗中看到了。從那以後，就再沒有哪個男生敢接近森野。

接下來要講的事，雖然不是促成我與森野相識的原因，但當我在教室裡看到她那潔白

1.日語中，「志願」與「死亡」的發音相同。

的手時，我就想起了這件事。
發生在今年初春的連續斷掌事件，各家媒體都曾持續對這一案件作詳細的報導，而我也秘密地被捲了進去。
那件事發生在五月底的某一天。那個時候，我還沒有和森野說過話……

1

篠原看著自己的手掌，陷入了沉思。所謂手掌，當然是指脊椎動物的前腳末梢。人的手掌是為了抓取物件不斷進化而成的，五隻手指既可以用來敲擊電腦鍵盤，又可以用來使咖啡杯產生一定的傾斜，把手掌視為一個人的全部也許並不為過。正因如此，才會有手相之說。手相就是透過觀察手掌紋路所形成的圖案，來占卜這個人的性格或命運。換言之，手掌是反映一個人的過去和未來的鏡子。
篠原從小就喜歡手。他不但很在意別人的手，每次被父母牽著外出的時候，嘈雜的街道在幼小的篠原眼中，與其說是各式行人所構成的一個集團，倒不如說是由無數隻手形成的組合。上了小學之後，這種感覺也沒有變化。那些圍繞在自己身邊、被稱為「同學」的人，在篠原看來不過是一種兩手下垂的生物而已。
手以外的部分都不能反映人的本質，例如：篠原就不認為臉上的表情和嘴巴冒出的話裡，能有半點真實感情。而與此相反地，手卻代表著毋庸置疑的真理——顯露出筋脈的手背，舒展的五根手指，位於手指尖端的指甲以及裡面的白色半月，還有指紋這一專門用來識別個體的重要部分。

小學低年級的時候，篠原曾試著用剪刀悄悄地剪下姊姊丟掉的洋娃娃的手。娃娃的小手在篠原的掌心翻來滾去，他把小手放進自己的口袋，然後扔掉已經變得殘缺不全的娃娃。從此以後，只要一有時間，篠原就會用大拇指輕輕撫弄娃娃的小手，這種微微有些凹凸不平的觸感，對於篠原來說，簡直比媽媽和老師的話語還要溫柔。這隻小手似乎有許多話要向篠原訴說。

篠原也曾經利用園藝用的修枝剪，剪下貓、狗的前腳。再沒有什麼工具比修枝剪更適合剪切小手了。篠原也滿喜歡貓和狗的，人的手掌沒有牠們的肉墊，形狀古怪的肉墊表面長有毛髮，只要用力一按，爪子就會伸縮。它們雖然不能像人的手那樣抓握東西，但也有自己獨特的進化方式，煞是有趣。

篠原認為手是人的全部，他也知道這樣的概念並不被世人所接受。然而觀察過身邊的人之後，他發現原來操縱這個世界的，竟然是從大腦和嘴巴製造出的空洞言語。長大成人，工作以後，更不能讓別人知道自己有這樣的想法。

偶爾，關於手的念頭會從腦中一閃即逝。具有五根手指的絕妙設計，只有神才創造得出來。

這個春天，篠原第一次切斷了人的手腕，那是一隻嬰兒的手。篠原趁孩子的母親一時不在身邊，就用修枝剪剪去了躺在嬰兒車裡的一個嬰兒的小手。

胖胖的小手熱呼呼的。就在剪斷的那瞬間，本已熟睡的嬰兒突然哭叫起來，而篠原手中的那隻小手則漸漸喪失了熱度。篠原把嬰兒的手放入衣服口袋，回家後放進冰箱內冷藏。

嬰兒的手並不能讓篠原滿足。篠原又設法使一個小學生昏迷，然後在黑暗中切斷了他的手腕。此外，篠原還曾切斷過高中生和成人的手。不過，成年人的手腕太粗，很難用修枝剪剪下，而用鋸子的話又會使切口變得不規整，這就完全不符合篠原的審美原則。用斧頭雖然俐落，但不便攜帶。最後，篠原選擇了切肉用的菜刀來完成自己的工作。用菜刀對準陷入昏迷的人的手腕猛地劈下去，就可以連骨帶肉、乾淨俐落地把手砍下來。

沒有人因此而喪命。篠原雖然想得到人的手，但壓根沒有殺人的念頭，手以外的部分是死是活，對他來說並不重要。只要自己的身分沒有暴露，篠原不會進一步危害昏死過去的受害者。

報紙和電視上的報導說，躺在病房裡的受害者都沒有看到犯人的長相。每每看到這樣的消息，篠原都會如釋重負般長舒一口氣。儘管他每次作案都是在夜色的掩護下小心進行，不免還是會害怕被警方逮捕。

篠原既喜歡手，亦覺得切斷手腕的過程是一種享受，在手與身體的其他部位分離的那一瞬間，篠原的體內就會產生一股解放感。或許，此時的篠原會認為自己是一個英雄，因為自己的努力，「手」終於可以從操縱這個世界的扭曲價值觀中解放出來。

篠原也曾在工作場所切下小人偶的手。那是一種用布料縫製而成、手掌內填塞了棉花的人偶。即使如此，人偶的手也是手，只不過那是一種為了適應人偶的製作而進化出來的，沒有手指的手。只需用剪刀輕輕地將其剪下，外界與自己之間的那種緊張感就會消失得無影無蹤。

所有切下來的手都被篠原放進了冰箱。即使是用布料製成的人偶的手，以及貓、狗的前腳也不例外。沒有一樣是可以扔掉的。

原本一個人住的篠原家裡一下子變得熱鬧起來。冰箱內陳列著各式各樣的手掌，篠原逐一撫摸它們，似乎可以了解手的主人們所經歷過的過去，以及將要面對的將來。在篠原看來，每一種感觸，都化作各自不同的語言，分別向自己娓娓道來，那些從父母處得到的關愛和從外界受到的傷害等等，都是手掌想對篠原傾訴的。

連日來，報紙和電視都追蹤報導篠原的罪行。不知從何時起，媒體開始把它稱為「斷掌事件」。當然，對篠原來說，別人怎麼稱呼都無所謂。

只是讓篠原感到不快的是，自己竟成了受人痛恨的犯人。篠原覺得那不過是他們把自己的價值觀強加於人罷了。

篠原一邊看著電視上的報導，一邊將自己的這番牢騷說給一隻小孩子的手聽。這是一隻剛從冰箱裡拿出來的小孩子的手，這隻手到現在還保持著握拳的姿勢。

「的確如此，你說得沒錯。」

小孩手上的凹凸以及皮膚的彈力透過手掌向篠原說道。頓時，篠原覺得有一股勇氣從心底湧出，剛才的不安和憤怒隨之消散。

2

「化學用具室要做全面的清理，午休時，希望有空的同學過來幫忙。」

化學老師在今天上午的課堂上這麼說道。

話雖這麼說，不過看他的樣子，好像根本就不抱希望會有學生去幫忙。教室裡的大多數學生也確實把他的這番話當作耳邊風。因此，午休時當我出現在化學用具室的時候，他顯然嚇了一跳。

窗外天氣晴朗、萬里無雲，春日的溫暖陽光灑遍了大地。化學用具室裡的環境與之形成了鮮明的對比。這裡黑暗、陰冷，隱約可以聽見學生們在外面玩耍的嬉笑聲。

化學用具室裡空間狹小，卻擠滿了架子，擺放著化學試劑、分子構造模型，以及浸泡在福馬林溶液中的動物內臟。窗邊有一張木桌，桌上是一些有關植物、宇宙等內容的理科書籍和文件資料。室內還有一台老舊的電腦，電腦旁邊的另一張桌上則放著一台印表機，堆積如山的書本快要把它淹沒了。外面的光線從百葉窗的縫隙間透進來，條紋形光影照亮了懸浮於空氣中的塵埃。

「讓我想想……這樣吧，你先把用具室的垃圾桶搬到化學教室去。」

化學老師用手指指那個裝滿了紙屑團的藍色塑膠桶。我點了點頭，抱著那個垃圾桶走進了化學教室。

「鬼才那麼閒，白白浪費自己的午休。」

化學課上，當老師招募幫手的時候，一個坐在我身旁的同學小聲地對我說。我已經忘了當時自己是怎麼回答他的，不過，由於那個同學聽到我的回答後高興地笑了起來，我想當時自己說的話應該是挺機靈的。

說話時要迎合個性開朗的同學們，其實是一件很簡單的事，只要大致看一下電視綜藝節目和連續劇，再配上適當的附和及笑容，基本上就可以跟他們步調一致了。我便由此博得了大家的認同，他們都公認我是個開朗活潑的高中生，從而避免了一些不必要的麻煩。

所謂的麻煩，如果我沒記錯的話，那是上幼稚園時發生的事。那時，我的腦子裡有一種無法擺脫的念頭，那就是必須用水彩筆塗黑洋娃娃的臉，然後再切斷它的四肢。在這種念頭的驅使下，我真的這麼做了。周圍的人都很為我擔心，到現在我還記得，當時母親和幼稚園老師看著我的那種充滿了不安的眼光。

從此，我學會了掩飾自己。就拿畫畫用的蠟筆來說，以前只有黑色的蠟筆會變短，而從那以後，我故意使各色蠟筆都均勻地變短。我已記不得當時是如何描繪自己的夢境了，反正應該都是一些彩虹、鮮花之類的東西。看到這樣的作品，周圍的大人們都感到放心了。

了解一般人所崇尚的價值觀，並以此為標準把自己偽裝起來，我便能夠以正常人的姿態開始生活了。即使是與同學聊自己並不感興趣的話題，我也會興高采烈地積極參與其中。

我沒有告訴班上的同學自己要去化學用具室幫忙整理。因為在同學眼中的我並不樂於做這種事，而且我也不想讓別人覺得自己在裝好人。

再說，我也不是為了做好事而去幫忙收拾化學用具室，其實，我是別有用心的。

有傳言說，教我們班的化學老師就是在化學用具室裡的桌子上出考題的。若他將試題草稿扔進垃圾桶的話，我正好可以利用整理用具室的機會把題目弄到手。

一年級的時候，我曾和這位老師一起收拾過用具室，所以事先就知道整理的先後次序。首先，要把化學用具室裡的垃圾桶搬去隔壁的教室，接下來便整理用具室，完了以後就要和老師一起處理垃圾。由於在整理的過程中會不斷出現新垃圾，所以倒垃圾的時候多半是兩人同行。這就是去年的工作流程。

這裡就產生了一個問題：照這麼做的話，就沒有時間仔細檢查垃圾桶裡的東西了。因此，我覺得事先要有所安排。

整理用具室前，我先從別的教室找來一個垃圾桶，藏在化學教室裡。一切就緒以後，再到用具室開始幫忙整理。

如果流程和去年一樣的話，老師會要我把用具室的垃圾桶搬到化學教室去。若老師沒有叫我那麼做，我就伺機將垃圾桶偷偷搬去教室。

學校裡的垃圾桶都是統一配備，每個教室的都一樣，也就是說，化學用具室裡的垃圾桶和其他教室的垃圾桶完全相同，都是藍色的塑膠桶子。因此，就算我把原本在用具室裡使用的垃圾桶，與事先從其他教室搬來藏好的垃圾桶在化學教室悄悄對調一下，老師也不會看出什麼破綻。

利用幫忙老師整理的空檔，可以把可能裝有試卷草稿的用具室垃圾桶藏到教室的桌下。收拾完畢以後，再和老師一起將那個從其他教室借來的垃圾桶搬去焚燒爐處理。

等到跟老師一起處理完垃圾、大功告成後，我就可以大搖大擺地來到化學教室，認真地檢查垃圾桶裡的東西了。

去化學用具室前，我已經從隔壁教室找來了一個垃圾桶，藏在化學教室的桌子下面，一切準備就緒。化學老師跟去年一樣，叫我把用具室的垃圾桶搬去教室，計畫進行得很順利。

為了不暴露自己的計畫，我若無其事地執行著老師的命令，抱著垃圾桶來到化學教室。兩間教室只隔了一道門，從用具室到教室不用穿過走廊。

就在這時，意外的情況發生了——直到剛才還是空無一人的化學教室裡，忽然冒出了一個人。這個人坐在角落裡的一張六人桌旁，正獨自安靜地看著書。由於是一個留著長髮的女生，再加上她又坐在教室的昏暗角落裡，所以看上去像個鬼影。我認出她就是今年春天才和我同班的森野。

她抬起頭來，看了看從用具室門後走出來的我，遙遙相望的視線在教室裡幾乎構成了一條對角線。隨後，她再次把注意力集中到桌面的書本上，看樣子對我的事情並不感興趣。

起初我還以為她也是過來幫忙的，看來並非如此。我相信她並不會妨礙我的計畫。

我雖然沒有和森野說過話，但常常覺得她是一個很特別的存在。儘管她不是一個很出眾的學生，但正是因為她不顯眼，反倒引起了大家對她的關注。班上有一些人很活躍，具有領袖般的號召力，而森野卻是相反地我行我素。若有同學笑容滿面地跟她打招呼，她通常是不予理睬，似乎很喜歡這分孤獨。

我沒有理會坐在教室一角看書的森野，把手裡的垃圾桶換成了事先早已藏好的那個，再將從用具室裡搬來的垃圾桶放到桌下藏起來。森野似乎沒有注意到我的這一連串動作。

我把垃圾桶留在森野所在的化學教室裡，然後裝作什麼事也沒發生的樣子，回到了用具室。

「那邊有個女生吧？幾乎每天午休的時候，她都會來化學教室。」化學老師說道。

化學教室裡光線昏暗，是全校最安靜的一個地方，我能理解她來這裡的原因。化學教室的氣氛顯然跟平時的教室不同，這裡的靜寂讓人感覺不到時光的流逝，陰暗的環境更是沒有什麼生氣。而且，就在這間教室裡，我們還親眼目睹了無數個生命的終結。我想，一定是彌漫在空氣中的血腥味吸引著她。

我按照化學老師的吩咐，取下放在架子上的紙箱，開始查看裡面裝的是什麼化學品。老師將高壓噴氣筒拿到用具室的那台電腦旁邊，用它來吹走積在鍵盤按鍵縫隙間的灰塵。看來，化學老師是個一絲不苟的人。

結果，我在化學老師身邊幫忙，一直沒有時間去檢查垃圾桶裡的東西。完成用具室裡的工作之後，我和老師抱著一大堆垃圾從化學教室走了出來。

「最近像她那樣沒有染過的一頭黑色長髮真少見啊。」

老師回頭看了看化學教室裡的森野說道。她的頭髮又黑又漂亮，我對老師說，我妹妹也有一頭像那樣的黑髮。

森野用她那纖細、潔白的手翻動著書頁。在稍微昏暗的教室中，她的白色肌膚好像能從內部散發出光芒似的，看上去竟有些耀眼。

跟老師一起把垃圾搬到焚燒爐後，我的任務就完成了。然後，我快步奔向化學教室，此時離下午的上課時間只剩十分鐘。

當我走進化學教室的時候，森野已經離開了，大概到教室去了吧。這正是我執行計畫的好機會。

我拿出藏在桌下的垃圾桶，確認沒人在場後，便開始在桶子裡翻找起來，然而遺憾的是，我想得到的東西並不在裡面。

不過，我卻在垃圾桶的底部發現了一個被揉得縐縐實實的紙團，打開一看，裡面有一個被切除了手掌的人偶。

這是一個用布製成、可以放在手上把玩的小人偶，有腳而無手。人偶的形狀很簡單，從它的造型看來，被切下的手上應該沒有手指等細小部分。

但是，這個無手的人偶讓我聯想起一樁案件。

那就是近來電視上一直在報導的「斷掌事件」。犯人不分男女也不論年齡地從身後襲擊路上的行人，讓他們失去意識之後，再殘忍地切斷他們的手腕。最近還有人發現一些貓、狗的前腳也被人切掉了，對此，人們議論紛紛說，這很可能都是同一個人犯下的。所有案件都發生在離這裡不遠的地方。

這麼說，是化學老師……篠原老師將人偶弄成這樣的嗎？

他為什麼要這麼做呢？難道只是為了好玩？

我想，老師有可能是斷掌事件的犯人。或許僅僅發現這樣一個人偶，還不足以做出這樣的判斷，但是犯人的確存在於這個世界的某個角落，而他到底是不是生活在我們身邊，只是一個機率問題。如果老師是嫌犯的話，那他為什麼要切下人偶的手呢？依我看來，這很有可能是出於他的興趣。

自從發現了無手的人偶之後，我幾乎每天都在教室裡思考斷掌事件，就連一天天逼近的期中考也被我拋在腦後了。在最近發生的案件中，我對這樁離奇的案件最感興趣。一想到犯人對手抱有驚人的執著，我心中就會產生極大的好奇，而且還會產生這樣的想法——

這世上竟有我的同類。

當然，在一些細節的處理上，我和犯人的做法可能是不同的。不過，不知為何，我對這樁案件的犯人抱有一種說不出的親切感。

每到休息時間，我的腳步就會自然地朝著化學教室的方向邁去，目的就是為了能在路上與篠原老師擦肩而過。由於他認識我，所以每次碰到我的時候都會舉起一隻手和我打招呼。篠原老師是一位留著短髮的年輕教師，身形瘦削。他到底是不是斷掌事件的犯人呢？這個我在教室裡反覆思考過的問題，再次從我腦海中閃過。

有一次，我看見篠原老師和森野站在化學教室門口說話。篠原老師看見森野手裡那本描寫智能障礙者的真人真事改編小說後，便說自己有這套書的下集，而森野則一如往常，只是面無表情地說了一句：「是嗎？」

教室裡的我仍然過著偽裝自己的生活。對我來說，要做一個普普通通、不引人注意的高中男生並不是什麼難事。可是這些日子，自己的腦中全是連日來在新聞裡見到的受害者被罪犯切斷了手，在這種狀態下，還要用流行語和周圍的人一起討論明星，並不時做出一副很興奮的樣子，實在滿辛苦的。有時，我甚至覺得自己這種做法真的很傻。

正如篠原老師所說，森野好像時常出入化學教室。午休時來到這裡一看，空盪盪的教室裡只有她一個人坐在裡面。

森野一直都是獨來獨往，這倒不是因為別人欺負她，正好相反，應該說是她自己主動跟周圍的人保持一定的距離。她每天就是以這種態度坐在座位上，無形中，她的舉止傳達出一種訊息，那就是她的興趣和愛好跟大家都不一樣。

「聽說森野上國中的時候曾經想自殺。」

有人說過這樣的話。我常常一邊想著這一點，一邊注視著她那雙白白的手。雖然我不知道是什麼原因讓她萌現輕生的念頭，但可以肯定，這個世界對森野來說一定是難以生存的。

假如我不再繼續偽裝下去，今後大概會變成現在森野那副樣子吧。

要是有一天，別人知道我其實是一個冷漠無情的人的話，可以想像在這個世上苟延殘喘下去是一件多麼困難的事。如果把我現在的境況，與那時所處的生存狀態作比較的話，很難說到底哪一種方式會更為孤獨。

在發現人偶後的第三天，我決定實行一個計畫。

3

篠原老師的家位於安靜的住宅區內，房子是一棟極普通的兩層小屋，看上去有點單薄的白牆在夕陽的照射下泛起了黃光。四周人影寂寥，從樓房上空掠過的飛機偶爾會稍稍打破這一帶的寧靜。

篠原老師現在擔任二年級某班的班導師，我從他班上的一個朋友處打聽到老師的住址，還知道他是一個人住。

我看了看手錶。今天是星期四，老師現在應該在教師辦公室開會，一時之間還不可能從學校回來。

我看見四周沒人，便繞過大門來到房子後面。這裡有一個小院子，院子裡只有一個晾衣台，沒有其他東西，看起來有點蕭條。地面上連雜草和昆蟲都沒有，只是一整塊平地。房屋朝院子的一側有一扇大窗子，由於窗戶是鎖住的，於是我便在手上纏好毛巾，用力敲碎了玻璃，確認沒有被人發現後，我打開窗鎖，脫掉鞋，溜了進去。

斷掌事件的犯人總是在切斷人的手腕後將手拿走，沒人知道此後他會怎樣處理受害者的手。有人推測，犯人的目的是把那些手作為擺設來觀賞，更有人認為犯人會把手吃掉。雖然真實的情況誰也說不清楚，但不管怎樣，犯人都極有可能把證物遺留在家中，而我這次來篠原老師家裡搜索的目的也正是如此。

剛才被我砸碎的是起居室的窗戶，玻璃碎片散落在地板上，為了不使自己的腳被割傷，我只得步步小心。老師的家裡收拾得乾乾淨淨，桌上整齊地放著雜誌和電視機、錄影機的遙控器。

我躡手躡腳地在屋內搜尋，心裡最擔心的是篠原老師會不會突然提前回來。我時時注意著門口有沒有開門的聲音，因為必須在被發現之前逃離這裡。

我來到走廊，地板十分光滑。由於沒有開燈，走廊上有些昏暗，但從窗戶射進來的陽光還是斜跨過走廊，照射到牆上。

找到樓梯後，我小心翼翼地爬上樓梯，生怕自己的身體會接觸到牆壁或扶手。其實不管房間裡是否留下了我的指紋，就算篠原老師也確實是斷掌事件的犯人，我也不會去報警。儘管如此，我還是不想留下自己闖入這裡的任何蛛絲馬跡。

來到二樓一看，這裡有間臥室，裡面放著一台電腦，一塵不染的書架上整齊地排列著各種書籍。

沒有任何東西可以證明老師就是我要找的嫌犯。

我將右手中指和食指按到左手手腕上測試自己的脈搏，心跳比平常更快了，這是說明自己很緊張。我深深吸了一口氣，想盡力使自己的心跳平和。

這時，我想到了手腕。醫生在判斷一個人是否活著的時候，常常為病人把脈。今後，斷掌事件的那些受害者去看病時，醫生會怎麼判斷他們的生死呢？他們已經失去了手腕。

我又看了看手錶。此時，學校裡的會議大概剛剛結束，如果篠原老師不去別的地方而直接回家的話，所剩的時間已經不多了，我必須把握時間。

我接著環顧了二樓的其他房間，其中有兩間是放著衣櫃和架子的和室，可是還是沒有發現能夠證明篠原老師就是犯人的線索。

走出房間的時候，我仔細地確認有沒有遺留下任何物品。學生證、學校制服的釦子、課本、襪子……要是在無意間把這些東西遺留在現場的話，自己的身分就會完全暴露了，那可就成了一大敗筆，因為這些細節只需稍加注意就可以避免。

確認自己並沒有留下闖入的痕跡，穿好了襪子後，我又回到了一樓。

這次我來到廚房。

不知道篠原老師平時自己做不做飯呢？餐具不多，而且擺放得很整齊，水槽裡也沒有堆滿待洗的餐具。廚房裡陳列的杯子和廚具都是全新的，它們更像一種擺設，從商店買來以後似乎未曾用過。

餐桌上放著一個電鍋，對於獨自生活的人來說，這個電鍋顯得太大了。我對老師的家人和他的過去一無所知，或許幾年前老師是跟家人同住的，要不然就是我想太多了，也許電鍋的大小根本不代表任何意義。

一塵不染的流理台清楚地反射著從窗外斜斜照進來的陽光。房裡沒開燈，這反射進來的光線成了唯一的光源，房內也隨著時間愈來愈晚而變得昏暗起來。屋子裡靜悄悄的，只聽見冰箱的壓縮機發出低沉的聲音，我忽然覺得這裡的靜寂與學校的化學教室很像。此時，我已經沒那麼緊張了。

我站在廚房中央，再次測了測自己的脈搏，血管在左手手腕的皮膚下，以一定的頻率緩緩地跳動著，反覆的膨脹與收縮一直傳遞到我的指尖。現在的心跳跟平常一樣。然而只是一眨眼的工夫，心跳又突然加快了，手腕裡的血管幾乎要裂開似的激烈跳動起來。鼻子嗅到了一股異樣的臭味。這是一種不知什麼東西在腐爛以後所發出的，用來招引細菌蠶食的臭味。就是它的刺激，使我的心跳大大加快了速度。

我開始尋找臭味的根源，架子後面和抽屜裡都沒有異常的東西。這時，我的目光轉移到冰箱上。

我用手帕包裹著冰箱的把手，使自己在打開冰箱時不會留下指紋。當冰箱門被打開時，那開啟密閉門扉的聲音震撼著我。異樣的臭味變得更強烈了，此時，我知道自己的猜測是正確的，篠原老師就是斷掌事件的犯人。

在冰箱內的燈光照射下，可以清晰地看到那些擺放在冰冷空氣中的手。這些手都是指尖朝外地趴在隔板上，手指和前端的指甲整齊地排列在一起，看上去就像是琴鍵。

靠裡面的地方放著好幾個小盤子，上面的東西似乎是貓、狗一類動物前腳的尖端，而化學用具室垃圾桶裡的那個人偶的手則被放在冰箱的門盒裡。儘管只是一個小小的布團，但從所用布料的顏色來看，可以認定它就是前幾天，我在垃圾桶裡發現的人偶的手。

我以前就曾猜想，斷掌事件的犯人會將他切下的手保存起來。我沒有具體的根據，只是覺得如果換了是我的話，我肯定會這樣做。看來，這個推測是正確的。

我從冰箱裡拿出一隻手。這是一個女人的手，指甲上還殘存著開始剝落的紅色指甲油。頓時，我感覺到自己手上這個冰冷的東西是沉甸甸的。

我觸摸到死人的皮膚。不，其實並沒有死亡，受害者都仍然活著，他們正過著沒有了一隻手的生活。可是，被切割下來的手腕以下這個部分，應該說已經死了。

冰箱裡的手，既有右手、也有左手，有的手指甲已經變色發黑了，而另一些手的皮膚尚未失去彈性，顏色十分潤澤。

我仔細撫摸著這隻手，感覺自己好像能夠理解篠原老師的心理。一般人恐怕很難體會這種感受，而且篠原老師自己可能都不會相信世上竟有他的知音。即使如此，我還是可以輕易地想像篠原老師獨自一人在空盪盪的廚房裡，撫摸著這些手，以此慰藉心中孤獨時的情景。

毫無疑問，冰箱中的手說明篠原老師就是犯人，然而，我卻沒有將這件事報警的打算。本來是應該這麼做的，但我卻沒有興趣。

不過話又說回來，我也不會白跑一趟。

其實，我自己也想得到從人身上切下來的手。來到這裡，直接觸摸過篠原老師的收藏品之後，我這種慾望變得更強烈了。

我對冰箱裡的東西打量了一番，裡面的手可說是千姿百態。現在，這些手都是任由我處置的物品。當然並不是每一隻手都能令我滿意，我心中早已有了目標，不過最後，我還是將眼前的一切都裝進了事先準備好的袋子裡。

篠原從學校下班回來的時候，天已經黑透了。穿過大門，回到家中後，篠原來到了起居室，在這裡他發現了不對勁的地方。

窗戶被打碎了，玻璃碎片散落在起居室的地板上，一陣陣涼風從開著的窗口處吹進屋來。看來，有人曾經從這裡闖了進來。

腦子裡閃過的第一個想法，就是去檢查冰箱裡保存的手是否安全。篠原立刻來到廚房，打開了冰箱。

眼前的景象把他嚇呆了。今天早上還裝得滿滿的冰箱，現在卻是空空如也，保存在冰箱裡的人手、貓狗爪子，還有從人偶身上剪下的手都不見了蹤影，冰箱裡幾乎空無一物，所剩的不過是與手存放在一起的少許食品。

篠原覺得好像有什麼東西讓他感到窒息。他知道現在自己必須把散落在起居室地板上的玻璃碎片收拾乾淨，但消失的手掌又久久地在腦海中迴旋，使他無法正常思考。

他來到二樓，打開了電腦，跌坐在椅子上。

不知是誰闖進屋子裡，奪走了那些手，篠原開始擔心那些被拿走的手了。

電腦桌上出現了透明的水滴，他這才發現自己哭了，淚水順著臉龐流到下巴，最後滴到桌上。

到目前為止，觸摸那些被切下來的手，是篠原一生中與他人最親密的交流。也許在旁人看來，篠原的舉動完全沒有任何意義，但篠原自己卻能透過那些冰冷的手的凹凸和觸感，來與這個世界進行真實的對話。

一股使他幾乎無法呼吸的怒氣湧上心頭。雖然他也害怕事跡敗露後被警方逮捕，但目前對他來說，更重要的是如何報復那個從自己手中奪走了手的人。

奪去那些手的小偷必須接受相應的懲罰。到目前為止，還沒有一個受害者因篠原的襲擊而喪命，不過這個小偷說不定會成為第一個例外。

篠原發誓要親手抓住那個小偷，然後切斷他的手腕，把手拯救出來，最後再以勒脖子或刺心臟的方式，把他送上西天。

那麼，到底怎樣才能找到這個小偷呢？篠原雙手撐在電腦桌上，陷入了沉思。鍵盤上的灰塵映入了他的眼簾。篠原正要伸手拿起旁邊的高壓噴氣罐，突然，他的動作凝住了，他發現鍵盤上有一樣東西。

沒錯，這一定是小偷留下的。除此以外，不會存在第二個可能性，而這個險些被他忽視的小東西，卻能夠清晰地揭開許多謎題的答案。篠原甚至不敢相信自己居然發現了它，這可真是奇蹟。

然後，他又想起了冰箱裡的景象，這時他才明白剛才自己為什麼會覺得有些彆扭。想到這裡，篠原不禁笑了起來。那個將手拿走的小偷犯下了一個錯誤，一個令人惋惜的致命錯誤，因此暴露了自己的身分……

4

第二天大清早，篠原提著裝有菜刀的皮包到學校上班。那把刀是他用來切割手腕的工具，皮包剛好能裝下它。教師室裡的老師們都跟他打過了招呼，但沒有人發現隱藏在他皮包中的秘密。

早晨的校園裡一片熱鬧，學生們一邊聊天，一邊從教師辦公室門前的走廊快步走過。由於馬上就要舉行期中考了，幾位老師的桌上放著出好考題的試卷。

有同事問篠原老師的考題出得怎麼樣了，對此，他並不作答，只是微微一笑。篠原覺得自己的人生就是建立在這樣繁瑣的工作上，其實內心早已煩躁不安了。手。就是手。與其說是自己的同事，倒不如說是手。先有的應該是手，而同事以及篠原認為是人的身體，是後來才與手結合上的，因此，類似剛才與這些所謂「人」的對話是毫無意義的。

由於整個上午都有課，所以篠原還沒能去找那個盜走了手的小偷。不過，他已經知道那個人是誰了。篠原覺得自己必須盡早抓住那個人，再追問那些從冰箱裡偷走的手的下落。

事發至今，僅僅過了一個晚上。他希望小偷將盜走的手安全地保管在某個地方。

一旦知道了藏手的地方，篠原會毫不猶豫地用菜刀砍下小偷的雙手。至今，他還沒有讓手及身體的其他部分一起死去，畢竟，自己更想得到的是那隻手。

上午的最後一堂課是篠原教自己班上的學生，教室裡有無數隻手將他寫在黑板上的字一一抄寫到各自的筆記本裡。他的班上有四十二名學生，因此共有八十四隻手。

篠原一面向學生說明考試的範圍，一面惦記著冰箱裡被盜走的手。

小偷在冰箱裡留下了食物，只帶走了手。起初，自己還沒有特別注意到這一點，現在想來似乎很不可思議。

不一會兒，下課鈴響了。上午的課就此結束，整個學校到了午休時間。

下課後，篠原走出了教室。裝有菜刀的皮包放在教師辦公室裡，因此他得先去一趟教師室。

剛剛進入午休時間的教室走廊是學校一天之中最熱鬧的地方，當然，這一切對於篠原來說，只不過是噪音而已。

在教師室裡待了一會兒後，篠原朝化學教室走去。

午休時，我去了化學教室一趟。打開門一看，只見裡面一個人也沒有，於是我走了進去並把門關上。與校園裡的嘈雜不同，化學教室安靜得讓人感覺不到時間的流逝。

我摸了摸手腕，此時的脈搏竟和百米衝刺後的頻率一樣，不僅如此，全身的肌肉也有些僵硬，這都是因為緊張的關係。

篠原老師昨天回到家後會有什麼感受呢？當他發現手被偷走的時候，又會有什麼反應呢？也許會因為生氣而作不出任何判斷吧……所有這一切都只能憑想像猜測。

今天上午一直沒有見到篠原老師，要是碰到了的話，我就裝作什麼也不知道，但一定得小心，如果言談舉止不夠得體，很可能立刻被他拆穿。不過，我想他現在還不知道手是我偷的吧。當然，這僅僅是我的希望。

……或許，昨天在現場留下了什麼蛛絲馬跡，而我自己卻沒有發現。關鍵的問題是我現在並不知道那是什麼。假設昨天的行動不夠完美，且報復心切的篠原老師又識破了我的身分的話，我的生命安全就很難保證了。

正當我在化學教室裡專心思考的時候，門口突然出現了一個人影。

篠原打開化學教室的門，看到了一個學生，就在看清那個學生的長相時，他的情緒一下子激動起來。

雖然此時非常想狠狠地揍那學生一頓，但篠原還是按捺心頭的怒火，輕輕地點頭打了個招呼。篠原打算先裝作一無所知的樣子，接近那個學生再說。

那個學生也看著篠原。

「老師好。」

跟平常一樣，還是一副若無其事的樣子，不過篠原覺得學生正在內心嘲笑自己。這個學生一定在施展著自己的演技，並以此為樂吧？小偷會主動來到化學教室的目的恐怕只有一個，那就是想要看看我在手被偷後的表情。

篠原一邊掩飾心底的憤怒，一邊走到學生的身旁。這個學生還不知道危險已逼近，絲毫沒有想逃跑的樣子。這只能說明對方還沒有料到其實我已經知道了小偷的身分，沒想到不費吹灰之力，就可以大搖大擺地站到學生的背後去。

……小偷在盜竊的時候，連人偶的手也沒有放過。有誰能夠認出那是一隻手呢？那可是袖珍人偶的一隻小手啊。而且，製作的時候並沒有設計手指，被切下來的人偶的小手不過是包裹著一點棉花的半球形布團而已。儘管如此，小偷還是將它與其他的手一起拿走了。

能夠識別那是一隻手，並將其帶走的人……那當然只可能是碰巧發現了無手人偶的人，而這個人發現人偶之後，便猜到了自己的老師就是斷掌事件的犯人。

篠原將自己的右手放到了眼前這個學生的肩上。肩膀隨之顫抖了一下，學生緩緩回過頭來，看了看篠原的臉。

「……怎麼了，老師？」

篠原心想，這個學生的演技簡直是無懈可擊。

無手人偶被自己扔進了化學用具室的垃圾桶裡，幾乎沒人有機會看到垃圾桶裡的東西。換句話說，那天午休整理用具室的時候，有時間查看放在化學教室裡的垃圾桶的只有一個人，那就是經常來這裡看書的女學生森野。因為幫忙自己整理的那個男學生一直都在身邊，應該沒有時間查看垃圾桶裡的東西。

「老師，請把手拿開，這樣妨礙我看書了。」

這個和平常一樣坐在化學教室一角獨自看書的少女，忽然有些不耐煩地對篠原說道。在篠原的記憶中，今天還是第一次看到這個少女的表情變化。

昨天，篠原在家清理鍵盤上的灰塵時，偶然發現了一條線索——按鍵的縫隙間竟然有一根烏黑的長髮。能在偌大的屋子裡找到小小的一根頭髮，這不能不說是奇蹟。篠原的頭髮很短，長髮肯定不會是他的，由此便可以得出一個結論，那就是入屋偷竊的人留著一頭長髮。

還有就是書架。篠原的書架上有一本眼前這個少女正在讀的書的下集，而奇怪的是，這本書的位置與以往有些不同，所有書的書脊原本都是被排列在同一條直線上的，只要它們稍稍有所挪動，哪怕只有五公釐的距離，篠原都能發現。也許在看到這本書的時候，這個女生無意間用手摸了一下吧。

毋庸置疑，盜走那些手的小偷就是眼前這個學生。

篠原使出更大的力氣，用手死死地捏住森野的肩膀，他打算就這樣將森野的骨頭捏碎。森野的臉上露出了痛苦的表情。

「說，妳把手藏到哪裡去了？」

篠原盡力保持著自己的紳士風度，向森野命令道。而森野此時已是疼痛難忍，一心只想著如何從篠原的手中逃脫，根本就沒有答話的力氣。混亂中，桌上的書掉到了地上。

「手在哪裡？」

篠原稍微鬆了鬆手，放慢速度重新問了一遍。平時不管被篠原問什麼總是面無表情的森野，現在則不住地搖著頭，好像在說自己什麼也不知道。

篠原覺得森野在裝傻。不知不覺間，他已將自己的雙手移向少女纖細的頸部，並開始用力捏緊。

森野睜大了眼睛注視著篠原，臉上是一副十分驚愕的表情。篠原的手指在她那柔軟的脖子上愈陷愈深，他想，一定要把眼前這個少女殺死，這也是沒有辦法的選擇。

照這樣下去，再過一會兒，這個女生就再也不能動彈了。就在這時候，篠原忽然瞥到森野手裡拿著一個細長的筒狀物。他的第一個反應是想這應該是某種噴霧器，但當他意識到這一點的時候，噴嘴已出現在他的眼前了。

只聽見一陣噴射壓縮氣體的聲音，篠原的眼睛開始劇痛起來。

森野好像隨身帶著對付色狼用的噴霧器。不用說，篠原老師被噴得淚流滿面，還被森野用椅子打得頭破血流。

森野大聲呼喊起來，不過並不是哭號，而只是冷靜地、大聲地叫人過來幫忙。不一會兒，聞聲而來的學生和老師們趕到了化學教室。在一大群看熱鬧的人當中，篠原老師狼狽地趴在教室地板上，用手捂著疼痛的眼睛。

等到教室裡擠滿了嘈雜的人群後，一直藏在講台後的我才有機會走出來。

尾聲

篠原老師被警方逮捕了，但不是因為斷掌事件，而是因一種性質更惡劣的犯罪而受到法律制裁。直到現在，都還沒人知道他曾犯下的真正罪行。

如今，他被開除了教師的公職，搬到很遠的地方住了。此後，斷掌事件再也沒有新的受害者。

從老師家帶回來的手都被我埋進了自家的後院。我並不太需要這些東西，因為我沒有篠原老師那麼熱中。

那天，是我設下圈套，使老師誤以為森野是小偷的。

打開老師家的冰箱時，我發現所有的手都完好地保存在裡面。準備破窗而入前，我就計畫好要利用這一點和人偶的小手，將老師的注意力引到森野身上去。老師是個聰明人，只是，他並不知道我早就用掉包計在垃圾桶上做了手腳，而且事後也有充足的時間來查看裡面的東西。

除此以外，我還在老師家裡留下了一根和森野的一樣、既黑又長的頭髮。這根頭髮是從我妹妹頭上得到的，這次正好派上用場。為了能夠更容易被老師發現，我回想起老師整理化學用具室時，曾用高壓噴氣筒清理鍵盤灰塵的情景，於是我最後還是決定把頭髮放到鍵盤上。

另外，挪動書架上與森野有關的書，也是我為了保險而追加的一條線索。

只要老師判定森野是偷走手的小偷，將她殺害並切下手，我的計畫就完成了。接著我只需要等老師將森野的手放進冰箱保存，再去他家偷走就好。當然這計畫還有很多無法確定的條件，好比說即使一開始老師殺死了森野，也不一定會將她的手切下帶回，但可能性也不完全是零。

我想要的，只是森野美麗潔白的手。

「能教教我怎樣才能做出你這種表情嗎？」

放學後在教室裡，當森野第一次跟我說話的時候，她問了我這樣的問題。

不管和誰說話，我的臉上總是帶著微笑，但不知為何，森野似乎看穿了我的偽裝，她知道我的內心其實是沒有任何感情的。我沒想到自己從未被人看破的演技，竟在她面前現出原形。

從那以後，我倆便找到了彼此談話的對象。或許，這種冷酷的談話還不足以使我們的關係被稱作朋友，但只有與她交談的時候，我才能夠卸下面具，以自己本來的面目，說自己想說的話，因此，我臉上的肌肉也隨之放鬆。由於森野抱有一種對他人漠不關心的處世態度，所以她能接受那隱藏於我心中麻木不仁、沒有人性的部分。

一段日子過後，斷掌事件逐漸被人遺忘了。學校的暑假已經結束，新的學期又重新開始。放學後，傍晚的斜陽將整個校園染成黃色。一陣微風從開著的窗戶吹進教室，吹動了站在我桌前的森野的長髮。

「……導演在那部電影裡，起用了天生畸形的人來當演員，而且故事情節也很另類。在電影裡，那些畸形人還抬著類似神轎的東西。」

我一邊聽著森野的描述，一邊隨口說出這部電影的片名，她一聽，臉上露出一絲驚訝的神情。由於森野平時不怎麼變換表情，所以這種幅度的表情變化，說明她內心已到了驚愕的程度。

「說對了。」

那是一部德國女導演的作品。據我所知，能對這樣一部另類電影產生興趣的，恐怕只有我和森野兩人。

我換了個話題。

「對了，還記得斷掌事件嗎？」

「好像是今年春天發生的吧。」
「假設妳也是其中一個受害者，現在會變成什麼樣子呢？」
森野目不轉睛地注視著自己的兩隻手掌。
「……也許會困惑該如何戴錶吧。怎麼了，幹嘛突然問這個？」
森野顯得有些不解。
直到現在她還不知道，當初被她當作色狼猛打的篠原老師就是斷掌事件的犯人。而我現在還是不時會看她的手看到入迷，想著或許那時沒有讓篠原老師切斷她的手真是萬幸。這並不是因為我認為活生生的手更美，而是擔心篠原老師很可能會切錯位置。
「沒什麼，隨便問問。」
我這麼回答，起身準備離開學校。

狗 Dog

1

鮮血一滴一滴地滴落在地面上，對手企圖逃進草叢裡去。然而，對我來說，站在前面阻止牠逃跑是一件極其輕鬆的事。這個身負重傷的四足動物已耗盡了自己的體力，行動起來已經非常遲緩了。

我覺得該是解除牠痛苦的時候了，對方似乎已經完全喪失了奮力反抗的意志。

我用自己的上顎和下顎夾住了這隻動物的脖子，對方的頸骨在我口中折斷了。這種感覺伴隨著聲音從我的顎間擴散開來。這動物渾身乏力，身體無力地吊掛在我的顎部。

冷酷而無情。我本來並不想做這樣的事，可是由香喜歡這樣，因此，我殺死了牠。

當我張開自己的雙顎時，動物的屍體立刻從口中掉下來，然後了無生氣地橫躺在地上，瞳孔裡已經沒有光芒。牠徹底地沉默了。

我叫了起來。

這隻四足動物是剛才被我和由香帶到橋下來的。經過某戶人家時，由香停住了腳步，仔細觀察著門後的東西，好像正在進行某種鑑定。視線前方的東西就是這動物，當時牠正歪著頭注視著我們。

就把牠作為我們今晚的獵物吧。

由香對我說道。

雖然我聽不懂由香的語言，但是，怎麼說好呢？總之我隱約懂得她的意思。

這種儀式通常是在夜裡舉行，我也記不起已經有過多少次了。我和由香先把在路上發現的獵物帶到只有我們才知道的橋下秘密空地，然後由香就讓我和那些獵物在那裡廝殺。

我服從由香的命令，在她的指揮下，我拚命奔跑，朝對方身上猛撲過去，用力將牠掀翻。被選為獵物的四足動物個子都比我小，所以只要我認真起來，對方就會被我輕易地撞倒受傷，接著，牠們的毛皮上會沾滿血漬，身體各處也將骨折。

看到我取得勝利，由香會綻放快樂的微笑。儘管語言不通，但她的情緒卻能像河水一樣流入我的心田，因此，我可以十分真切地體會到她那種喜悅。

由香是我從小就認識的朋友。第一次見到她的時候，我和自己的同胞兄弟們在一起，那時，我和兄弟們正躺在母親的懷裡，由香則用充滿好奇的目光低頭看著我，直到現在我還記得這件事。

我的叫聲有一半可以劃過夜空，而另一半則由於橋底的反射形成了巨大的聲浪。從頭頂不遠處跨過的大橋遮住了大半個天空，抬頭望去，橋的背面是一片黑暗。

大橋架在寬闊的河面上，橋邊的河堤下有一大片茂盛的草叢，必須撥弄身旁的雜草才走得進去。不過，橋的正下方卻有一塊沒長草的小空地，可能是缺乏陽光的關係，才形成這樣一片圓形的空地。現在，我們就在這裡。

夏季的某一天，我和由香發現了這片空地。身處其中，四周的草叢就像一圈嚴實的牆壁，從此以後，這裡就成了我們的秘密遊樂場。

然而，現在空地是由香觀看我搏鬥的地方。

其實我並不想咬死其他動物，可是由香希望我這麼做。每次由香下命令時，我都覺得她的眼睛有如看不到一絲光線的黑夜。

觀戰的時候，由香坐在圓形空地的一邊。這時，她站了起來。

我感覺她在叫我回去了，我們之間的交流並不需要任何語言。

我叼起戰敗者的屍體，準備扔到一個洞穴裡去，那個洞穴就在不遠的草叢裡。

我輕輕一鬆口，只見對手弱小的身體在洞口的邊緣撞了一下，然後就順勢無力地滾到了洞裡。這個洞並不太深，但洞底一片漆黑，什麼也看不見。一種聲響從洞裡傳出來，我由此知道牠的身體已經到達了洞底。

洞穴是原本就在這裡的，大概是有人為了埋藏什麼東西而挖的吧。雖然看不清楚，但洞底應該堆積著由香指使我殺死的無數動物屍骨。只要稍稍靠近一點，難聞的惡臭就會撲鼻而來。

第一次在橋下進行這種儀式的時候，由香就命令我將對手的屍首扔進洞裡。起初，我還不怎麼擅長搏鬥，每次都會落得遍體鱗傷，簡直跟對方的屍體差不了多少；跟對方交手時，也不知道該怎麼辦，腦子裡總是一片空白。不過，現在我已經習慣戰鬥了，可以十分從容地置對方於死地。看到我日漸強壯，由香也覺得很滿意。

嘴裡還有許多撕咬對方時咬下來的毛髮，我一邊做著呑嚥的動作，一邊朝有水的地方走去，在茂密的草叢裡穿行了一會兒後，眼前的視野突然開闊起來。

茂密的雜草突然到了盡頭，眼前是有滾滾流水的寬廣河川。水的顏色實在是太黑了，與其說是一條河，倒更像是一片巨大的烏黑色塊。大橋從頭頂跨過，橋上的電燈星星點點地映照在河面上，一直延伸到對岸。用河水洗去嘴上的血汙後，我又回到由香所在的空地。

好了，我們走吧。

由香一邊朝水泥台階的方向走去，一邊從嘴裡發出這樣的聲音。台階是順著堤壩的坡度建造的，從河岸的草叢一直通往大橋旁邊，由空地出發走到有台階的地方，必須在前進的過程中不斷撥開四周的雜草。我跑到由香身邊，跟她一起走向台階。

登上台階的時候，我回頭望向身後的草叢。

細長草葉的尖端在微風中左右搖晃。忽然，草叢裡出現了可疑的動靜。我立刻緊張起來，連忙擺好迎敵的姿勢，可是當我豎起耳朵仔細一聽，又覺得好像是風在作怪。

由香此時已經爬完所有台階，站在上面等我。我開始在台階上奔跑起來，那個秘密的地點則被我甩在身後。

結束了一整天的課後，我離開學校，來到車站與森野會合。車站前有一個大型巴士總站，這裡既有噴泉又有花壇，成了一個小小的廣場，並安放著許多長椅，坐在椅子上的人們正悠閒地打發時間。

森野坐在離公路較遠的一張長椅上。樹的枝葉遮擋了陽光的照射，濃濃的樹蔭籠罩著整張椅子。沒事做的時候，她總喜歡拿本書來讀，可是今天的情況卻不一樣，她身旁的書是合著的。

她俯身坐在椅子上，身子有些前傾，如此一來，她的頭髮就像面紗一樣，遮住了臉龐。當我走到森野面前的時候，她抬起頭來，把目光轉向了我。如瓷器般潔白的面龐似乎從未受過日曬，一顆小黑痣就在她左眼的下方。森野的長相就像人偶一樣，幾乎無法讓人感覺到任何生氣，只要她不動的話，就可以當人體模特兒。

她一言不發地用手指著地面。人行道上鋪著白色的石板，在她腳下有一點看似垃圾的細小東西，仔細一瞧，那東西還在移動。

一群螞蟻正在肢解蝴蝶的屍體，並準備把牠運走。螞蟻用前顎咬住蝴蝶的翅膀，在石板路上前行，直立起來的翅膀就像遊艇的風帆一樣，在陽光的照射下，石板上出現了清晰的投影。森野似乎一直聚精會神地觀察著牠們。

其實，我們完全沒有必要把見面地點約在車站附近，從行程來看，放學後一起走出校門應該更方便。然而，她在學校裡可是個小有名氣的人物，不管是容貌還是整體給人的感覺，有關她的議論可說是層出不窮，當森野走在學校裡的時候，經常會有人回頭看她。正因如此，我才不願意和一個這樣顯眼的人物出雙入對地出現在校園裡。

當然，森野對周圍的閒話根本不會在意，因為她腦子裡完全沒有注意他人言行的意識，或許，她絲毫都沒有察覺自己受到別人的關注。森野身上的確有一些反應遲鈍的地方。

「那就走吧。」

說完，她站起身來邁開步伐，我連忙跟了過去。今天，森野要帶我到她經常光顧的一家舊書店。

「那家店很小，說不定只有我一個顧客。」

我曾在教室裡聽森野說過那家店的名字，但我從沒去過。她還把大致的方位告訴我，但如果不親自去一趟的話，實在很難弄清具體的位置。

森野在黑板上畫了一張地圖給我看，但她的畫圖技術實在令人不敢恭維，上面的古怪地形恐怕只有在外星球才會出現。森野一邊用白色粉筆描繪著線條，一邊覺得有些不可思議——連她自己都不明白，為什麼那家舊書店會建在河裡？所以我們約好今天由她親自帶我到那裡去。

穿過商店林立的鬧區之後，她帶我來到一處住宅區。天氣十分晴朗，我感覺到照在背上的陽光。腳下的道路筆直地向前延伸，兩旁是獨門獨戶的住宅。也許是因為對這一帶很熟悉的關係，森野不假思索地向前走。

「妳知道最近這一帶發生的寵物誘拐事件嗎？」我問她。

「寵物誘拐事件？」

森野顯得有些迷惑，看樣子她還沒有聽說過。我一邊走，一邊向她解釋。

據說一大清早起來，我們家鄰居就發現自己養的小狗突然失蹤了。這件事是吃早飯的時候聽我爸媽說的。

「最近這種事還滿多的呢。」

媽媽自言自語地說道。我雖然經常看電視，蒐集一些有關異常犯罪的具體資料，但說到鄰居發生的事，還是媽媽了解得清楚。

聽媽媽說，平均每週兩次，也就是每逢星期三和星期六的早晨，附近院子裡飼養的寵物就會不翼而飛，所有失蹤的寵物都是狗。這段期間，愈來愈多的家庭提高了警惕，一到晚上就把自家飼養的狗從後院牽進屋裡。

森野頗感興趣地聽我敘述案情，當我說完，她還意猶未盡地問：「除此以外，還有沒有其他的情況？」我搖了搖頭，接著，森野擺出了一副若有所思的樣子。

沒想到她會對寵物誘拐事件感興趣。自從認識森野以來，我還沒有從她口中聽過狗、貓、倉鼠等辭彙，我原本以為她不喜歡動物。

「把那個東西拐走之後要做什麼啊？」

「那個東西？」

「我是指那些臭熏熏、令人討厭的四足動物呀。而且還會不停地狂叫。」

她說的動物大概是狗吧。

森野看著前方，接著嘟囔道：「這可是件怪事，把那種動物聚集起來究竟想幹什麼呢？難道是想組一個軍團嗎？真是搞不懂。」

由於她像在自言自語，所以我沒有吭聲。

「等等。」

在前往舊書店的路上，森野突然停住了腳步，我自然也跟著停了下來。這條路一直通向遠處一個T字路口的盡頭，我疑惑地看了看森野，正準備叫她解釋突然停下腳步的原因。

「別說話。」

她在嘴前豎起了食指。

我不過是給她一個眼神，她立刻就有這樣的反應，看來森野現在相當激動。我豎起了耳朵，極力搜尋四周的異常情況。

不過，我倒沒有聽到什麼特別的聲音，剛才只是有一陣狗叫聲而已，除此之外，所有的一切都在說明這是個寧靜的下午。我站在原地不動，只覺得照在背上的陽光暖烘烘的。

「不行了，前面的路走不過去。」

不一會兒，她做出了這樣的判斷。

我仔細看了看前面的路況，好像並沒有因為工程而禁止通行，只有一個老人騎著自行車慢慢地從我們身旁駛過。

「舊書店今天是去不成了，本來這條路是可以過去的……」

我問她理由，但她沒有回答，只是不停搖頭，好像很沮喪的樣子，然後她開始順著原路走回去。

不管別人如何議論自己，森野向來都是我行我素，她從不受其他同學影響，也不會在意別人的任何一句話。大部分時間，森野都是獨自一人且毫無表情地度過。從剛才她臉上那種懊惱的神情來看，我覺得這次一定非同小可。

我又查看了一下道路。馬路兩旁是緊密相連的住宅，從前面一戶人家的大門望進去，還可以看到一個全新的狗屋，可能是最近才開始飼養的吧。站在門口隱約可以聽到狗的喘氣聲。接著，我開始尋找其他聲音，暫時把狗的事情放下。

過了好一會兒，我終於有了新的發現。

此時，一路急行的森野已經往回走了二十多公尺。我剛要追上她，不料她卻再次停下腳步，舉起一隻手來示意我要當心。

「危險，不能再往前走了。」

她呆呆地望著前方，牙齒咬著下唇。

「我們被包圍了。」

森野用一種緊張的語氣說道。

路的前方出現了一個牽著狗的女孩，她和她那隻大狗正朝我們這邊走來。

那是一隻黃金獵犬，渾身披著厚厚的毛，女孩手裡的皮帶就套在牠的項圈上。那女孩個子嬌小瘦弱，看來年紀不大，大概是小學三年級的樣子，及肩的頭髮在她走路時有節奏地躍動著。

女孩和她的狗從我身邊經過的那一瞬間，我與她牽著的那隻狗打了個照面。每當邁出前腳的時候，狗的眼睛都會自然地上下抖動，而我的形象則映在牠的瞳孔之中。

牠的眼睛帶有一種深邃的黑色，看上去很有智慧。我注視著牠那極具吸引力的眼睛。映照在牠瞳孔表面的我的身影逐漸消失了。狗從我身上撤回了視線，抬頭去望牠的主人。

不一會兒，牽著狗的少女從我身邊經過，走進了旁邊一棟有著紅色屋頂的平房。

「我回來了……」

我聽到剛才那個女孩的聲音，黃金獵犬也經過大門跑進了屋裡。屋外沒有狗屋，女孩可能是在屋內飼養牠吧。

女孩和狗消失後，我看了看森野。她站在靠牆邊的小路上，好像什麼事也沒有發生似的準備往前走。我原以為她還有什麼話要說，但她卻一聲不吭。她的態度和表情又回到了從前，由此看來，剛才的那一幕對森野來說似乎很稀鬆平常。

「我以前完全沒有發現這條路竟是如此危險。」

她說話的語氣有些懊悔。我問她，其他的路是否可以通往那個舊書店，她回答要是那樣的話，就要走很多彎路，太麻煩了。看來她現在已經沒有心情為我帶路了。

我快步追上森野，腦子裡還在想著寵物誘拐事件。犯人為什麼每週作案兩次，而且分別選在星期二和星期五的夜裡下手呢？被帶走的小狗又會遭到怎樣的待遇呢？

我和森野對那些離奇的案件及犯人有著強烈的好奇心。有些案件中，受害者的死有如撕心裂肺一般悲慘；而另一些案件裡，受害者的死又顯得荒誕不經，沒有邏輯。我喜歡將報紙上的相關報導都剪下來收藏，並透過這些描述去窺視那些犯人內心的黑暗深淵。

對這些事情感興趣，在一般人看來只能叫怪癖吧。然而，這種怪癖卻像魔法一樣，把我和森野都俘虜了。

這次發生的事件並不怎麼奇異，只不過是家犬被拐走而已。不過讓人放心不下的是，事件就發生在自己身邊。跟國外某處的大火相比，還是隔壁發生的小火災更能引人注意。

「妳對連續拐走家犬的犯人不感興趣嗎？」我問森野。

「等你查清楚再告訴我吧。」

她面無表情地說，言下之意表示她不願了解這個案子……更精確地說，應該是狗……

我們家裡有我、由香和「媽媽」。不過，「媽媽」總是不在家，她每天一大早就出門，有時候到了傍晚還不回來。這段時間，家裡就成了我和由香的天下。

我和由香從小就在一起，我生下來不久就和自己的兄弟們分開了，而一直在身邊陪伴我的就是由香。

由香平時以睡覺和看電視來消磨時間，我則躺在鋪開的報紙或雜誌上，依偎在她身旁。在她熟睡的時候，我還會把自己的下巴枕在她的背上。

如果由香厭倦了電視節目，我們就一起站起來伸伸懶腰，然後由香便會在廚房和洗手間裡忙碌一番。而我則寸步不離地緊跟在她身後。

接著，我們一起出門散步。我也喜歡散步，和由香總是形影不離，一條專供散步時使用的皮帶把我們連接在一起。若是我走錯了方向，由香就會皺著眉頭對我說：「不是那邊。」

有時，會有陌生人到我們家來。那是一個魁梧的男人，是「媽媽」從外面回來的時候把他帶來的。

每次他一來，家裡的空氣立刻就變得渾濁起來，我和由香之間的快樂時光也會因此而大打折扣。

那個傢伙一進門，就先撫摸我的頭，而且總是一邊滿臉堆笑地看著「媽媽」，一邊摸我的頭。他根本不看我的眼睛。

當他摸我的頭時，我心裡真想咬他一口。

我和由香都討厭那個傢伙，因為他經常趁「媽媽」不在的時候，暗地裡毆打由香。第一次目睹這種情況的時候，我還以為自己眼花了。那時，「媽媽」離開了一會兒，起居室裡只剩下我、由香和那個傢伙。

他先用手肘抵了一下身旁的由香，由香自然是不知所措地看著他。

然後，那傢伙微笑著把頭低下來，在由香耳邊低聲嘟囔了兩句。當時我正趴在房間的角落裡，聽不到他到底說了些什麼，可是，我看見由香的臉色全變了。

我感到非常不安。由香和我雖然坐在房間裡不同的地方，但我們的心靈是相通的，所以我完全感受到她內心的不安和困惑。

「媽媽」回到房間的時候，那傢伙裝作什麼也沒有發生的樣子。由香雖然用憂鬱的目光注視著「媽媽」，但「媽媽」卻看不出任何不對勁的地方。

由香又看了看我，臉上是一副求救的表情，而我能做的只是在房間裡漫無目的地走來走去。

那傢伙對由香的態度愈來愈壞，有時甚至會用腳踢她的肚子。由香痛苦地倒在地上不停咳嗽，我趕緊跑到她身旁，一邊做出保護的姿勢，一邊抬起頭來盯著那個傢伙。他看了對我啞啞嘴。

那個男人在固定的晚上來家裡，我和由香為了不受傷害，只得蜷縮在房間的一角。每到這樣的夜晚，家裡的氣氛總是很恐怖，因為我們不知道那傢伙什麼時候會開門進來，所以由香經常因為害怕而無法入睡。

受不了的時候，我們就悄悄從家裡跑出來。

自從那個男人到家裡來以後，由香就開始讓我咬死動物。他來了之後，由香變得愛哭起來，她的眼睛也變成可怕的黯淡。

我覺得這是一種悲哀。

2

「我是在夜裡十二點左右發現的……」

一位年輕的太太抱著孩子說，她懷裡的孩子閉著眼睡著了。剛才聽這位太太說，她的寶寶只有三個月大。

「我老公本來想在睡覺前去看看巴普諾夫，結果走到狗屋一看，裡面是空的……」

巴普諾夫是一隻狗的名字，兩週前的星期二深夜，牠在主人家的院子裡失蹤了。這隻狗的品種很特別，而且還有專門的血統證書。

我和這位太太交談的地點正是她家的大門口。她家是一棟歐美風格的獨立住宅，離我家只有兩公里的距離。

放學後在回家的路上，我順便走訪了一下痛失愛犬的住戶。我自稱是校刊的記者，想對最近頻頻發生的寵物誘拐事件進行調查。一聽說我的採訪可能有助於事件的偵破，這位太太就熱心地為我解說了許多情況。

「事後我才想起來，那天晚上十點左右，巴普諾夫好像叫得很厲害，不過牠經常衝著行人亂叫，所以我沒去管牠……」

「這麼說來，那是妳最後一次聽到巴普諾夫的叫聲嗎？」

聽我這麼問，她點了點頭。

我從大門口往旁邊一看，發現屋前是一個小巧的庭院，空盪盪的狗屋現在仍然在院子裡。這個狗屋比較大，屋頂下掛著套狗用的金屬零件。

「犯人是從那裡解開繩索將狗牽走的嗎？」

聽我這麼一問，她搖了搖頭。

「繩索還在原處。另外，地上還有剛吃了一半的炸雞。」

她猜炸雞可能是犯人餵的。我問她那種炸雞是不是市面上能夠買到的食物，她回答說不能確定，不過看樣子好像是在家裡自己做的。

這麼說來，犯人所使用的伎倆是先從家裡帶來狗兒喜歡的食物作為誘餌，利用餵食使目標溫順之後，再將狗拐走。從餵食炸雞這一點來看，這樣的誘拐方式相當普遍，由此可以推斷，這個罪犯既沒有什麼高招、也不是誘拐的老手，不過是一個極平凡的普通人而已。

我朝這位太太點了點頭，感謝她積極配合我的「採訪」。可能是想起自己的愛犬吧，她一邊望著狗屋，一邊說道：

「謝我幹什麼？一定要幫我找出犯人喔。」

語氣雖然不重，但我能感受到她的話語裡帶著一股殺氣。這時，她懷裡的孩子睡醒了，並開始在母親的手臂裡鬧起來。我跟她道別後，轉身離開了。

沒走兩步，我忽然發現對面那家人也有養狗。從大門往裡面望去，可以看到一隻黑色大狗，這隻狗大概跟我的腰差不多高。

背後又傳來剛才那位太太的聲音。我對她說之前我沒發現對面也有一隻狗。

「牠叫巧克力。」

「是啊，可能是因為那隻狗不太會叫吧。」

仔細一看，這家的狗屋所處的位置比巴普諾夫的位置更明顯，不過也許是因為比較文靜的緣故吧，牠沒有被犯人發現。

回到家，妹妹小櫻正在和媽媽一起準備晚餐。媽媽站在爐子前面攪拌著鍋裡的東西，妹妹則一手拿著刀正在切菜。

妹妹比我小兩歲，馬上就要考高中了。如果是平常，這個時候她應該去補習班上課，不過今天好像休息。直到今年春天為止，她都一直留著長髮，不過夏天的時候，她把頭髮剪短了，現在的髮型跟男生差不多。

妹妹的個性正好和我相反，她經常幫媽媽做家事。如果別人求她幫忙，她一般是不會拒絕的。

譬如，媽媽常常坐在電視機前一邊吃著零食，一邊央求妹妹。

「小櫻，那些還沒洗的碗盤就拜託了。」

「啊，我不要。妳自己洗嘛。」

妹妹剛開始不同意。

這時，媽媽便低下頭來裝出一副難過的樣子，灰暗的表情像在預告世界末日的來臨。妹妹一看，立刻慌了手腳，彷彿心靈受到打擊一樣。

「好啦、好啦，別哭了！」

結果媽媽得到了力量和安慰，而妹妹自己反倒差點流下了同情的眼淚，之後，她便義不容辭地站了起來，走向廚房。等到這一系列的勸說工作勝利完成以後，媽媽又把自己的注意力重新集中到電視和餅乾上了。這麼聽媽媽的話，真不知道小櫻到底是懂事還是不懂事，或許是她太笨拙吧？照這樣發展下去，以後她可能要代我替爸媽養老送終了。

我妹妹具備一種特殊的才能，在這一點上，我不得不讓她三分，而她則將此看作是對自己的詛咒。但如果像現在這樣普通地生活的話，倒顯現不出她的特別。

「是不是又去打電動了？」

我剛回到家，媽媽就一邊嘆著氣，一邊問道。其實我對電動這玩意兒並沒有太大的興趣，只是從學校回來晚了的時候，經常拿來當藉口。

我在廚房裡的椅子上坐下，從後面看忙著做菜的兩人背影。這對母女真是絕佳的組合，正在用平底鍋炒菜的媽媽剛伸出一隻手，一句話都還沒說，妹妹就把裝鹽的調味瓶遞了過去。只有妹妹才知道媽媽在炒菜的某一階段需要什麼。快起鍋的時候，媽媽嚐了嚐菜的味道，就在她說出「把調味酒給我！」這句話之際，妹妹已經開始往鍋裡倒調味酒了。

做菜的時候，兩個人都不停地向我問東問西，我只好一一敷衍著，我說的笑話讓她們都笑了起來。小櫻笑得肚子都痛了，對我說道：「不要再講了，我快笑到不行了，再笑，盤子裡的菜就要掉出來了。後來那個老師怎麼樣了？」

小櫻這麼一問，我才發現自己對她們說了一件學校裡的事。有時，我甚至不知道自己跟家人都講了什麼事，也不知道他們為什麼會笑，因為我說的這些事，大多都是在被家人問到以後即興編出來的謊話，說話時幾乎沒有經過大腦，完全是一種下意識的反射動作，這些話根本不具有任何意義。

的確有些不可思議，但也並不讓人覺得齷齪。在旁人看來，眼前的情景是母女間的攀談中夾雜著一些我的話。而實際上，家人都覺得我雖然成績不好，但至少是一個能給人帶來歡笑的活潑少年。

然而在我自己看來，情況完全不是這個樣子。我和父母、妹妹之間根本就不存在任何對話，因為所有的談話內容剛一出口，立刻就被我遺忘了。也正因為如此，一直保持著沉默的我，在別人眼裡卻是一個滑稽可笑、經常處於夢遊狀態的人。

「小桐家養的狗到現在還沒有找到呢。」

小櫻一邊清洗著餐具，一邊說道。我只覺得直到剛才都很模糊的對話，一下子變得清晰起來。

「原以為牠過一段時間後會自己回來的……」

我豎起了耳朵。

據小櫻說，上星期二，她同學家養的狗不見了，大家都說那是寵物誘拐犯幹的。

「而且那天早上，院子裡還發現了有人用香腸引誘牠的痕跡。」

「是嗎……」

媽媽回應了一句，接著便想到自己今天忘了買香腸。

「那隻狗是什麼品種？是隻大狗嗎？」

聽到我的問題，小櫻皺起了眉頭。

「哥哥……？」

在家裡，她們很少見到我這種表情。

「怎麼了？」

我趕緊搪塞過去。

「失蹤的那隻狗好像是混血的品種，體型滿小巧的。」

我突然意識到自己忘了問巴普諾夫的主人一個很重要的問題。我盡量自然地中斷了與家人的談話，穿著還沒來得及換下的制服再次走出了家門。媽媽一臉迷惑地對我說：「馬上就開飯了。」

當我趕到巴普諾夫的家時，天色已經開始變暗了。按門鈴後，不一會兒出來開門的正好是兩小時前被我「採訪」過的年輕太太，她看到我後，吃驚地叫了起來。這回她沒有抱著孩子。

「不好意思，又來打擾妳，我剛才突然想起有一個問題忘了問妳……巴普諾夫是一隻體型多大的狗呢？」

「你就為了問這個又跑一趟？」

雖然她對我的第二次造訪有些不解，不過還是告訴我巴普諾夫還沒有完全長大，所以體型並不大。

「只是比小狗稍大一點嗎？」

「對，沒錯。但這種品種一旦長大，體型就會變得很大，所以我們還買了一個大號的狗屋……」

我向她道謝後離開。

犯人在拐走目標的時候，沒有拿走套狗用的繩索，那些東西至今還掛在狗屋前。那麼，犯人又是如何把狗帶走的呢？可能事前準備了另外一套用具吧。按理說，直接解開狗屋上的繩索是最方便的，因為這樣省去了換繩的手續。犯人也許是將繩索從狗的項圈上取下，然後用雙手抱著帶走的吧。

另外，犯人為什麼會選擇巴普諾夫，而不是對面那隻比較安靜的黑狗呢？如果是我的話，我倒會選那隻不愛叫的，因為那隻狗更容易上鉤。然而，犯人卻沒有這麼做，或許是因為巴普諾夫體型小巧，比較易於搬運吧？我妹妹的同學養的那隻狗據說也是小型的。難道說，犯人在作案的時候，刻意只選那些體型嬌小的品種？

那為什麼一定要選便於搬運的小狗呢？值得考慮的一種可能性，是犯人沒有汽車等可以搬運大型狗的交通工具，所以才會選小狗，而不是大狗。根據我目前掌握的情況來看，愛犬失蹤的住戶都分布在一個不大的範圍之內。很難想像一個有車的犯人會在如此集中的範圍內反覆作案，而不去更遠的地方犯案。

這時，我想到了適用於無動機殺人案件的心理分析法，它可以幫助我找出犯人選擇獵物的判斷標準。

一般說來，犯人會下意識地挑選比自己弱的對手來作為獵物。假設被害人的身高都不足一百五十公分，也沒有一個人超過一百六十公分，那就可以推斷犯人的身高應該是一百五十至一百六十公分之間。也許，類似的判斷方法在家犬誘拐事件中也可以適用。

當我再次回到家的時候，爸爸已經下班回來了，正和媽媽、小櫻在吃晚餐。我對他們解釋說自己去了一趟便利商店，接著順勢加入他們的交談中，並若無其事地問哪些住戶在院子裡養狗。

「對了，那家的小狗真是太可愛了。但不知道為什麼主人不願把牠放到家裡養，明明並不大隻啊。」在接二連三地說了一大串附近的住戶之後，小櫻這麼說。

「在家裡養可能太吵了吧。」

爸爸回應了一句。我又問了這戶人家的具體位置。今天是星期二，晚上，犯人也許就會出現在這家門前。

那家住戶的房子位於一個轉角處，是一棟古色古香的日式住宅。從院子周圍的矮牆向內望去，庭院面積很大，狗屋就蓋在院子邊上。這個狗屋好像是自己動手做的，看上去跟木箱子沒什麼分別。狗屋旁邊釘有一根木樁，主人就用繩子將狗拴在這根木樁上。這隻狗眼睛很大，一看到我這個陌生人便激動地跳躍起來，而且在路燈下一直叫個不停。牠的體型小巧，即使是小孩也能把牠抱走。

我離開這棟房子，來到遠處的一個雜木林中藏了起來。旁邊沒有路燈，周圍是一片無盡的黑暗。

我看了看時間。四周雖然伸手不見五指，但只需要按下手錶側面的按鈕，錶內的燈光就可以照亮液晶錶面。已經是晚上十點了，剛好是兩週前的這個時候，那位太太最後一次聽到了巴普諾夫的叫聲。如果犯人盯上了這一戶的話，應該不久就會在這裡出現。

雜木林的地面上積滿了厚厚的落葉，稍微挪動一下身體，就聽見周圍的樹枝發出了折斷的聲音。夏天剛剛過去，白天天氣還很暖和，到了晚上就覺得有些涼了。

我把手伸進上衣口袋一摸，碰到了裡面的刀柄，這是我準備的武器，以防萬一。

就算發現了犯人，我也不會報警。我今晚的目的只是想在不被發覺的前提下，從遠處觀看整個作案過程，因此，這把武器多半是派不上用場的。

不過出門的時候，我沒想太多，只直接從整套刀具中抽出一把帶在身上。為避免被劃傷，我還在刀上套了一個另外單買的套子。

我喜歡觀察那些進行異常犯罪的罪犯。我曾經發現一個殺害了許多女子的兇手，從他的房間裡，搜出一套共二十三把用來作案的刀具。我把這些刀帶回家，藏在書架裡。在家的時候，我常常把這套刀拿出來，放到燈下仔細觀賞，銀色的刀面反射出白亮的光芒，就像濕透時一樣。

有時，映照在刀面上的我，形象會突然變成一張張已經成了刀下亡魂的女子臉龐。這當然只是一種錯覺，但我覺得無數次痛苦和絕望的慘叫，一定都浸透到這刀裡去了。

我控制不了自己內心對刀所產生的感情。這絕對不是應該帶回家的紀念品。每當看到這些纏繞著一層光澤的刀具，我就會想，自己也許應該實際使用一下這些東西。

我準備再次確認一下時間，按下夜光鈕之後，看看液晶錶面上的數字。此時，已經是星期三了。在我藏身於雜木林中的這段時間，沒發現任何人從面前的路上走過。

犯人到底住在什麼地方呢？如果能了解到這一點的話，就一定可以縮小埋伏的範圍。不管怎麼說，看來今天犯人是不會在我面前出現了。

十分鐘以後，我走出雜木林回家。

雖然爸媽都已經睡了，但小櫻好像還在做考前複習。發現我回來之後，她一邊問我到哪裡去了，一邊從二樓下來。我的解釋是去了一趟便利商店。

都是我不好，明明知道今天是那個傢伙要來的日子，卻自己睡著了。由香的慘叫把我從睡夢中驚醒，聲音是從起居室傳來的。

我趕緊從熟睡的房間裡飛奔出去。

我和由香本來都躲在最裡面的一間房裡，但不知什麼時候，那傢伙把由香拖到起居室去了。「媽媽」好像出門了，起居室裡只有那傢伙和由香。

由香倒在地板上呻吟著，悽慘的叫聲說明她正強忍著痛苦。

那傢伙站在由香的頭旁邊，面無表情地低頭看著她。從我的角度來看，那高大的傢伙簡直就要碰到天花板了，與他形成對比的由香實在是太弱小了。她無力地癱在地上，只能在劇痛的折磨中艱難地喘著氣。

由於氣憤的關係，我覺得自己的腦子快要炸裂了。

我使出全身的力氣高聲地咆哮起來。那傢伙回頭一看，嚇得睜大了眼睛，他連忙向後退了一步，從由香的身邊閃開。

躺在地上呻吟的由香看到了我，那是一種充滿憐愛的眼神，我打從心底覺得自己必須承擔起保護她的責任。

這時，外面傳來了開門的動靜和「媽媽」的聲音，手裡抱著購物袋的「媽媽」回來了。她好像是先把那個傢伙扔在家裡，然後自己單獨出去的。

就在我正想要咬那個傢伙的手時，「媽媽」從後面拉住了我。我的牙齒還差一點點就可以搆著了。

然而這時，由香站了起來，在怒氣沖沖的「媽媽」衝著我大喊大叫時，由香不顧一切地朝大門口跑去。我跟著由香，和她一起衝了出去。

來到外面以後，我們拚命向前跑，身後傳來站在門口大聲呼喊的「媽媽」的聲音。對此，我們完全不理會，只是一個勁地向黑夜的深處逃去。

安靜而昏暗的小巷裡裝了一排路燈，光線只照射在燈腳的一小塊範圍裡，地面看上去像是飄浮不定的。我和由香各自拖著小小的身影，從每盞路燈下走過。

不管我們走多久，前方總是漆黑的夜晚，不過我並不害怕，因為自己現在正和由香在一起。可是，我一想到她就覺得傷感。

儘管由香沒有哭泣，但她卻是抱著極大的痛苦在路上行走，對此，我知道得很清楚。可能是由於身體的疼痛，一路上，由香常常停下來休息。雖然我也很心痛，可是自己除了緊緊跟上她的步伐外，別無他法。

就把白天發現的那戶人家養的寵物作為今晚的獵物吧。

由香說。今天我們出來散步的時候，發現了一隻比較容易上鉤的狗。我們朝那戶人家走去。

最近，要尋找合適的獵物變得愈來愈難了。由香也注意到了這一點，愈來愈多家庭把他們飼養的寵物關進了家裡，人們已經對我們的存在起了戒心。

我的心一直都很不安，不能讓任何人知道我們的所作所為……此外，我的心裡還有一個揮之不去的陰影。

這個陰影既不是我和由香，也不是媽媽和那個討厭的男人，而是一個完全陌生的人。在我和由香誘拐狗的過程中，這個像影子一樣的人物一直在跟蹤著我們。還有，我們在橋下那些可怕的事情，總有一天也會被人發現吧。

一想到這樣的後果，我就覺得害怕。要是我和由香所做的事都被大家知道了的話，我們或許會被強行拆散。如果我不在由香身邊，那就沒有誰來保護她了。這樣的結局是我絕對無法接受的……

馬路前方的那棟房子就是我們今晚的目的地。在路燈的幫助下，可以非常清晰地看到屋簷，由於沒有光線，房子的其他部分消失在一片黑色的背景之中。這裡位於街道的轉角處，白天散步的時候，我們發現院子裡有一隻體型嬌小的小狗。

走吧。由香說著，朝那棟房子走去。

就在這時，我忽然用餘光瞟到了什麼東西。我停下腳步，並小聲地叫住了由香，她無聲地望了望我，好像在問：怎麼了？

剛才，從前方一處漆黑的雜木林裡閃出一點光亮，僅僅是一個光點，而且不一會兒就消失了。

好像有人。我小心翼翼地注視著那一片黑暗。雖然還不很清楚，但我感到似乎有人藏在裡面，正監視著我和由香準備下手的那戶人家。或許是我多疑了，說不定樹林裡根本就沒人，但這卻是我的直覺。

……今天還是回去吧。我看著由香，用眼神向她表達了自己的想法。她看了看我，又看了看那棟房子，最後還是同意了。

那天晚上，我和由香沒有下手。我們在橋下待了一會兒之後就回家了。由香很想看我殺生，不過那天我什麼也沒做。

可是，心中的不安卻久久無法消散。

我覺得一直跟蹤我們的人影，今晚終於在我們面前露出了蹤跡。

並不是我想太多，這個人應該是確實存在的……

3

在我埋伏的那個星期二晚上，最後犯人還是沒有出現。第二天是星期三，我又若無其事地問了問同學和家人，看有沒有哪家養的狗不見了，結果發現星期二晚上，犯人什麼也沒做。當然，如果犯人那天帶走的是一隻野狗，或者他作案的地點不在我的消息網絡範圍之內，那就是另外一回事了。

「你知道犯人是什麼人了嗎？」

星期三午休的時候，坐在化學教室角落看書的森野問我。

我搖了搖頭，告訴她自己對此還一無所知。

「犯人到底為什麼要拐走那些動物呢？難道是為了賣給寵物店好換錢嗎？」

聽森野的口氣，她好像對於竟有人會盯上那種動物而感到不解。

「犯人的目的應該不在於錢，因為即使是擁有血統證書的純種狗，只要超過了一定的年齡，寵物店都不會出售。我想被拐走的那些狗恐怕賣不出去吧。」

再退一步想，如果真的有人要的話，買家也不會是寵物店，只可能是一些科研機構。牠們也不再是寵物，而變成以研究為目的的實驗動物了。相對於野狗來說，豢養的狗與人類更加親近，可能進行起來比較方便吧。因此，據說在實驗動物的黑市裡，家犬非常受歡迎。

「把狗拐走的目的只可能有一個，那就是用來虐待。有的人為了滿足這樣的願望，就從網路上的流浪貓、流浪狗網站物色對象。」

「這麼說來，犯人會在某個地方把拐來的寵物殺死，並以此取樂？這種人腦子真是有問題。」

聽森野這麼一說，我突然產生了一個疑問。

如果真是這樣的話，犯人會在哪裡虐待這些動物呢？應該不會在自己家裡吧？電視節目裡也討論過虐待動物的相關問題，有報導說公園裡常常發現被害動物的屍體，但問題是，我們這一帶還沒有發現過動物的死屍。

星期三和星期四傍晚，從學校回家的路上，我專程到寵物失蹤的住戶家走訪了一下。跟上次一樣，我還是自稱小記者，前來調查情況。每一戶居民似乎都對我的身分深信不疑，並樂於為我提供相關線索。我為自己安排的工作量是每天調查一戶。

然而忙了一陣子之後，還是沒有蒐集到能夠識別罪犯的有力證據。唯一可以肯定的是，所有被拐走的狗體型都不大，而且是混血品種。至於用食物進行引誘的作案手法，有的地方可以看到，而另一些地方則看不出來。

星期五放學以後，我搭巴士趕往一處寵物失蹤的住宅。根據我掌握的情況來看，這裡是最早發生家犬失蹤案的地方。這是一處沿河修建的住宅區，離學校和我家都很遠。

依照地圖，我找到了這棟房子，是一棟嶄新的住宅。我在大門口按了好一陣門鈴，但就是沒人出來開門，看樣子主人外出還沒有回來。

小小的庭院中建有一個種鬱金香的花壇。直到現在，還可以在院子裡看到空盪盪的狗屋和餵食用的盤子。盤子是塑膠的，已經被泥土弄髒了，上面還有一行小孩的塗鴉：「馬布林的盤子」。

我轉身離開了這棟房子，又搭上巴士，在自家附近的車站下了車。

今天是星期五，晚上，不知什麼地方又會有一隻小狗要倒楣了。我正在路上思考誘拐案的事情時，聽見有人叫我，回頭一看，只見穿著學校制服的小櫻正推著自行車向我走來。

她又連忙小跑了兩步，追上了我。
平時學校放學後，她總是要去補習班上幾個小時課才回家的，我問她，今天為什麼會這個時候在這裡出現。
「今天沒去補習班是有原因的……」
小櫻有氣無力地說。她的臉色很難看，老是低著頭，沒精打采地推著自行車。
「……難道又看到什麼了？」
我接過她手裡的自行車，幫她推了起來。她輕輕地說了一聲謝謝，然後對我說：「對，看到了。」
小櫻有一種天生的特異功能，我視為是她的才能，但她自己卻很忌諱，認為那是一種詛咒。
她經常發現屍體。
最初是上小學的時候，學校舉行郊遊去爬山，當時還是一年級的小櫻和大家走散了，結果迷路來到一個湖邊，在那裡，她發現了一具漂浮在水面上的死屍。
第二次發生在四年之後，她和朋友的家人一起去海邊，這次不知是什麼原因又和其他人走散了，當她沿海岸走到一處盡頭的時候，一具隱藏在礁石縫中的男屍被她發現了。
第三次則又過了三年。小櫻念國二的時候，參加學校排球隊的高原集訓，進行跑步訓練時，她又陰錯陽差地走岔了路線，獨自跑到一處人跡罕至的地方，後來不小心被腳下的什麼東西絆了一跤。她爬起來回頭一看，讓她摔跤的東西不是別的，竟然是一個人的頭蓋骨。

每次發現屍體，小櫻都嚇得臉色鐵青，回到家後沒多久就會發燒，然後整整睡上一個禮拜。

「為什麼總是我呢……」

一次次夢魘的到來，常常令她哭泣。

然而，小櫻發現屍體的頻率正在逐漸縮短。照這樣算下去，今年或明年之內，她就會發現第四具屍體。而當她到了一定的年齡之後，或許就會每隔一分鐘發現一具。

「那麼，今天看到了什麼呢？」

我問她，手裡的自行車輪胎嘩啦嘩啦地旋轉著。

「剛才在去補習班的路上，我看到了令人噁心的東西……心裡不舒服，所以就沒去……」

在學校和補習班之間有一條河，河面很寬闊，河裡水量豐沛，水流緩慢。河上建有一座水泥大橋，每天有許多車在橋上來來往往。除了汽車道以外，橋上還專門規劃有供行人和自行車通行的人行道。那時，小櫻正騎著自行車走在橋上的人行道上。

「自行車的籃子裡放著我的書包和毛巾。」

那條毛巾是她最喜歡的藍白直條相間的款式。一輛卡車從她身旁駛過的時候，猛地一陣風把籃子裡的毛巾吹到了空中，就這樣，毛巾從小櫻的面前飛舞著，隨風飄落到橋下去了。

小櫻扶著欄杆，把頭探出橋外朝下面望去，背後傳來了各種汽車從橋面上交替駛過的聲音。還好，毛巾並沒有掉進河裡，而是落在河邊一片茂密的草叢上。

「於是我就決定走到河堤上去撿回我的毛巾。」

橋下有一處通往河岸邊的水泥台階，小櫻就從那裡再往下走。走完台階之後，下面是一片雜草的世界，尖尖的綠葉幾乎與人齊高。她一邊撥開身旁的雜草，一邊朝著毛巾的大致方位前進。雖然野草長得很茂盛，但好像還是可以讓一個人穿過。

「在橋上的時候沒怎麼注意到，來到河灘上才發現，原來橋下有一個不怎麼長草的廣場。」

聽小櫻說，那個廣場其實是一處圓形的乾燥地面。由於四周都是密密麻麻的雜草叢，所以身處其中頗有點被關在獸欄裡的感覺。

巨大的橋身懸於頭頂，整個橋面就像屋簷一樣遮斷了陽光的直射。抬頭望去，頭上的天空有一半都被橋底擋住了。

「我開始四處尋找自己的毛巾……」

就在這時，她聽到了昆蟲飛舞的聲音，就是蒼蠅高頻振動翅膀的那種聲音。仔細一看，雜草的上空，有一個區域聚集了無數的蚊蠅。

「我試著朝那個方向靠近了一點……因為正好是毛巾掉落的方位……」

當她邁出步子的時候，某種腐爛的臭味飄蕩過來。小櫻撥開兩邊的野草，一路前行，終於靠近了那個蚊蠅聚集的地方，突然，在她腳下出現了一個黑漆漆的洞穴。其實那個地方與其說是洞，不如說是個坑，半徑、深度大概都在一公尺左右，當時小櫻差一點就踏了進去。難聞的腐臭撲鼻而來，小櫻戰戰兢兢地往下面望去，在那個洞裡，她看到了……

洞穴裡層層堆積著無數個類似塊狀物的東西。從外觀來看，大多是支離破碎的，不成形狀。起初，我也沒看出到底是什麼東西，只覺得是一些黑壓壓的，又帶有紅色的塊狀物。

我強忍著難聞的氣味，蹲到洞口邊，近距離地仔細觀察了一番。

看樣子，洞裡的東西好像有狗的嘴巴以及尾巴，還有就是項圈。密密麻麻的白色蛆蟲從這些動物的毛皮下和腐爛組織的縫隙間鑽出來，在屍體的表面不停地蠕動著。一層層的死屍和一層層的蛆蟲反反覆覆地重疊在一起，那些動物本來的面貌就這樣一點點地消失在洞底。很難想像，這些塊狀物也曾經是有生命的，並在陽光下活蹦亂跳的生物，也許這就是死亡和破壞所具有的魅力吧。

一個充斥著腐敗和惡臭的洞穴。看著洞裡的景象，不由得使我想起了第二次世界大戰時的紀錄片和照片。我覺得這個死亡的洞穴與戰爭中的殺戮具有某種共通之處。

我站起來，再次看了看周圍的環境。正如小櫻所說，河岸上是茫茫的一片草海。落日的餘暉映照在草葉尖端上，無數個蒼蠅形成的黑點在草叢上漫天飛舞。可能是錯把我當成了牠們的同伴，不斷有蒼蠅飛到我的制服和臉上來。快要下山的太陽把這裡的一切都染成了紅色。

聽了小櫻的描述，我的大腦馬上把這個洞穴和寵物誘拐事件串聯了起來。我當時就認為她發現的東西極有可能正是我要找的。

我讓她獨自回家，自己則趕往橋下。順著堤壩上的水泥台階向下走，不一會兒就找到了小櫻所說位於雜草叢中的圓形廣場。從那裡可以看到不遠處有一個蚊蠅密集的地方。

我俯身看了看腳下的洞穴，巴普諾夫和馬布林應該都在裡面吧。轉身離開洞穴之後，我登上了河堤。

回到家，我什麼事也沒做，只等著深夜的來臨。當時鐘的時針指向十點的時候，我將刀子裝進口袋裡，走出了自己的房間。

小櫻面容憔悴地坐在起居室的沙發上，好像還沒有從發現動物屍體的打擊中回過神來。我從她面前經過，朝門口走去，正在看連續劇的媽媽回過頭來問我去哪裡，我回答說要去一趟便利商店。小櫻聽了嘟囔一句：「你也屬於半夜泡便利商店一族……」

我再次往橋下走去。今天是星期五，犯人很有可能會在橋下出現。

我一邊走，一邊想像著犯人的樣子——一個殘害動物並以此為樂的人。腦海中還浮現出這個人將死狗扔進坑裡的情景。

如果可以的話，真想身歷其境見識一下這個過程。另外，令我感興趣的問題還有：犯人是進行了什麼樣的儀式後，才將動物的死屍扔掉的呢？

異常而殘酷的事物總讓我的心情久久不能平靜。能讓我激動不已的既不是同學間愉快的交流，也不是家裡溫暖的親情，這些東西對我來說，就好像收音機裡的雜音一樣，沒有任何意義。

到了晚上，大河變成了一抹濃重的黑色，看上去就像覆蓋在地面上，沒有星光的宇宙。橋上的路燈勉強將周圍的地方照亮。四周靜悄悄的，犯人應該還沒有來。

一步步走下堅硬的水泥台階之後，眼前立刻變成了一片草海。我一邊撥開身旁的野草，一邊想起了在家裡和森野通話的情景。

「我等會兒就要去見見那個喜歡狗的人，妳去嗎？」

「……哦，我真的也很想去，可是不做作業又不行。」

「什麼作業？今天好像沒有作業呀。」

「……我媽媽得了重病，就要死了。」

「妳不必找藉口了，我是不會勉強怕狗的人跟我去的。」

沒想到聽我這麼一說，森野給了一個超乎我想像的回答。

「什麼，你說什麼？我怕狗？可別把人看扁了……那種東西，我才不怕呢……」

從她說話的聲音聽來，她可能真的生氣了，況且我也不是沒風度的人，所以我只好暫時先向她道歉，然後為了不傷害她的自尊，裝作若無其事地掛掉了電話。

我在雜草深處隱藏起來。

我雙腳跪在地上，從口袋裡掏出了數位相機。由於橋上的路燈是唯一的照明，所以我也不知道到時能否拍出清晰的照片。我將光圈調到最大，又把快門速度設定為最長的時間，目的只有一個，那就是為了在不使用閃光燈的情況下也能夠拍攝。要是使用閃光燈的話，一定會被犯人發現，這一點可得小心。

我並沒有報警的打算，也不想讓犯人察覺到我的存在，自己絕不能被牽扯到案件裡去，這些都是我給自己訂下的準則。我只想以第三者的身分做一個純粹的觀眾。由於我不去報警，最終的結果可能會導致更多寵物失蹤，使更多人傷心、哭泣，然而，我的良心卻不會因此而感到愧疚。我就是這樣的人。

從草叢中的藏身之處望去，可以觀察到通往河灘的水泥台階以及橋下的圓形廣場。如果犯人要到那個堆放死屍的洞穴去的話，廣場所在的位置應該是必經之路。當犯人經過廣場的時候，對我來說，就是按下快門的最佳時機。

河水潺潺作響，即使在我藏身的草叢深處，也能聽到流水的聲音。腦海中浮現那條漆黑的河面，一派死氣沉沉的景象。

夜晚的涼風從河上吹來，周圍的雜草在風中發出嘩啦嘩啦的聲音，尖尖的草葉碰到了我的臉頰。

當手錶液晶螢幕上的數字變成了午夜十二點的時候，河堤上出現了黑影，影子正順著台階往下移動。為了不被發現，我屏住呼吸，並把頭埋得更低。

那影子下完台階後，一度消失在草叢中。憑著從橋上投射下來的昏暗燈光，可以看到黑影的移動令雜草不停晃動。草尖的搖動愈來愈近了，不一會兒，那個影子便出現在圓形廣場上。當影子從雜草中顯現出來的那一瞬間，昏暗的光線揭去了籠罩在其身上的面紗。

從草叢裡鑽出來的是女孩和狗。女孩個子矮矮的，留著一頭齊肩的頭髮，身形格外瘦削。狗是一隻黃金獵犬。我這才發現，她們就是曾經在路上與我和森野擦肩而過的女孩和狗。

女孩的懷裡抱著一隻小狗。雖然小狗正一邊叫著，一邊在她懷裡掙扎，但那個女孩似乎很熟悉對付小狗的辦法，自始至終都沒有鬆手。

這時，我舉起手裡的照相機。

在一個非常炎熱的夏日裡，我和由香第一次發現了橋下的廣場。那天天氣晴朗、萬里無雲，高懸在空中的太陽使橋下的草叢反射出耀眼的綠光。

我和由香散步來到這裡。當時，我們正在玩一種遊戲，這種遊戲就是用盡全力急速前衝，直到喘不過氣來。我們經常玩很多遊戲，這只是其中的一種。不一會兒，當我們感到呼吸困難，跑不動的時候，不知不覺中我們已來到河邊的一條路上。

我們一邊在河堤上坐下來休息，一邊望著橋下的那片草海。微風拂面而來，就像一隻看不見的手一樣，輕輕地撥動著茂密的草叢。

由香叫了我一聲。我回頭一看，她正注視著大橋旁邊的一處台階。

到下面看看去。

我能夠感覺到她那種期待冒險的興奮。台階下面是一片雜草的世界，我們在散發著濃烈的野草氣味的草叢中前行。

也許是覺得普通的前行方式缺少樂趣吧。由香回頭瞟了一眼跟在身後的我，突然向前跑了起來。這是一個信號，表示追逐遊戲開始了。我們在草叢裡不知疲倦地追逐、嬉戲，夏日的暑氣立刻把我們變成了兩團火球。

我不停地追著想在草叢中逃跑的由香。有時，會因為沒有跟上而找不到她的背影，就在我不知道該怎麼辦才好的時候，不遠處突然傳來了由香的笑聲。我立即朝聲音的方向衝去，沒想到等我趕到那裡的時候，由香又逃到別的地方去了。

就這樣跑來跑去的，忽然，眼前出現了一塊空曠的地方，使我們頓時產生了豁然開朗的感覺。剛才那種濃厚的草香味在這裡變得稀薄起來，颯颯的涼風包裹著我們的身體。這是一處沒有長草的圓形廣場。

跑在前面的由香呆呆地站在廣場中央，似乎有些不知所措，她朝四周望一下，接著便看到從草叢中跳出來的我。起初，由香還沒有回過神來，不過她馬上就意識到自己發現了一個好地方，她眼睛裡閃爍著快樂的光芒。

從那以後，到現在不知過了多長的時間，但我總覺得那是在很久以前發生的事情似的。

我們發現橋下的廣場後不久，那個傢伙就開始到家裡來了。我還記得從那時開始，我和由香就經常在夜裡出去散步。晚上的風一天比一天冷，我們再也沒有享受到像那個夏日一樣的溫暖陽光。

即使是白天散步的時候，我們也不再做衝刺跑和追逐跑的遊戲了。走在路上，唯一的工作就是到各家各戶物色合適的家犬。只要事先做好這樣的準備，晚上散步時就不愁找不到獵物了。

由香命令我這麼做。我不知道她為什麼要讓我這麼做，但是，我總覺得這不是她自己的樂趣。由香的眼裡一直沒有歡笑，有的只是強烈的悲傷和憎恨。我只有聽她的話。

夜裡的風比上次吹得更冷了。由於時間還不算太晚，橋上的汽車仍然絡繹不絕。當我和由香走到路燈下的時候，地面上出現了我倆細長的身影，而當我們從旁邊走過之後，長長的影子則畫著一條弧線，漸漸消失在夜色之中。

我們從台階上向下望去，俯視著橋下的那片草海。它大多隱藏在漆黑的夜裡，風吹草動的聲音像濤聲一樣，從橋下的黑暗中傳來。只有被橋上路燈的昏暗光線照亮的部分，才隱約看出雜草的外形。

我和由香走下台階，穿過密密的草叢，來到了圓形廣場。

我仔細地打量四周的草牆，裡面有沒有藏著什麼人？風中有沒有陌生人的氣味？

我打起全副精神提高警戒，這時，由香已經在叫我了。

準備開始吧。

由香將我們帶來的狗放到乾燥的圓形地面上。這隻狗雖然已不是小狗，但從體型來看也還沒有達到成年的程度。應該說，這是一隻剛剛結束了幼年期的狗。牠驚恐不已地注視著我和由香，我們是在來這裡的路上把牠拐過來的。

帶走動物的時候，如果任牠大聲呼喚自己的主人的話，情況就不妙了。這種時候，我和由香會把食物放到牠們的鼻尖前，以此放鬆牠們的警戒。

由香把我和那隻狗留在空地裡，自己則退到廣場一邊。她總是坐在那裡觀看我們的殺戮，一會兒看看我，一會兒又看看那隻狗。

我已經做好撲過去的準備：降低自己的重心，並用眼睛緊盯著對方。此時，我的注意力高度集中，只等由香發出指令。

而那隻狗卻不知道接下來將會發生什麼事。牠一動不動地注視著我，臉上充滿不安的神情，口中發出了柔弱的聲音，一定是在呼喚自己的主人。

夜裡的涼風吹動周圍的雜草，發出似海潮般的聲響。風停後，無聲的寂靜重又降臨橋下。橋上的汽車似乎也不見了蹤影，現在就連隱隱約約的輪胎聲都聽不到了。萬籟俱寂之中，我開始緊張起來。四周的空氣已經凝固了。我在等，等待空氣中出現一個小洞，等待冰一樣的空氣破裂開來。我聚精會神地等候著開始的那一瞬間。

也許是被這樣一種異常的景象所震懾住了，眼前這條六神無主的狗又一次發出了呼喚主人的哀號。

就在這時，由香短促而尖厲的聲音傳入了我的耳朵。

撲過去！

我用力蹬了一下地面，馬上就縮短了我和那條不知所措的狗之間的距離。我猛地撞到牠肩上，將牠從原地彈出去，重重地摔到了地上。牠的嗓子裡冒出嗷嗷的號叫。牠雖然對目前的狀況並不十分了解，但也本能地露出了尖利的牙齒，眼裡充滿了困惑和敵意。

心跳明顯加快了。我能感覺到腳下的地面和空氣的流動，腦子裡正在計算需用多長時間才能縮短自己和對方之間的距離。對手的每一個細小的動作都成了我推測牠移動方向的具體依據，憑藉多次拚殺所累積的經驗，我對這些事情已經胸有成竹。

然而，我的內心卻一直充滿著悲傷。這種事情，由香還會讓我做多久呢？其實我原本不想進行殺戮的。有生以來，到現在為止，我還從未想過要用自己的嘴巴來做這種事情。

那條狗想朝右邊移動一下，我發現以後，立刻先牠一步撲了過去。牠的毛髮在空中四散開來。遭此一擊後，牠幾乎站不住了。鮮血從牠身上流了出來，牠那踉踉蹌蹌的身影在黑暗中晃動著。

我繼續攻擊了一陣子之後，由香站起來。

咬牠！

她高聲叫道。這是一種充滿了仇恨、極不耐煩的聲音。這樣的感情或許原本是衝著那個男人來的，因為是那個男人到家裡來之後，由香才叫我這麼做的。積壓在她心中的痛苦只有在這裡，藉由觀看我的殺戮才能得到發洩。

看著眼前這隻受傷的狗和從心底發出慘叫的由香，我不禁狂吠起來。高亢的聲音在橋底迴盪，響徹了夜空。我的頭腦開始發熱。為什麼會這樣？為什麼再也不能像以前那樣嬉戲、歡鬧？

對方的身體在顫抖，牠已將半邊身子隱藏在昏暗的草叢裡，眼中已經沒有任何繼續抵抗的鬥志。遍體鱗傷的牠好不容易才站起來，對即將到來的死亡充滿了恐懼。

馬上，就讓這一切結束。

我一邊在心中嘀咕著，一邊按住了那個四足動物的軀體。我以最大限度張開了自己的上顎和下顎，一口咬住對方的後頸，隨後，牙齒刺破了皮膚，並深深地嵌入牠的脖子，噴湧而出的血液濕潤了我的口腔。

那個夏日，充滿了幸福的陽光。我和由香在雜草中的圓形廣場裡跑來跑去。我撲到由香身上，把她撞倒，這時，我忽然擔心這樣做是不是太過分了，可是由香卻躺在地上發出了愉快的笑聲。然後，我們躺在一起，或是在地上打滾，或是仰望遙遠的天空。太陽溫暖著我們的身體，鼻子裡聞到了青草的氣息和身上的汗味……

在我口中發出陣陣痙攣的動物不久便安靜下來，動物體內流出的鮮血從我的嘴角滑落。牠迅速失去了體溫，之前的喧囂戛然而止，四周又變成了一處寧靜的空間。

我已經對殺戮習以為常了。我不知道這到底是不是一件好事，不過，由香的命令教會了我把自己的牙齒變成武器……

口中那股熱氣完全消失了，剩下的僅是一個冰冷的塊狀物而已。

是她教我的……

我又想到了這一點。

把嘴裡的動物放到地上後，我看了看由香，此時，她也正靜靜地注視著我。

我明白了由香的意思，她的內心思想都清清楚楚地傳遞到我的腦海裡。

她為什麼要我殺害這麼多的動物？

以前我一直想不通這個問題，不過現在，我注意到她的想法。由香一定是在讓我進行練習。

先讓我殺死許多動物，進而累積起「殺戮」的經驗。這樣一來，由香就能使我心中某一重要部分逐漸靈敏起來。透過無數次與死亡的接觸，我就不會在正式搏殺的時候，因驚慌或猶豫而導致失敗。

由香對付不了那個男人，所以我的尖牙足以代替成為她的護衛。

由香點了點頭。她可能是感覺到我的想法吧，由香一直在等待我自己悟出她的心情。已經沒必要再進行練習了。我把自己的想法告訴了由香。

那個男人今晚會來我們家留宿。

明天早晨，我們就做一個了斷吧。

由香說道。

將咬死的動物扔進坑裡後，我用河水沖洗嘴巴，那些黏在嘴裡的動物毛髮都被我嚥了下去。之後，只需要回家等待明天的來臨即可。

我和由香準備離開橋下的圓形廣場，正要鑽進草叢的時候，我突然停住了腳步。我叫住已經進入草叢的由香，接著回頭看了一下。

怎麼了？

她用一種疑惑的眼光注視著我。

我看了看由香，又看了看身後的草叢。剛才，我感覺身後有一叢草不自然地搖擺起來。

……沒什麼，走吧。

我轉過身來，一邊跑到由香的腳下，一邊回答道。

那裡說不定有什麼人。不，應該說肯定有人。對此，我確信不疑。那一定是以前一直跟蹤我和由香，並想把我們抓住的人。這個人今晚終於偷窺到我的所作所為。

直到剛才，我還一直擔心被人發現，不過現在已經不必擔心了。只要做了自己該做的事情，心中的不安自然會煙消雲散。

今後我們再也不會殺害動物了。練習期已經結束，所以我們已經不怕有人跟蹤了。

我們走在台階上，向河堤頂部進發。最後，我又回過頭來，俯視那快要為黑夜所吞沒的一片草海。

我想把我和由香做這種事的本意告訴那個潛伏在草叢中的人，我想讓那個人知道，由香是在怎樣的情況下才做出這樣的決定的。

雖然有些不可思議，但我現在就是這麼想。

4

「喂？」

手機的另一端傳來了森野昏昏欲睡的聲音。言下之意，對我一大清早就給她打電話表示不可理解。

窗外天剛矇矇亮。我雖然只睡了三個小時，但由於具備能夠自由調節睡眠時間的特異功能，所以對我來說，早點起來並不是一件十分痛苦的事情。

我告訴她昨晚查明了拐走寵物的犯人。

「哦，是嗎……」

說完，她單方面地掛斷了電話，我還沒來得及向她說明犯人其實就是以前曾在路上碰到過的女孩和黃金獵犬。在森野看來，與拐走寵物的犯人相比，可能睡覺還更有吸引力。

我剛想到這裡，手機就響了，是森野打來的。一接起電話，她連一句寒暄都沒有就直接問我：「犯人的樣子，你拍下來了嗎？」

我對她說，昨晚雖然想拍，但結果卻失敗了，僅憑橋上的燈光根本無法正常拍攝。由於光線太暗，拍出的照片都很模糊。

「是這樣啊……」

她再次掛斷了電話。

換了衣服後，我走出了房間。爸媽和妹妹似乎還沒有起來，家裡非常安靜。在門口穿好鞋後，我走到屋外，東邊的天空被朝霞染成了紅色，一排排的電線杆在這樣的背景下都成了黑色的影子。

「明天早晨……」

我想起了昨晚女孩在那座橋下所說的話。殺戮儀式過後，身形瘦小的女孩對身旁那隻體型碩大的黃金獵犬竊竊私語起來。

當時，隱藏在草叢深處的我無法聽清楚整句話。明天早晨，也就是說，星期六的早晨，一定會有什麼事情發生。

還會做相同的事情嗎？我決定帶照相機到女孩家去看看情況。我知道她家在哪裡，前幾天，我曾看到她和那隻狗走進一棟房子，那裡應該就是她的家吧。我計畫從那裡出發，秘密跟蹤她們進行誘拐的全部過程。

離開家後，沒走多遠，我忽然覺得忘了帶什麼東西。錢包和照相機都在身上，我又檢查了一下口袋，然後抬頭望了望位於身後我家的二樓，那裡有一扇我房間的窗戶。我發現自己把刀留在房間裡了。

該為了去拿那把從未用過的刀而回家，還是直接去女孩家呢？兩種選擇被我放上了心中的天秤。我想盡量避免做一些徒勞的事情，而直接去女孩家可以省下自己的體力。

雖然心裡是這樣想，但就像有人召喚似的，不知不覺中，我已經回到自己的房間。我從書架上的一套組合刀具中抽了一把出來。刀刃的表面泛著一層銀白色的光澤，我甚至產生了想用它割一下手指的衝動，但最後還是壓抑著，將刀插入皮套中。

我一面用手指確認口袋裡刀柄的存在，一面走出了家門。不知為何，突然感覺有點口渴。刀刃就像沙漠裡滾燙的沙子一樣，不住地向我訴說它的乾渴。

此時，東方的天空已經被朝霞染得像血一樣紅了。

早晨來臨了。

刺眼的光亮使我和由香同時睜開了眼睛。外面的光線從窗簾的縫隙處照射進來，正好從中把整個房間一分為二。地毯、床、被子，還有緊緊抱在一起的我和由香的臉龐，都在白色的光線中顯得閃閃發亮。我們一動不動地在被子裡對視了一會兒。

我很高興能和由香一起醒來。我們用腳踢著對方的身體，彷彿正快樂地討論今天玩什麼遊戲。我絕對不會忘記現在的幸福時光，此後，就算是相隔萬里，我也會永遠將她銘記在心中。

看了看飄浮在空氣中的小灰塵後，我們下定決心，從被窩裡鑽了出來。

由香打開臥室門，偵察了一下周圍的動靜。

從「媽媽」的房間裡傳出那傢伙熟睡的鼾聲。那傢伙到我們家來總是和「媽媽」睡在一個房間裡，不過，「媽媽」每天都會早早出門，所以多數情況下，那傢伙會一個人在房間裡睡上一個上午。

我和由香小心翼翼地從走廊上走過，來到「媽媽」的房門口，這房間位於家裡的最裡面。走廊和房間是用拉門隔開的。但今天早晨，可能是「媽媽」外出時沒有關好，拉門是半開著的，我可以通過這個不窄的門縫進入房間裡。

我先將鼻子伸進房裡，對裡面的情況打探一番。

榻榻米上鋪著一床被子，那傢伙正躺在那裡仰面酣睡，嘴是半張開的，喉嚨也露在被子外面。這麼高的一個人若是站著的話，根本無法碰到他的喉部。不過，只要像現在這樣睡著，那他喉嚨的高度就比我的鼻子還要低了。

我小心地穿過門縫，悄無聲息地進到房內，走在榻榻米上，有輕微的動靜從腳下傳來。由香留在房門口，注視著裡面的情況。看樣子，她好像很為我擔心。

我慢慢靠近那傢伙的頭。那傢伙閉著雙眼，完全沒有察覺我的到來。他把被子蓋在自己的肚子上，伴隨著他的呼吸，被子也有節奏地上下起伏著。
突然，我用眼睛餘光看到了有東西在窗戶後挪動著。
我回頭看了一下，好像有一個影子隔著窗簾從外面閃過。
由香發現了我的猶豫，從拉門的縫隙間向我投來關切的目光，好像在問：「怎麼了？」
窗外有什麼人嗎？不，或許只是窗簾的一點晃動，要不然就是外面的樹木在風中搖曳的影子。我搖了搖頭，決定不再去想。現在，必須把全部的注意力都集中到眼前這個男人身上。
我看了看他的睡相，一想起他欺負由香的樣子，我心中就充滿了憎恨。
我又回過頭來看了看由香，注視著她的眼睛。
不需要任何語言，只需看看她的眼睛就可以知道她想要什麼，希望我為她做什麼。
我慢慢地張開了嘴巴。
沒有絲毫的猶豫，這不過是重複以前在橋下練習過的動作而已。
我一口咬了下去。
牙齒刺進了男人的喉嚨，皮膚破裂，鮮血直流。我要把他喉嚨上的肉咬碎、撕爛，然而出乎我意料的是，人的喉嚨比我想像的堅韌，在沒有咬斷的情況下，我的利齒在中途停頓了。
那傢伙已經醒來，並坐了起來，儘管如此，我仍然咬住不放。伴隨著那個男人的動作，我的身體也被他拽動了。
那傢伙看見我，立刻大驚失色，發出了痛苦的慘叫，但他的聲音並不大，因為喉嚨的重要部分已經被我破壞了。他開始握拳往我臉上砸來，我還是沒有鬆口，接著他站了起來，這樣我整個身體便吊在他的脖子上了。那傢伙發瘋似的想要把我甩掉。

我摔倒在榻榻米上。

這時，寂靜又降臨到這個房間裡，時間彷彿已經停止了。

我趴在那個男人的腳邊，鮮紅的液體啪嗒啪嗒地滴落在我的身上。抬頭一看，那傢伙目光呆滯地站在原地，用手摸著自己的脖子。部分喉嚨已被我挖了出來，紅通通的東西從他的傷口處不住地往下流。儘管他一直用手捂著自己的喉嚨，但不斷湧出的血液還是從他的指縫間滲透出來。

我站起來，從嘴裡吐出剛才咬下來的東西。那東西滾落在被子上的血泊裡，是從他喉嚨上咬下的肉塊。

一看到那塊肉，男人露出驚恐不已的表情，連忙跪倒在地把肉塊撿了起來。之後，他把那個肉塊按到自己的喉嚨裡，不過即使如此，也無法止住喉嚨的血。不久，那傢伙的手開始發抖，被我咬得破爛不堪的肉塊又順勢滾落下來。這次，他沒有再去撿它。那個男人轉而以一種複雜的表情注視著我，那種表情既像是憤怒，又像是哭泣。那傢伙大大地張開嘴吼了起來。大量的空氣從他那敞開的喉嚨流洩出來，所有的吼叫都混雜著呼呼的怪音，然而，這聲音卻大得使房間震動起來。

那傢伙向我撲來。他的力氣極大，我的肚子被他踢中，差點昏迷過去。

站在房門口的由香也有些驚慌失措了，她不停地尖叫著。

快跑！

我對她喊道。可是由香不願扔下我獨自逃跑。

那個男人雙手卡著我的脖子，把我按倒在血跡斑斑的榻榻米上，嘴裡還說著一些恐怖的話語。混合著唾液和血液的液體接連不斷地從他嘴裡滴下來，掉在我的臉上。我用力咬住了那個男人的手。

趁他畏縮的那瞬間，我趕緊站起來，穿過拉門的縫隙和由香一起逃走了。

雖然流了許多血，但那傢伙還沒有什麼要死的跡象。如果是狗的話，現在應該已經喪失了鬥志。然而，那傢伙只要還沒有倒下，就會不顧一切地朝我們撲來。

我和由香在走廊上飛奔。身後傳來了巨響，是那個男人從房間衝出來時撕破拉門的聲音。

我感到非常害怕。完了，沒把他殺死。力量大小還是太懸殊，不管咬他多少次，那傢伙還是能站起來揍我。要是他殺了我的話，接下來肯定不會放過由香。到底該怎麼辦才好呢？我的大腦陷入了一片混亂。

我們朝大門口衝去，那傢伙對我們窮追不捨，腳步聲一步步向我們逼近。

從「媽媽」的房間出來只要在走廊上轉個彎就能到大門口。應該說，從屋裡跑到門口僅僅是眨眼的事情，但這短短的時間卻讓人覺得無比漫長。

再走兩步就是大門了。但就在這時，身旁的由香哎喲一聲滑倒了，她一下子蹲在走廊上。

由香！

我大叫了一聲，試圖停下腳步，但由於衝得太急，我無法使自己的身體馬上停下來。最後，我掀翻了擺在門口的鞋，並重重地撞在門板上後，才停了下來。

我趕緊站起來，準備衝回去救由香，可是回頭看到的景象把我嚇呆了。

那傢伙就站在由香的旁邊。他面目猙獰地低頭看著我，喉嚨還在繼續流血，嘴裡似乎一直在嘟囔著什麼，但始終發不出清晰的音節。

那個男人朝我走近了一步。他張開雙臂，擺出絕不讓我逃走的姿勢。

我站在門口，進退不得，我也不可能拋下由香獨自逃到外面去。

怎麼辦？不管我怎麼思考，就是想不出任何答案。此刻，懊惱和氣憤在胸中激盪起伏，而自己又喪失了伺機猛撲過去的勇氣。

乾脆放棄吧。我已變得心灰意冷。

以前，由香被那個傢伙討厭，受到了殘忍的對待。我雖有心幫她，但自己的力量太過弱小。無論怎麼掙扎，我們還是太無力了，所有的事情都憑他的心情來決定。假如我更強大一點的話，本來是可以好好保護由香的……

男人伸出了雙手準備要把我抓住。

躺在走廊上的由香一直注視著我。

對不起……我在心裡默默地說了一句。除了把頭低下，我找不出任何能做的事情。我將自己的目光從可憐的由香身上移開，只等那男人用手把我抓住。

雖然屋內沒有開燈，但早晨的光線從窗戶照進來，同樣使屋裡變得光亮起來。我低著頭，看到那雙手的影子已經從走廊移到了門口。他與我的距離正一點一點地在縮小。

不能救妳，對不起……

隨著手影的靠近，從那傢伙喉嚨中滴下的血液在地上形成了一條斷斷續續的線條。鮮血滴落在門口的台階處，接著又滴落在門口的鞋上。

要是還能一起玩就好了……

那雙手的影子終於和我的影子重疊了。我低著頭，一動也不動，臉頰旁邊就是他的兩個手掌。我用眼睛餘光看到他那雙被鮮血染紅了的手。男人的身影從我的頭頂降落下來，頓時，我感覺四周進入了一片日落後的黑暗世界。

由香……

我的眼中噙滿了淚水。

就在這時，我突然察覺到身後有什麼動靜，但我的後面除了一扇門以外沒有其他東西。門後傳來了一陣腳步聲。

嘎吱……我聽到了一聲怪響，緊接著，某種堅硬的金屬物品叮噹一聲掉在門旁的地上。

原本只看著腳尖的我，忽然看到有個東西掉了下來，那東西在男人的黑影中閃爍出耀眼的寒光。

臉頰兩旁的那雙手不動了。那傢伙似乎還沒有從剛才的突發事件中回過神來，四周的靜寂讓人忘記了時間的流逝。

這時，門後再次響起一陣腳步聲，不過這次好像是遠去的聲音。門上有一個收報紙用的小窗，眼前的那個東西似乎就是從這裡投進來的，剛才那個怪聲應該就是小窗開合的聲音。

我馬上意識到，門外的腳步聲應該就是一直跟蹤我和由香的那個人發出的。當時我在窗外看到的黑影也一定就是這個人。

我之所以能夠比那個男人更快地反應過來，是因為一直以來我就隱隱地察覺到這個人的存在。差別就產生在做出判斷的速度上，而這，恐怕就是決定命運的關鍵所在吧……

不一會兒，女孩和狗從門裡衝出來，朝著與我藏身的轉角處相反的方向逃走了，因此她們沒有發覺我的存在。

等她們離開後，我走向那棟房子。大門沒有上鎖，開門一看，一具男人的屍體橫躺在地上。他仰面朝天，心臟處的一把刀柄清晰可見。鮮紅的血跡從走廊深處一直延伸到門口，地上到處都是血汙。

我一邊注意不要在現場留下自己的痕跡，一邊察看著周圍的情況。雖然我不知道地上的男人是誰，但可以推測應該是小女孩的父親，孩子的母親可能不在吧。我用數位相機拍了一下那個男人的照片，然後便離開了現場。儘管自己對那把刀很有興趣，但我還是決定把它留在現場，我覺得它應該矗立在那個地方。

離開的時候，我用衣袖擦拭了一下大門的把手，絕不能留下自己的指紋。

我暫時回到家裡。小櫻正一邊看著電視，一邊做家庭作業。

「到哪裡去了？」

對她的問話，我回答了一句：便利商店，之後就去吃早飯。

午飯過後，我又去了一次小女孩的家，還沒到那裡，就感覺到一種異樣的氣氛。彎過一處街角，遠遠地望見她家時，果然不出所料，只見門邊盡是警察和看熱鬧的人。看來，是有人報了警。

巡邏車上的紅色警示燈忽明忽滅地照射在房子的外牆上，滿街的人都用手指著女孩的家，三三兩兩地竊竊私語著。他們應該是附近的居民吧。其中既有穿著圍裙的主婦，也有穿睡衣的中年男人。我站在他們身後眺望著現場的環境，在一片嘈雜聲中，聽到了他們的談話內容。

據一位穿著圍裙的太太說，這家的女主人回家時，發現她認識的一個男子在門口被人用刀捅死了。由此看來，那個男人並不是女孩的父親。

我若無其事地問剛才那位太太關於女孩家裡的具體情況。儘管有些唐突，但她還是很熱心地為我解釋起來，也許是案件所帶來的興奮使她變得口無遮攔吧。

她告訴我，女孩和自己的母親以及一隻狗住在這裡，沒有父親大概是離婚所導致的。小女孩一直不願意去學校，每天就和她的那條狗一起待在家裡。

據說，現在女孩和狗都下落不明，沒有人知道她們到哪裡去了。

我轉身離開了嘈雜的案發現場，途中與一個騎著自行車的小孩擦肩而過。那個小孩使勁地踩著踏板，目標明確地朝女孩家的方向衝去，興奮得就像過節一樣。

大橋旁有一處延伸至河邊的台階，台階下面是一片雜草的海洋。

天氣十分晴朗。我一邊走下台階，一邊注視著自己投射在水泥牆上的黑影。在太陽的照耀下，青草發出翠綠的光芒，每當風吹來的時候，草叢裡就會泛起層層的波浪。

走到台階下方，高大的草叢便遮住了我的視野，野草的尖端幾乎與我的眼睛齊高。抬頭一看，能夠望見的東西只有從頭頂跨過的大橋背面，以及萬里澄澈的藍天。

撥開草叢沒走多遠，眼前的景象便豁然開朗起來。這裡有一處沒長草的圓形空間，黃金獵犬就坐在裡面。

女孩不在這裡。

狗並不是被什麼繩索之類的東西拴在這裡的。牠像雕像一樣，靜靜地在這處綠草掩映的地方等待著什麼，看樣子，牠事先就知道我的到來。這條狗的姿態很優美，眼睛裡充滿了智慧。我覺得牠很漂亮。

我原以為女孩和狗都會在這裡，現在看來，自己只猜對了一半。

我來到狗的旁邊，把手放在牠的頭上，狗沒有什麼反應，溫順地任由我撫摸。

項圈上夾著一張紙條，我把它拿了下來。

寫給送我刀的人。

開頭是這樣寫的。看來，這是那個女孩寫給我的信。也許她已經發現了我的存在，而且她也猜到我會到這裡來。

信用鉛筆寫在一張撕破的筆記紙上，大概是墊在水泥台階上寫的，紙上的文字大多歪歪扭扭的。

我拿在手中讀了起來。雖然這封信寫得不怎麼流暢，但信的內容我還是能夠看懂。女孩在信中對自己為什麼要拐走動物，以及橋下那些事情作了解釋，並說明繼父經常使用暴力，她還感謝我把刀扔給她。雖然這些文字都透露出孩童的稚嫩，但可以看出寫這封信的時候，女孩是非常認真的。

在信的結尾處，她寫道希望我能替她照顧那隻狗。我想在寫這句話的時候，她一定花了很長時間吧。紙上有一些反覆擦拭的痕跡，可以看出她是很猶豫的。也許她覺得狗再也不能跟著她了，因為如果把牠帶在身邊的話，當警方抓住自己的時候，一定會把那隻狗處理掉。

我把信裝進口袋裡，然後看了看那隻正襟危坐的狗。牠的脖子上只有一個項圈，上面並沒有套上皮帶。我心裡在想，應該怎樣把牠牽回家呢？要不然，就讓這隻狗待在這裡，不去管牠？

昨晚在橋下的時候，女孩是用手勢招呼這隻狗的。我也試著招了招手，結果牠順從地來到了我的身邊。

我們就這樣回家了，那隻狗一直跟在我的後面。要是牠在途中去了別的地方，我也就不去管牠了，但狗自始至終都沒有離開我半步。

回到家的時候，爸媽都出去了，只有妹妹小櫻一個人在電視機前寫作業。當我把狗帶進屋裡的時候，她回頭一瞧，發出了一聲尖叫。我向她宣布，從今天起，我們家開始養狗了。儘管小櫻對我的舉動感到吃驚，但她還是表現得非常克制。應該說，與發現屍體相比，這件事對她的刺激要小很多吧。她竟然想給狗取名字，我馬上制止她，因為我曾在橋下聽牠的主人呼喚過牠，而且那封信裡也提到了牠的名字，所以我就把牠的名字告訴小櫻。牠的名字叫由香。

我想起今天早晨從女孩家的小窗窺望時所看到的景象。當時，女孩正要咬那個男人的喉嚨。起初，我還沒有弄清楚到底發生什麼事情，讀完那封信以後，我才明白，女孩在那座橋下與偷來的狗互相扭打，最後將對方咬死，目的就是為了殺死繼父而做準備。

我把由香交給小櫻，自己則坐在沙發上，拿出那封信重新讀了一遍。用鉛筆寫成的文字下筆很重，看上去稚氣未脫，當我一字一句仔細讀這封信的時候，突然發現字裡行間流露出女孩對由香的無限崇拜之情。

我想起了昨晚的情景。有時，那個女孩會一直盯著黃金獵犬。也許是怕衣服被弄髒吧，她是先脫掉衣服再去撕咬動物的。

就好像聽到某種神諭似的，女孩盡心盡力地服侍那隻狗。她在信中甚至還明言自己能聽懂由香的語言。

「為什麼決定要養牠？」小櫻一邊用手指著那隻狗，一邊問道。

我的解釋是，由於朋友的繼父不喜歡這隻狗，經常欺負牠，所以她就暫時把牠寄養在我們家。其實，事實也大致如此。女孩用含糊不清的文字，在那封信中，記述了她對由香遭繼父虐待的恐懼和將繼父殺害的全部過程。

「竟然有人會虐待這麼可憐的狗！」

小櫻義憤填膺地說道。由香則歪著頭，用濃黑的眼睛望著她。我不知道由香是否如信上所說，能夠對各種問題進行思考。或許那個女孩一直是跟映照在由香眼中的自己對話。

就在這時，我的手機響了，是森野打來的。我扔下妹妹和狗，獨自一人跑到二樓接通了電話。她告訴我附近發生了一宗殺人案。

「前幾天，我們不是從一條路上走過嗎？案發現場就在那條路附近。據說一位太太推開家門時，突然發現自家門口躺著一個男人。」

「哦，是嗎？」我回應了一聲，接著向森野描述了一番現場的情景：那個男人的喉部有被撕咬過的痕跡，血跡從臥室一直延伸到門口。另外，被害者的致命傷是由刺入胸部的尖刀造成的，而那把刀則是案發當時，犯人從一個神秘人物那裡得到的。

「你怎麼連這些事情都知道？」

「妳沒有發現犯人其實就是那天從我們身邊走過的女孩嗎？」

我只說了這麼一句，就掛斷了電話。

我喜歡觀察那些罪犯，但是我有一個自己訂下的原則，那就是絕不牽扯進去，只站在第三者的立場上做一個觀眾。

不過，這次我違反了這個原則。我從窗戶看見女孩和狗逃往大門方向，而那繼父則一直窮追不捨，因此，我順勢將那把刀遞了進去。

我覺得這不是什麼壞事，因為我的良心並沒有感覺到絲毫的疼痛，而且那或許也不是我的本意。現在想來，我覺得這一切不過是那把刀在數日之前，就預見了自己未來的命運罷了。

幾個小時後，失蹤多時的女孩在郊外遊蕩時被人找到了。據說，她的嘴角和衣服都沾滿了鮮血，當時，她就以這副樣子獨自走在四下無人的荒野裡。

我坐在昏暗的房間裡，從森野發來的簡訊知道了這個消息。由於沒有播放音樂，在寂靜的房間裡可以清楚聽到小櫻和狗在樓下嬉戲的聲音。

我閉上了眼睛，極力想像女孩和狗在橋下玩耍的情景。那是一個炎熱的夏日，她們周圍的草叢在太陽的照射下，閃耀著翠綠色的光芒。

記憶 Twins

1

我常和班上的一位同學聊天。這個同學姓森野，名夜，姓和名連起來讀就是森林裡的夜晚。她的頭髮和眼睛都是烏黑的，我們學校的制服和她腳下的鞋子也是黑色的，制服上的紅色披肩是她身上唯一帶有顏色的東西。

我覺得對於一身漆黑的森野來說，「夜」這個名字再適合不過了。她對黑色的偏好極為徹底，有時甚至讓人覺得如果黑夜能幻化成人形的話，大致的樣子就應該和森野差不多。

然而另一方面，她的臉卻白得像月亮一樣，似乎從來就沒有見過陽光。由於她幾乎沒有什麼生氣，所以給人感覺是她整個身體彷彿是用陶瓷製成的。森野的左眼下面有一顆黑痣，這使她具有占卜師一般的魔幻氣息。

我曾在電影裡看過與她氣質相似的少女。那部電影講述一對溺水身亡的夫婦對死後的陌生世界的困惑。夫婦倆變成幽靈以後，自然就成了不為常人所知的存在，但一次偶然的事件使他們認識了一個可以看見他們的少女——這個少女就是名叫Rydia的女主角。

「因為我已經是半生半死的人了……」

當被主人翁問及為什麼能夠看到死人的時候，Rydia是這樣回答的。

「我的內心是一片黑暗。」

森野常把這句話掛在嘴上。她穿著一身黑色的衣服，而她的臉色卻是一種病態的蒼白。她的生活習慣極不健康，與戶外活動相比，更樂於待在家裡看書。

有些人把像她這樣的人稱為ＧＯＴＨ。所謂ＧＯＴＨ，其實就是一種文化，一種時尚，一種方式。只需在網上輸入「ＧＯＴＨ」，就可以搜索到許多相關的網頁。ＧＯＴＨ雖然是ＧＯＴＨＩＣ的簡略說法，但它跟歐洲的建築風格幾乎沒有什麼關係。英國的維多利亞時代，在倫敦曾流行過諸如《科學怪人》、《吸血鬼德古拉》這樣的小說，而這裡所說的「ＧＯＴＨ」就是源於此類哥德小說中的ＧＯＴＨＩＣ。

如果要分類的話，我想森野就應該被歸為ＧＯＴＨ這一類吧。她經常對處決罪犯的刑具和各式各樣的拷問方法顯露極大的興趣，這無疑是ＧＯＴＨ特有、對人性的陰暗面所抱有的興趣。

森野很少和人說話，她與那些充滿健康活力的同學們根本談不來。

即使有同學微笑著主動跟她說話，她頂多愛理不理地板著面孔說一句：「哦，是嗎？」說罷，她便再也不發一言。因此，大多數情況下，主動上前搭訕的人都會在森野面前碰一鼻子灰。以前，我曾聽到班上的女生在聊天時，談及她們吃閉門羹的種種經歷。從那以後，她們再遇到森野的時候，都不約而同地向她投以輕蔑的目光。

大家對她的印象逐漸達成了共識，慢慢地，森野周圍便形成了一道拒人千里之外的壁壘。在充滿歡笑的教室裡，唯獨森野的座位四周出奇地安靜，讓人覺得那裡彷彿是另一個世界似的。整個教室中，也只有這裡被一片昏暗的陰影籠罩。

然而，在森野本人看來，她似乎並不認為自己無視他人的存在。這一點是我跟她聊天後才發現的。我覺得，她對待別人的那種愛理不理的態度並非出自任何惡意，只不過是她的天性使然罷了。其實森野並不討厭別人，因為她對任何人都是同樣地冷淡。

透過對森野的觀察，使我感受最深的就是她的「困惑」。當別人談到某事的時候，由於不知該如何回答才好，她只能輕描淡寫地說一句：「哦，是嗎？」……因為她無法在自己與他人之間找到一個恰當的聯繫，所以除了這句話以外，她實在想不出還有什麼話可說……當然，以上都只是我的推測，森野到底是怎麼想的，目前還無從知曉。正是由於她不會把自己的真實表情顯露在臉上，因而想窺探她的內心世界是一件極其困難的事情。

自從第一次與森野交談之後，有一段時間我一直覺得她像個人偶。我也說不清到底是為什麼，反正總覺得她的存在與房屋裡的擺設似乎有共通之處。

十月的某個星期三，樹木的枝葉漸漸褪掉了綠色，與此同時，枝頭的紅葉也愈來愈多。

早晨，當森野低著頭走進教室的時候，原本喧鬧的教室一下子變得鴉雀無聲。烏黑的長髮從森野臉前方垂下，遮住了她的表情。她以一種令人毛骨悚然的方式拖動著腳步，緩緩地向自己的座位走去。

幾乎所有在場的同學都覺得眼前的森野活像一個幽靈，而她身上散發出來的氣息，則讓人聯想到負傷的野獸，令人有種危險的感覺。

環繞在她四周的壁壘平時總是呈一個透明的球形，但如今這道壁壘的表面卻突然冒出了尖利的棘刺。若是有人膽敢靠近的話，誰也不知道森野會做出什麼樣的事情。跟平常一樣，森野一言不發地走進了教室，同學中也沒有人跟她說話。不過，坐在森野旁邊的那些同學似乎近距離地感受到了某種反常的氣氛，嚇得他們戰戰兢兢地上了一整天課。

我對她的神情倒沒怎麼在意，只是覺得她今天可能心情不好。那天，我沒有和森野說話，因而無法知道確實的原因。森野是絕對不會在其他同學正和我交談的時候來找我聊天的。

第二天放學後，我才知道其中的原因。

傍晚的班會結束後，同學們爭相衝出教室，不一會兒，教室裡就變成一個空空盪盪的地方，周圍的寂靜讓人不敢相信剛才這裡竟是一個熱鬧非常的場所。除了桌椅之外，教室裡就只剩下我和森野了。

習習的涼風從窗戶吹了進來。隔壁的教室好像還沒有下課，坐在這裡能夠隱約聽見從走廊傳來老師的上課聲。

森野坐在自己的座位上，兩手無力地垂在椅子兩邊，看上去十分疲憊。

「我最近睡眠不足。」

話剛說話，她便打了一個呵欠。她眼睛下面的皮膚微微有點發黑，就像蒙上一層影子一樣，眼皮已經落到了眼睛的中央，她就這樣半睜著眼睛呆呆地眺望著遠方。

我正在自己的座位上忙著收拾東西回家。我坐的地方離她很遠，和她的座位剛好位於相反的方向。由於教室裡沒有別人，她說的話我聽得很清楚，不過，我完全沒有走到她旁邊去聊天的意思。

「所以昨天妳看起來才會那麼反常？」

「有時會這樣。自己想睡，但就是睡不著，可能是得了失眠症吧。」

森野從椅子上站了起來。只見她昏昏欲睡地，拖著搖搖晃晃的腳步走到了黑板前面。教室前面的牆上有一處插座，上面的插頭直接連著旁邊的板擦清潔機，森野從插座上慢慢地拔下那個插頭。插頭的電線足足有五公尺長，它的另一端就是放在教室一角的板擦清潔機。森野把電線纏到自己的脖子上，並一動也不動地保持這姿態一段時間。

「這個也不行，一點也不合適。」

之後，她搖了搖頭，把電線扔到地上。

「每當失眠的時候，我都要在脖子上套一條繩子睡覺。當我閉上眼睛的時候，就幻想自己是一具被人勒死的屍體，這樣一來，我就能入睡了，而且感覺自己的身體像沉入深海一樣。」

她好像不是在說夢話，我有些失望。

「既然妳能想出這樣的辦法，那為什麼不在失眠以前就如法炮製呢？」

「我所用的繩子可不是隨便就能找來的。」

看來，森野的要求還挺高的，剛才那條電線似乎無法讓她的頸部感到舒服。難道真有什麼適合用來勒死自己的繩子嗎？

「上次失眠時用的那條繩子找不到了，現在我正在重新尋找一條與我的脖子相配的繩子……」

森野打了個呵欠，接著用她那不健康的臉龐環顧了教室一圈。

「可是，我目前還不清楚自己要找的到底是一條怎麼樣的繩子，我覺得只要我弄清了這一點，失眠症的問題就可以迎刃而解了。」

「那妳以前用的那條是怎麼樣的呢？」

「不知道。原本就是撿來的，而且克服了失眠問題之後，我馬上就把它扔了，現在根本想不起它到底是什麼樣子了。」

她閉上雙眼，用力地拍打自己的脖子。

「那種感覺我倒是沒有忘記……」

突然，森野睜開了眼睛，從她的表情看來，似乎是想到了什麼。

「對了，我們現在就去買繩子吧。你最好也買一條放在身邊，這樣比較方便。你也應該用得著吧，自殺的時候。」

隔壁教室好像下課了，一陣躁動不安、拖動椅子的聲音從那邊傳了過來。

離開學校後，我們準備前往一家位於市郊的大賣場。雖然路途不算近，但由於那裡所在的位置交通很方便，很多巴士都會經過，所以我們在路上並沒有花太多時間。巴士上的座位有一半是空著的，我抓著車內的吊環，看著坐在身旁的森野。她低著頭，好像一直努力想讓自己睡一會兒，然而遺憾的是，巴士舒適的震動也沒能將她帶入夢鄉，我們就這樣到達了目的地。

寬敞的賣場內陳列著建築用的木材、金屬零件及各種工具。我們一邊遊走在琳琅滿目的貨架之間，一邊搜索著繩子之類的物品。這家大賣場不僅有連接電視和錄影機的AV纜線，還有用來曬衣服的繩索和風箏線等東西，總之，琳琅滿目，應有盡有。

森野把它們一一拿在手上，用她那纖細的指尖撫摸了一遍。她的手勢就像在挑選身上的衣服一樣，反覆欣賞，非常謹慎。

森野似乎對上吊自殺應該用怎麼樣的繩子很有心得。她一臉憔悴地闡述自己的觀點。

「首先，那種一看就覺得不結實的細繩是不行的。電線倒是不錯，但不夠美觀。」

「塑膠繩怎麼樣？」

架子底層擺著一捲捲的白色塑膠繩，我偶然發現了，就順便問了一句。森野面無表情地搖了搖頭。

「那種東西是有伸縮性的，用了肯定會失敗，只會讓人掃興。」

工具櫃台的貨架上擺放著許多不同類型的鎖鏈，其中既有寬兩公分左右的粗重鏈子，也有僅幾公釐細的工藝品。每一種都像捲筒衛生紙一樣被捲好放在架子上面，顧客可以用旁邊的專用工具，按照自己的所需剪下相應的長度，最後拿到櫃台計算價格。

「你看這種，據說這樣的粗細可以承受五十公斤的重量。」

森野用拇指和食指輕輕地捏了捏一條銀白色的細鏈，接著，她順勢把這條鏈子拉到自己的頸部試了一下。從她手裡滑落下來的部分在燈光的照射下閃閃發光。

「顏色也不錯，上吊後屍體看起來一定很漂亮……不過，把脖子套進去的那一瞬間，也許會把皮膚夾痛。」

說著，她鬆開了手裡的鏈條，看來，這種鎖鏈跟森野的理想也存在一定的距離。

她一直考慮自己願意被什麼樣的繩子勒死，而我則正好相反，如果我要將人勒死的話，應該選擇怎麼樣的繩子呢？我一邊思考著這個問題，一邊在賣場內溜達。

「我討厭那些會刺痛脖子的東西。」

見我指著一捆稻草繩，她這樣說道。

「以前我住在鄉下的時候，家裡有很多這種舊式繩子，做農活的時候經常要用到它。」

聽說森野在讀小學四年級以前，一直住在別的地方。那個地方位於山裡，離她現在的家約有兩個小時的車程。

「那是我媽土生土長的地方。外公和外婆在家種田，我爸則每天都要坐很長時間的車到公司上班。」

由於考慮到交通便利的因素，他們一家搬到了現在的住處。這些事我還是第一次聽她說起。

「對了，妳自殺的時候為什麼不選擇上吊，而是去割腕呢？」

「你是說這個嗎？」

森野的手腕上有一道像蚯蚓一樣的白線，皮膚微微隆起，一看便知是割破手腕後留下的痕跡。以前，我從未向她提過傷口的事情，也不知道導致她割腕的原因。

「這可不是企圖自殺時留下的，不過是一時衝動割破而已。」

她總是面無表情地度過每一天，然而，內心深處卻似乎隱藏著足以引發如此後果的衝動。看來，她冷漠的外表就好像保溫瓶不會發燙的外殼一樣，僅從外觀來看，根本猜不出裡面盛著的到底是什麼東西。

可是，當一個人的感情到達無法抑制的程度時，就必須找某種方式來宣洩。有些人透過遊戲或運動來放鬆心情，而另一些人則從破壞中得到滿足。在後者的情況下，如果宣洩情感的方式是外向型的，那麼便極有可能做出如損毀家具一類的事來。但由於森野的宣洩方式並不是向外的，因此她所要破壞的目標便只能是她自己。

「哥哥？」

我突然聽到了熟悉的叫聲，回頭一看，只見妹妹小櫻就站在不遠的地方，正歪著頭，在密集的貨架之中發現了我。她手裡抱著一個大大的袋子，那是裝狗食的袋子，看來她今天也碰巧來這裡買東西。

本已是昏昏欲睡的森野，一看到印在袋子上的狗圖案，臉上就開始輕微地抽搐起來。

小櫻先是訝異此時此地竟然能碰到我，接著便將目光轉向了森野。

森野把頭別向一邊。這樣做，倒不是因為她不願意跟小櫻對視，而是因為她不想看到袋子上的圖案。賣場裡凡是與狗有關的商品，森野都盡量避開。

「這位漂亮的小姐是……」

小櫻滿懷好奇地問道。我耐心地向她解釋，不過是一個同學，叫她不要想太多，但她臉上還是一副懷疑的表情。

「算了算了，媽媽叫我出來買東西，首先就是買狗食，然後呢，去洗衣店拿衣服……」

小櫻拿出一張紙條，不厭其煩地讀了起來。她跟我不一樣，個性比較好，雖然是準備考高中的關鍵時期，但對別人的請求仍然是來者不拒。

「……另外，隔壁阿姨還叫我順道替她買一些豆腐和橘子，回家之後還得去遛狗。」

小櫻說完後，準備離開，她微笑著朝森野揮了揮手，而森野只顧躲避小櫻手上的袋子，所以沒有看到。她用手顫顫巍巍地支撐在貨架上面，全身上下都在抗拒那個狗的圖案。

等到小櫻走遠了後，我對她說：

「沒事了，把頭抬起來吧。」

聽我這麼一說，森野這才把身體舒展開來。隨後，她又將目光投向貨架，開始查看起上面的鐵絲。看她的樣子，好像什麼事也沒發生似的。

「剛才那個是你妹妹？」

我點了點頭。

「……我也有個妹妹，我們是雙胞胎，不過，她很早以前就死了。」

這我還是頭一次聽說。

「她名叫夕。夕……」

她一邊解釋，一邊用指尖撫摸著微微泛著銀光的鐵絲。說話間，森野蒼白的嘴唇上下震動，不時露出一排潔白的牙齒。她那平靜的話語就是從這些牙齒的後面傳出來的。

「夕是上吊自殺而死的……」

森野夜這樣說道。

在賣場裡，森野試著將各式各樣的繩子套在自己的脖子上，儘管如此，卻仍找不到一條能夠解決她失眠問題的繩子。最後我們什麼也沒買，從賣場走了出來。

我們橫越大賣場的停車場，朝公路的方向走去。眼圈黑黑的森野拖著疲憊無力的步伐，如果這時吹來一陣強風的話，或許可以把她吹倒。

四周除了大賣場的巨大建築外，幾乎空無一物，有的只是旱田和長著枯草的荒地。空地上有一條新鋪的柏油路，路面非常寬闊。這一帶經過開發之後，一定會逐漸繁榮起來吧。

路旁有個巴士站，站台上安放著長椅。森野在椅子上坐了下來，她可能準備搭巴士回家。

我家的位置與她家正好相反，而且也不是很遠，可以走路回去。雖然我沒有搭巴士的打算，但還是在森野的身旁坐下。

太陽快要下山了。儘管天空的顏色還是藍的，但浮雲的下緣已被夕陽染成了淡淡的紅色。

「能說說妳妹妹的事嗎？」

她瞅了我一眼，然後，就像個啞巴似的一聲不吭。

面前這條馬路的交通流量不大，偶爾能看到一輛車從路上駛過。呈現在我們眼前的是平坦的瀝青路面和護欄外枯草遍野的荒地，在廣闊的視野中，遠方聳立的鐵塔看起來就像沙粒一樣。

「……嗯，好的。」

過了一會兒後，森野這樣說道。

2

「夕是小學二年級的時候死的，所以我記得的還是她未滿八歲時的樣子……當時，我們一家住在只有水田和旱田的鄉下……」

聽森野說，她以前的家位於山腳下，房子背後有一片森林，林子裡經常傳來鳥兒拍打翅膀的聲音。

「我和夕並排睡在同一個房間裡。躺下剛要睡著，就會聽見貓頭鷹的叫聲穿透黑暗，從樹林裡傳來。」

森野家是一棟用黑亮木板和樑柱建造的老房子，屋瓦上長著綠色的青苔，經常有破碎的瓦片散落到房屋周圍的地面上。房子很大，除了後來增建的廚房外，所有房間的地板都鋪著榻榻米。家裡住著夕、夜兩姊妹以及她們的父母和外公、外婆。

森野的父親每天早晨去城裡的公司上班，要花兩個小時。外公和外婆則經常外出查看水田的蓄水情況，並從倉庫裡拿出農具去旱田裡工作。從家裡出發，步行五分鐘左右就可以看到旱田和水田。一家人吃的蘿蔔和白菜都是在那裡種出來的。

「不過，家裡種的蘿蔔跟商店裡出售的相比，不但形狀不好看，顏色也偏黃。」

院子裡種著好幾棵樹，地上的泥土裸露在外，每逢下雨的時候，小院子就成了一個稀泥潭，泥水會在地面上形成無數的水坑。雨後的小院子，可以說是泥濘不堪，寸步難行。

房屋左側有一間倉庫。倉庫很小，與主屋形成鮮明的對比，就像一個依偎在母親身旁的小孩。裡面存放著各種農具，倉庫的屋頂自從被颱風毀壞後，就一直沒有修理，只是用藍色塑膠布蓋著，雖然有些漏雨，但裡面只有一些農具，問題倒不大。

「小時候，我經常和妹妹一起玩。」

上小學後，姊妹倆總是手牽著手一塊兒到山腳的學校。崎嶇的山路非常狹窄，一邊是陡峭的山坡，坡面上長滿了各式各樣的樹木。山路的另一側也生長著繁茂的林木，從樹葉的縫隙之間可以望見山下的廣闊景色。茶色的落葉堆積在道路兩旁，經過雨水的浸泡已經變得很柔軟了。由於高大樹木的枝葉遮擋了陽光，所以一路上不僅光線昏暗，而且空氣潮濕。

「上學時，因為走的是下坡路，所以有一種輕鬆的感覺。但回家的時候，情況就不一樣了，由於是上坡路，因此每次都覺得很鬱悶。」

夜和夕這兩姊妹，無論是長相還是臉上痣的位置，都一模一樣。而且，兩個人都留著齊腰的長髮，平時也穿著相似的衣服。我腦海中浮現出這樣一對姊妹攜手走在樹林陰鬱的山間小路上的情景。

「……我們兩人就像從一個模子裡倒出來的，僅憑外觀，就連媽媽也沒辦法區分出我們。記得有一次，我們在洗澡前脫光了衣服，一言不發地站在一起。」

據說，森野的母親當時就分不清到底哪個是姊姊，哪個是妹妹。

「……當然，兩個人在動作和表情上還是有區別的。只要聽一聽說話的語氣，家人就能辨認出我們。」

看見被她們弄得一頭霧水的母親，儘管只是小孩子，夕還是忍不住噗哧一聲笑了起來。而媽媽聽到這笑聲，馬上就能叫出她們的名字。

「妳是夜，妳是夕！」

看來，與姊姊夜相比，妹妹夕是一個感情更加外露的孩子。當父母跟她說話的時候，夕總是報以甜甜的微笑。

「那時，我們最喜歡的遊戲就是畫畫和裝死人。」

每逢暑假，學校的游泳池就會免費開放給學生游泳。

「我們學校很小，所有學生加起來也不過一百人左右，每個年級的人數還不到二十人。不過，放暑假的時候，游泳池裡幾乎天天擠滿了人。」

亮晃晃的陽光和孩子們嬉戲時濺起的水花，成了暑假時的主要景觀。漂浮在游泳池的水面上，可以清楚聽到從附近山上傳來有如排山倒海一般的蟬鳴。

「泳池邊每天都有一、兩個大人充當看管小孩的救生員，有時是學校的老師，有時是輪班的家長。由於基本上不會出現什麼問題，所以這些救生員總是坐在太陽傘下的長椅上聊天。」

一天，孿生姊妹決定假扮成淹死的人來嚇唬岸上的救生員。四肢放鬆的兩個人同時趴在水面上比賽。她們要比誰能漂浮得比較久，而且最像一具溺水的屍體。

在充滿喧嚣的泳池當中，姊妹倆的安靜顯得格外異樣。她們的頭髮像海藻一樣漂蕩在水裡，背部以外的身體全都淹沒在水中，只要氣息尚能維持，她們便盡量保持固定的姿勢。如果實在憋不住的話，還可以偷偷仰起頭來換一口氣，然後馬上恢復到原先的樣子。

「……出乎意料的結局正等待著我和夕。」

那天，負責看管泳池的救生員是姊妹倆班上兩位同學的媽媽。當她們其中一人發現了長時間漂浮在水面上的雙胞胎後，立刻從椅子上站起來發出了尖叫。這一聲尖叫吸引了泳池內所有小孩的注意，不管是在水裡打鬧的低年級孩子，還是正做著游泳練習的六年級學生，所有人都不約而同地把目光集中到岸上的長椅上。這時，剛才沒有發出尖叫的另一位母親為了救漂浮在水面上的兩姊妹，從椅子上站起來後飛快地跑了起來。然而，在光滑的泳池邊奔跑是一種非常危險的行為。

「那個人摔倒後陷入了昏迷，而剛才大聲叫喊的那位母親此時卻沒有注意到這一點，已經離開游泳池叫救護車去了。當我和夕玩累了後重新浮出水面時，周圍已經亂成一團。此時的泳池完全是一處人間地獄，低年級的小孩嚇得哭了起來。在那位不省人事的母親旁有一個男孩，正一邊搖晃著她的肩膀，一邊呼喊著媽媽。那是我和夕的同學。」

二人見狀，互相對視了一下。緊接著，二話不說便趕緊從池子裡爬上岸來，連衣服都來不及換就迅速逃離現場。

「我們就像這樣一手抱著裝有替換衣服和浴巾的袋子，一手拿著自己的鞋，匆忙從後門跑了出來。當我倆穿著泳衣在田埂上飛奔的時候，看見好幾輛救護車排成一列從遠處的路上疾速駛過。也不知那位母親究竟發現了多少溺水者，我記得當時救護車一共來了五輛。」

學校坐落在山腳下，山前的平原上是看不到邊際的水田。綠色的稻葉覆蓋著大地，就像一張平整的地毯。而身著泳衣的姊妹倆就疾走在這地毯中的田邊小路上。

「雜草的尖端刺痛了我們的雙腳。」

姊妹倆不清楚救護車到學校後發生了什麼事情。那天她們到家後，似乎也沒多想，吃完刨冰以後就上床睡覺了。

「裝死人還有一種玩法，就是互相把番茄醬塗到對方臉上，裝扮成流血的樣子。」

兩個人站在冰箱前面，用手指蘸上番茄醬，塗抹到對方的臉上。白皙的皮膚出現了鮮豔的紅色。

「如此一來，番茄醬就會慢慢地滴落下來，這時就必須用舌頭把它們舔乾淨。玩久了以後，逐漸就會對番茄醬的味道感到厭煩了。最後，我們通常把番茄醬抹在香腸上，統統吃掉。」

有一次，姊妹倆帶著肉醬的罐頭出門了。

離家不遠的一個轉角處是曾經發生過交通事故的地方，當時一個正在上幼稚園的小男孩就是在這裡喪命在車輪下的。這次，夕毅然決定仰躺在這個地方，並閉上了自己的眼睛。

「『姊姊，好了。』聽她這麼一說，我便在她的額頭上將裝有肉醬的罐頭翻轉了過來。醬汁滴落在她的臉上，正如我們預期那樣，那東西看上去就像是從頭顱裡迸出來的腦漿。我命令夕不管遇到什麼事情都必須待在原地不動，她點了點頭。為了不讓醬汁流進去，她的眼睛一直閉得很緊。」

夜鑽到旁邊的樹林中藏了起來，躲在一旁欣賞由此經過的路人們的表情。一般，大人們都會嚇得驚叫起來，而年幼的小孩則不同，他們會大膽地靠近夕，然後近距離觀察這到底是什麼遊戲。

「從旁邊經過的路人起初都會大吃一驚，但一會兒後，他們就會識破肉醬的把戲，並哈哈大笑起來。因為我們經常在附近玩類似的遊戲，所以來往的行人都已經見怪不怪了。」

「沒有汽車從路上駛過嗎？」

既然是發生過交通事故的地方，那就肯定不時會有一些車子經過那裡。躺在路上的夕，處境不是很危險嗎？

聽我這麼問，她面無表情地說道：

「車，當然來了，不過夕的眼睛是閉著的，對此她一無所知。一陣緊急煞車之後，汽車在眼看就要壓到她的地方停了下來。聽到刺耳的煞車聲，夕抬起了上半身。她擦拭掉臉上的肉醬，睜開眼睛一看，汽車的保險桿就在她的鼻尖前方……銀色的保險桿上映出了她的臉龐……」

「妳當時沒有向妳妹妹叫喊，提醒她有危險嗎？」

「……對啊，沒有。我只是在一旁靜靜地觀看，因為這也挺有意思的。」

在她的話語當中，我察覺不到任何罪惡感，或許，她內心深處根本就沒有這樣的概念。從這個意義上來說，森野的確是我的同類。

她接著說道：「我們是雙胞胎，不僅外貌長相一模一樣，而且平時腦子裡思考的問題也大同小異。但是在個性上，我們卻有一點差別。妹妹是一個膽小鬼……」

巴士在我和森野坐著的長椅前駛過。剛才曾有一輛車在此停下，等我們上車，但森野絲毫沒有乘坐的意思，於是車便開走了。車離開以後，只有排氣管發出的臭味依然留在這裡。

太陽幾乎與地平線相接了，東方的天空變得黯淡。晚風拂過路面，護欄下的枯草隨風搖擺起來。

森野癱坐在長椅上，緊握的雙拳放在膝頭。

「我們常常思考關於死亡的事情。人死了之後會到哪裡去呢？會變成什麼樣子呢？類似這樣的問題最讓我們感興趣。不過，與夕相比，我了解更多有關死亡的知識。我覺得自己是一個殘忍的孩子……」

我經常命令夕做這做那的，森野面無表情地說道。

「那時，倉庫裡養著動物，一種四隻腳的、流著口水的、臭臭的動物……總之就是那個。」

她指的恐怕是狗吧，想不到她以前曾經養過狗。

「我曾命令夕在牠的食物中加入漂白劑，倒不是因為想讓牠變白，而是想看牠痛苦的樣子，僅此而已……」

據說當時夕曾求她放棄這個計畫。

「但是我裝作沒聽見，借夕的手把漂白劑摻進了狗食裡。夕雖然不願意這樣做，但我卻沒有放過她。」

儘管加入了漂白劑，但狗並沒有死，只是難受了兩天，父母和外公、外婆都非常擔心牠的健康。飽受痙攣折磨的狗不時發出陣陣哀號，從早到晚都可以聽到從倉庫裡傳來的狗叫，牠那尖利的叫聲響徹了山頂的天空。

夜觀察著牠的樣子。受到驚嚇的夕則蜷縮在家裡，一直用手捂著自己的耳朵。

「夕哭了。」

夜看著自己的妹妹，目光跟觀察狗時的狀態一樣。因為是自己親手將漂白劑放入狗食裡的，夕的內心那一刻正承受著巨大的痛苦。透過這次試驗，夜成功地同時觀察到狗和妹妹的反應。

夜和夕還曾經玩過一次上吊的遊戲。

「精確地說，這種遊戲就是模仿上吊自殺的整個過程，在快要被吊死的那一瞬間打住。記得那是個雨天。由於無法外出，我們便在倉庫裡玩這個遊戲……夕好像就是在幾個月之後死的。」

姊妹倆各自在倉庫的地上豎直堆放起兩個木箱，然後站到了箱子上，接著，她們把頭套進了從屋樑上垂下的繩套裡。這樣一來，只需從箱子上跳出去，就可以完成上吊的動作了。

「我們數一二三，數到三便一起跳下去，我當時是這樣說的。不過，這是騙她的，我並不準備跳下去，只是想看一看夕吊在空中瀕死掙扎的狀態。」

一、二、三。兩個人同時發出了信號，然而什麼事也沒有發生。姊妹倆誰也沒有跳，倉庫裡一片寂靜。

「夕似乎察覺到我的計畫，所以她也沒有跳。我責問她為什麼不跳，她身體僵直地站在箱子上，好像被嚇呆了。」

夕並沒有指責姊姊不講道理，只是默默地忍受著夜的責罵。

「妳是不是經常欺負妹妹？」

「也可以這麼說吧，不過，當時我自己並沒有意識到這點，兩個人平時關係很好。況且，夕自己也做出許多壞事，譬如裝死人去嚇人這種事，她就比我還要在行。」

「家人發現妳們兩人之間的這種較量了嗎？」

「沒有。」

她沉默了一會兒，呆呆地望著前方的道路。一輛汽車從路上駛過，由於四周的光線已經暗了下來，司機開了車的大燈，因此，剛才她的半邊臉龐融入了車燈造成的光環裡。風吹散了她的頭髮，將幾根髮絲拂到她的臉頰上。

「夕是在小學二年級的暑假死的。那天早晨天氣本來很好，但天上的烏雲愈聚愈多，中午的時候就開始下起雨來了……」

中午十二點過後，母親出門買東西了。父親不在家，外公和外婆也在外面。家裡只剩下一對孿生姊妹。

起初，雨下得不大，窗戶上只有一些細小的水滴。然而不一會兒，雨就下大了，窗戶上的水滴逐漸聚集在一起，不斷往下滴落的水珠形成一根根透明的線條。

「大概十二點半，我看見夕走進了倉庫。她沒有對我哼聲，我覺得她可能想單獨做點什麼事情，便沒有跟去。」

當時，夜一個人回房間看了一會兒書。

大約一小時過後，從大門口傳來了開門的聲音。夜跑到門口一看，原來是外婆回來了。外婆手上提著一大包梨，她一面將雨傘摺好，一面說道：「這是鄰居送我們的，我馬上削給妳們吃。」

「『我這就去把夕叫來。』說完，我丟下站在門口的外婆，朝倉庫跑去。」

夜打開了倉庫的門。

接著，她便看到了那景象，一聲刺耳的尖叫瞬間打破了周圍的寧靜。

「夕的身體懸垂在空中，脖子上套著一條從天花板上垂下來的繩子。我馬上又跑回門口，手裡抱著梨的外婆用詫異的目光看著張皇失措的我。」
夕死了。她就是這樣向外婆解釋的。
她是上吊自殺的。同時，這也是一件意外事故。
除了吊死夕的那條繩索以外，她身上還有一條做農活時使用的草繩，正好套在夕的胸部，一端纏繞在夕的身體上，另一端則從空中垂下。
此外，天花板的屋樑上也垂下一條同樣的草繩。看來，這條和纏在夕身上的草繩原本是連接在一起的，直到事發的時候才在中間截斷。
「妹妹並沒有自殺的念頭。她本想利用那條套在胸部的草繩掛住自己的身體，本來可能是想裝成吊死鬼的樣子來嚇嚇大家。然而，當身體被吊起來的瞬間，草繩卻承受不了她的體重，斷成兩截……」
據說夕的喪禮辦得很簡單。
至此，她的故事說完了。
雖然還留下一個疑問，可是我沒有再問。森野長長地嘆了一口氣，表情有些疲憊。
這時，太陽沒入了地平線以下，馬路旁的人行道已是華燈初上。巴士站裡，印有巴士時刻表的燈箱也亮了起來，柔和的白光照射到長椅上，也照在我們的身上。
車燈的光亮從遠處傳來，從四方形的正面輪廓來判斷，這應該是一輛巴士。巴士帶著引擎的轟鳴，在車站前停下。

森野站起來，鑽進了開啟的車門，我也離開了長椅。既沒有道別，也沒有回首，我們就這樣分手了。

3

森野夜告訴了我她死去的妹妹的故事。兩天後的星期六，從早上開始，天空中就布滿了烏雲。這天，學校沒課，我早早地來到車站坐上一班電車。

離開市區以後，車窗外的景色逐漸蕭瑟起來。搖搖晃晃的車廂裡本來坐滿了乘客，但他們都一個接一個地消失了，最後車內僅剩下我一個人。朝窗外望去，只見缺少陽光的田園風景像一幅幅灰暗的圖畫一樣，快速地從我眼前滑過。

我在一處人煙稀少的小站下了車，接著，從站前的巴士站轉乘巴士繼續前行。不久，道路便開始緩緩上升，樹木植物也漸漸多了起來。不知不覺中，我已經來到一處可以俯視山下小鎮的地方。山路愈來愈狹窄，幾乎到了只能讓一輛巴士通行的程度。道路兩旁的林木長得枝繁葉茂，越過護欄的樹枝與巴士的玻璃窗摩擦，發出了輕微的聲響。

巴士來到一個林中的車站停了下來，我在這裡下了車。巴士開走後，路上看不到任何車輛的蹤影。我查看了一下站裡的時刻表，這裡的巴士每小時只有一班，到了傍晚好像就沒有回程的巴士了。看來，我必須盡快趕回車站。雖然車站的四周全是樹木，但走了幾步後，眼前的視野就突然開闊起來，星星點點的民房屋頂映入眼簾。

這就是森野出生的村莊，她在這裡度過了孩提時代。

我停下腳步，朝四周環視了一番。如果天氣好的話，茂密的紅葉一定會使整座大山呈現一片紅色。只可惜今天是個陰天，想來的確有些掃興。

我邁步向森野曾住過的房子走去，一邊走，一邊想起了昨天在學校裡和森野談到的事情。

星期五午休的時候，圖書室裡人影稀疏。四面的書架上放滿各類書籍，除此以外的空間安放著供人閱覽時使用的桌椅，森野就坐在一個四周無人的角落裡。我看到她後，走到她旁邊說：

「我想參觀一下妳以前住的那個地方。」

她從正看著的一本書上抬起頭來，皺了皺眉頭。

「為什麼？」

「妳忘了嗎？去參觀死過人的地方可是我的愛好。」

森野把目光從我身上移開，又將注意力集中到手裡的書上。從我的角度向下看去，只能看到一個圓形的後腦勺。她沒有理睬我，繼續看她的書。

這時，我注意到她手中的那本書，頁面的一角上寫著這樣一個標題：「第三章：你並不孤單……樂觀向上的生存之道」。看到這樣的標題，我不禁吃了一驚。她依然埋頭不肯理我，不過從她的動作來看，似乎很擔心書上的標題會引起我的誤解。

「我認為這本書的內容可以讓人打瞌睡。」

不知所措地沉默了一會兒後，森野再次抬起頭。

「我現在後悔把夕的事告訴你了。要是想去的話，你就一個人去吧。」

據她說，當年住的房子和用過的倉庫都還在，森野的外公、外婆至今仍在當地務農。我問她為什麼不一起去，她的回答是因為睡眠不足，身體欠佳。

由於第二天是星期六，學校不用上課，因此我決定獨自到她鄉下的老家去看看。森野把具體的地址和交通路線都告訴了我，從距離來看，應該可以當天往返。我拿出隨身攜帶的筆記本，要她幫我畫一張地圖。

「突然有一個不認識的高中男生去拜訪，妳家裡的人一定會很吃驚吧。」

聽我這麼一說，她點頭說道，這個不用擔心，她答應給老家打個電話，把我要去的事通知他們。至於此行的目的，對外就說是到鄉下拍攝一些大自然的美景。

「沒事了吧？」

森野跟平常一樣面無表情地問道。我看了看她畫在筆記本上的地圖。

「又是一張讓人看了起雞皮疙瘩的地圖。」

我留下這麼一句話，就轉身離開她的座位。直到走出圖書室，都感覺到她的視線一直沒有從我身上挪開，那是一種欲言又止、含蓄而躊躇的視線。

天上布滿了灰色的雲層，黑色的鳥兒從雲端飛過。在森野所畫的地圖上，公路竟然會從一個托兒所的正中央穿過。如果真有這種托兒所的話，哪位家長願意把自己的孩子送到那裡呢？

我一邊揣摩著地圖，一邊朝森野家的大致方向走去。由於我已經把她家的門牌號碼及路上的標誌一一記在筆記本上，所以即使不看地圖也應該能夠找到。

走著走著，腦海中回想起前天坐在巴士站長椅上聽森野說的事情。那是一個關於生性殘忍的少女及其孿生妹妹的故事。

夕的屍體是上吊著的。

可是，森野的話中有一個疑點，那就是當她發現妹妹遺體時的所作所為。

夜打開倉庫門後，立刻發出尖叫，然後她跑到門口，把夕的死訊告訴站在那裡的外婆。那麼，當時她是怎麼判斷夕已經死了呢？要知道，她和妹妹兩人經常假扮死人來嚇別人，從這個角度來說，難道她當時一點也不懷疑這又是一場惡作劇嗎？

或許目睹這一切的時候，立刻大聲驚呼起來是人的本能反應，也有可能那具真正的屍體確實擁有無法模仿的震撼力，以致讓人不會對它的真實性產生任何懷疑。

然而在我看來，完全不考慮惡作劇的可能性，立即做出死亡的判斷並跑去通知外婆這一連串的行為卻顯得不自然。

我反覆比對著地圖和腳下的道路，面前出現了一條從山谷間流過的小溪，按照地圖上的標誌，這裡應該是一家洗衣店。我想若真是那樣的話，好不容易洗乾淨的衣服在這裡又會被弄濕了。

我一邊從橋上走過，一邊仰望著天空。低垂的雲霧占據了整個山頭，山上的林木則因為光線被遮蔽而看起來一片漆黑。

我走了好久，最後終於找到了森野以前住過的房子。這是一個群山環抱的地方，正如她所說，屋瓦上長著綠色的青苔。一看便知，這是一棟日久年深的老房子。房屋周圍只有樹木和旱田，除此以外別無他物。到了晚上，這裡便會籠罩在黑夜之中。屋子周邊既沒有大門也沒有柵欄，走著走著竟不知不覺地進入了院子裡。

我朝大門走去，不經意間看到位於房屋左側的一間破舊倉庫，那裡一定就是夕上吊的地方。牆壁是用乾燥的白色木板拼成的，屋頂上覆蓋著一塊藍色塑膠布，布的四角用塑膠繩固定在上面。也許因為過於陳舊，整個小屋看起來有些傾斜。

我一面斜視著那間倉庫，一面來到大門前。這裡的門是由縱橫的格子框格和推拉式玻璃窗構成的，透過橫向的滑動就可以控制門的開合。當我正要按門鈴的時候，身後忽然有人叫我的名字。

「是××嗎？」

回頭一看，只見一位拿著鋤頭的駝背老婦人站在院子裡。她穿著便於下田工作的褲子，脖子上還圍著一條毛巾，這位應該就是森野的外婆吧，她手裡的鋤頭沾滿了泥土，雖然與我尚有一段距離，但即使如此，從她身上，我已經感受到了農田的氣息。

「小夜給我打過電話了，等了很久都不見你來，我正擔心著呢。」

她滿臉皺紋的臉龐上露出了微笑。不過，老婦人這副表情很難讓人相信她與森野有血緣關係。森野平時給人的印象總是死氣沉沉的，她的氣質跟眼前這位老婦人身上的生活氣息和臉上的笑容完全格格不入。

我行了禮，對老婦人說自己已經拍了許多照片，馬上就得回去。然而，森野的外婆卻不由分說地將我強行推進了屋內。

大門後有一個存放木屐的鞋箱，箱子上放著一大堆東西，好像都是些地方特產。大門正面有一處樓梯，進屋後明顯嗅到一種類似芳香劑般的陌生氣味。

「肚子餓了吧？」

「不，還沒。」

我的話被她當作耳邊風。我被安排到廚房裡坐下，眼前的桌上擺滿了飯菜。不一會兒，一位個子很高的白髮老人在我的面前出現，看上去像是森野的外公。就這樣的場面來看，兩位老人家可能把我錯當成森野的未婚夫了。

「我們家小夜今後就拜託你了。」

森野的外公一看我已經被招待到餐桌前，趕緊向我點頭行禮。我望著窗外的景色，心裡暗想如何才能趕在沒下雨之前看完倉庫、返回巴士站並坐上回家的末班車。

廚房裡的碗櫃上放著一張照片。

照片中有兩個長得像洋娃娃一樣的小姑娘。她們都留著一頭既長又直的黑髮，身穿黑色的衣服，手牽手並排站在鏡頭前。這張照片好像就是在家門口拍的，背景是剛才的那個門廳。

「這是小夜和小夕。」

外婆見我在看照片，便對我解釋道。

「她們兩個是雙胞胎，這你知道的吧？」
對於她的問題，我點了點頭。
「這是她們六歲左右的照片。」
森野的外公從旁插了一句。除此以外，他們兩人沒有對照片再說什麼。
吃完飯，我雙手合十在屋內的佛龕前拜了拜。這樣做主要是考慮到，只有給兩位老人家留下注重禮儀的印象，之後的調查才會比較容易開展。
看著安放在佛龕裡的夕的照片，我心中在想，也許她的死對於外公、外婆來說還是記憶猶新吧。她是九年前死的，九年的時光，對於我和森野來說是人生一半以上的時間。然而，對於像她外公和外婆這樣上了年紀的人來說，九年前發生的事情或許恍若剛剛過去的一年半載。
在佛龕前拜過後，森野的外公和外婆邀我到起居室坐下，開始詢問我他們的孫女在學校的情況。在回答這些問題前，我先和他們聊起了往事，問他們森野小時候喜歡做什麼遊戲。我還在想說不定他們對這個話題並不感興趣。
「啊，對了，我還收著她上小學時畫的畫呢。」
外婆興高采烈地站起來，跑到裡面去了。外公看了看她離開的背影，轉而向我道起歉來。
「她整天就這麼手舞足蹈的，你可別見怪。」
我搖了搖頭，淡淡地說了一句：「怎麼會呢？」

「……夜這孩子以前從沒有把朋友帶到家裡來。我們家老太婆一聽說你要來，從昨天就開始興奮了。」

森野的外婆從屋裡抱出一個紙袋，把它放到桌上，拿出裡面的東西。裡面裝著好幾張陳舊的圖畫紙，這些是森野上小學時用顏料和蠟筆畫的作品。早在讓她畫地圖的時候，我就隱隱感覺到她完全不具備繪畫的才能。

圖畫紙的背面寫有名字和班級。

夕的作品也在其中。看來，她們兩人的成果並不是分開保存的。署有夜的名字的畫作從一年級一直延續到六年級，保存得相當完整，而署名夕的畫作則只有一年級和二年級時的作品。從這一點來看，似乎也可說明以前確實曾有一個叫夕的女孩住在這裡，而且她不久就離開了。

我比較了她們兩人在小學二年級時所畫的圖畫。

「根本就看不懂她們兩個到底畫了些什麼。」

外婆說著笑了起來。兩姊妹的繪畫技術可謂不相上下，不過，她們兩人似乎就同一題材畫了類似的圖畫。

兩張畫裡都有一個簡化了的家的剖面圖，畫中的房子裡都有兩個並排站立的長髮女孩。我想這應該是她們的自畫像吧。

「真不知道這到底在表示什麼意思。」

聽外婆這麼一說，外公答道：

「不就是兩個人站在屋裡嗎？」
「這誰也看得出吧。」
說完，又笑了起來。
我默默地看著這兩幅畫，逐漸領會到圖畫所要表達的意思。畫中人物的脖子上分別繪有一條延伸至天花板的紅線，由此可見，這兩幅畫所描繪的情景，應該是在倉庫裡進行的上吊遊戲。
「這兩張畫是她們上三年級那年的暑假作業。本來小夕是準備開學後把畫帶到學校去的……畫完沒幾天，她就死了……」
外婆瞇著眼睛，似乎陷入了往事的回憶中。
雖然兩張畫大同小異，但夕畫得更為細緻一些。纏繞在屋樑上的紅繩、堆積起來的木箱、高懸在屋頂上的太陽，還有兩個女孩腳下穿的鞋都被她一一描繪了下來。
而夜的畫作裡，這些東西卻沒有被仔細地描繪出來，可以說夜對畫面的處理更加簡單、大膽。畫面上的人物從頭到腳都是肉色的，而且作者似乎也沒打算要給她們穿上鞋子。整幅畫的背景是暗淡的灰色。
我注意到夕所畫的鞋子有些不同。畫上有一個女孩穿的是黑鞋，而另一個女孩穿的則是白鞋。雖然目前還不知道這樣的區分到底有什麼意義，不過這一點的確值得注意。
我把手裡的圖畫放到桌上。
「也是時候出去拍一下森林的景色了……」

就此打斷談話後，我拿起自己帶來的數位相機走到屋外。

打開大門向外望去，整個視野是一片白茫茫的世界。起初我還以為是起霧了，仔細一看，原來下起了小雨。微小的雨粉漫天飛舞，覆蓋了整座大山。這種天氣倒不必打傘，我拿著數位相機在四周一邊閒逛，一邊拍照。

雨漸漸愈下愈大。一會兒後，我裝作若無其事的樣子，靠近了住家旁邊的倉庫。

倉庫門是木板製成的拉門，門是關著的，看不到裡面的東西。雨滴接連不斷地從屋頂的薄板上落下。我用手指橫向拉了一下倉庫門，儘管有些吃力，但門還是打開了。

從門口射入的光線隱約照亮了裡面的陳設。我嗅到一股枯萎的植物氣味。

這個房間高兩公尺，長、寬各三公尺。

地上好像是黏土地面。

天花板附近有一根橫樑，從下面可以望見已經有些破損的屋頂。屋頂上到處都有空洞，從這些地方可以看見覆蓋在頂棚上的藍色塑膠布。一盞小小的電燈從天花板上垂吊下來。

據說以前倉庫裡養著一隻狗，不過現在已經不在了，可能是死了吧。入口的牆上靠近地面的地方有一個正方形的小門，我想這可能是專供狗進出的通道，以前狗可能就被拴在這附近。

我邁開步子走了進去，倉庫裡的空氣好像因我的造訪輕微地震動了一下。屋子裡有點陰冷。

這裡曾經留下夕的身影，她的身體就懸掛在天花板下的屋樑上。一想到這裡，我彷彿覺得小女孩的屍體仍舊在空中搖盪。

房屋的入口處有一個開關。按下這個開關後，從天花板垂下的附有燈罩的電燈便亮了起來。燈光很昏暗，勉強可以照亮整個屋子。

我想起夜曾經提到的種種事情。在這裡，姊妹倆搬來兩個木箱玩上吊遊戲；在這裡，她們把漂白劑摻進了狗兒的狗食裡。

對於夕的死，我懷疑夜脫不了關係。

夜打開倉庫門的時候就已經知道妹妹死了，但她卻在家人面前裝作剛剛才發現的樣子。那麼，她為什麼要這樣做呢？到底在什麼情況下，她希望掩飾真相呢？一旦考慮到這些心理因素，就不得不讓人懷疑夜對她妹妹的死負有重大責任。

「小夕就是在這裡被發現的……」

回頭一看，森野的外婆此時正站在倉庫的入口處，她表情嚴肅地望著半空。

「聽說她是在惡作劇的時候不小心死的。」

我順著她的視線朝半空中望去，當時夕可能就吊死在那裡吧。

這時似乎下起了暴雨，外面響起雨點撞擊地面的聲音。不過，身在倉庫裡，屋外所有聲音都像包裹著一層膜一樣。不管是風聲，還是雨滴打在屋頂薄板上的聲音，都顯得有些沉悶。

據說屋頂的天花板自從遭颱風毀壞以後，就再沒有進行過修繕，現在雨水就從這個破爛的天花板上不住地滴落下來。不過倉庫內並沒有什麼貴重的東西，所以也不用擔心這裡會遭受任何損害。

倉庫的一角堆放著耕作用的鋤頭和鏟子，牆壁上還掛著鐮刀等農具。此外，屋裡還有修枝剪和成捆的稻草繩。

在供狗兒進出的小門旁，放著不同種類的繩索。在顏色各異的繩子當中，紅色的繩子特別顯眼。

「那天的事情，我到現在還記得很清楚。」森野的外婆平靜地說道：「我從鄰居家回來，剛把傘收好，就看到小夜來到門口……」

事情的經過跟夜的敘述完全一致。她看見外婆手裡的梨後就說自己去叫妹妹，然後便打開倉庫的門，之後，就聽見一聲尖叫。森野外婆的話中有一個地方我還不是很清楚，正想上前詢問，忽然覺得鞋底的感覺有些怪怪的。

不知什麼時候，自己的鞋底與地面緊貼在一起。地上的土似乎是黏土，每當下雨的時候，從天花板落下的雨滴就會把地上的泥土潤濕，從而使其變軟，因此，地面的黏度也就隨之升高。

試著把腳抬起來後，鞋底與地面逐漸脫離，地上便留下了一個淺淺的鞋印。

夕死的那一天也下著雨，地面的狀態應該和今天一樣吧？可是，如今我留在地上的鞋印很淺，當時還是小女孩的夜跟我現在的體重相比，肯定要輕很多。那麼，以她那樣的體重能夠在地面留下鞋印嗎？

我從開著的大門向外望去，雨還在下。如果當時，倉庫的地面因漏水的關係比現在更為柔軟的話，說不定可以留下鞋印。

夕死的那天，雨是從中午開始下的。之後，夕走進倉庫，夜回房間看書。即使是發現屍體的時候，夜也只是站在入口朝裡面望一望，而沒有走進倉庫。

假如森野的外婆那天在倉庫的地上發現了夜的鞋印的話，那麼兩天前她在巴士站告訴我的故事就是編造的，因為只要有夜的鞋印存在，就可以證明她在發現屍體之前就已經進入過倉庫。

「發現小夕的時候，地上有鞋印嗎？」

我不敢奢望老婦人現在還能記得這些瑣碎的事情，不過，我還是試著問了一下。

「倒是有小夕的鞋印。」

森野的外婆這樣說道。當時墊腳用的箱子翻了下來，在收拾這些東西的時候，老婦人在地面上發現了孩子的鞋印。

我覺得有些可惜。如果僅僅是夕的鞋印的話，這說明不了任何問題，完全是意料之中的事。

「妳一眼就可以認出那是小夕的鞋印嗎？」

「她們兩個長得一模一樣，我們都是透過鞋來區分的。小夜穿黑鞋，小夕穿白鞋，因此鞋印也各不相同，那天倉庫的地面上確實只有小夕的鞋印。」

這時我想起夕畫的那幅畫，會心地點了點頭，看來，事實是當時地上只有夕的鞋印。

那天夕是將白鞋放在地上，光著腳上吊的。據說很多自殺者都有特意將自己的鞋擺放好的傾向。

「地上沒有夜的鞋印吧？」

我又確認了一遍。森野的外婆滿臉疑惑地點了點頭，表示沒有。夜發現屍體後確實沒有進入倉庫，所以地上沒有她的鞋印。換句話說，倉庫裡只有一個小孩的鞋印。

接著，我查看了供狗出入的小門。它的結構很簡單，就是一塊開口朝下的活動式木板，只要推動它，既可出也可進。這個小門附近的地面是乾燥的，也許是考慮到下雨時狗比較可憐吧，主人家選了一處淋不到雨的地方來拴狗。如果人從這個小門鑽出去的話，應該是不會留下腳印的。

「小夕當時套在胸部的繩子還能找到嗎？」

森野的外婆搖了搖頭，現在就連那是什麼樣的繩子都已經記不得了。

「先別說這些了，今天你就在我們家裡住一晚吧，外面雨又大。」

我想了想，答應了。

我們一起離開倉庫，返回屋內，森野的外婆一面向我介紹適合攝影的地方，一面打開了大門。

「但願明天天氣會好起來。」

在門廳脫鞋的時候，我突然發現排列在鞋箱上的小擺飾當中，有一個塑膠製的小玩具。拿出來一看，這東西好像是買糖果時附送的花形小胸針，從顏色和設計都可以看出這是一件便宜貨。

也不知道這個胸針當時是誰的，看到這樣的東西，讓人又感受到，確實有年幼的女孩曾在這裡生活過。

我把胸針放在手心，目光又移向從門口一直延伸進去的走廊。森野的外婆先走進屋裡，已經從我的視野中消失了。

我站在門口，開始想像起來。

照片中長得像玩具一樣的孿生姊妹，如今手牽手地出現在我的面前，她們正並肩從走廊上經過。她們表情嚴肅地竊竊私語著，不知道這次又想出什麼裝死嚇人的新招數。想像中的姊妹倆在走廊的盡頭轉彎離去了，我趕緊脫掉鞋子追過去。我跑到她們消失的地方一看，當然，那裡什麼也沒有，只不過是黑漆漆的走廊裡一處安靜而昏暗的空間而已。

4

星期一，我注意到森野一直在注視著我，顯然，她很想知道我在鄉下做了些什麼。不過，這一整天我都沒有對她的視線做出任何回應。

傍晚，老師交代完功課，等同學們都離開以後，我才叫住了森野。雖然有幾個同學邀我一道回家，但我沒搭理他們。當然，話雖這麼說，但我也不是什麼反應都沒有。自己只不過是在無意識之中不知從大腦的什麼地方找來一個較為合適的藉口，很自然地拒絕了他們，但要我說自己當時到底是用什麼藉口，這個問題連我自己都不清楚。說老實話，我對班上的同學其實是漠不關心的，但由於我的大腦具有自動解決這些問題的能力，所以我的學校生活可以說是風平浪靜。

不一會兒，同學們的腳步聲漸漸從教室移動到走廊，最後在遠處消失了。這樣一來，便只剩下我和森野。她坐在自己的座位上，看起來就像是一條即將沉沒的小船。森野正一動也不動地看著我。

我從寂靜的教室中橫穿而過，來到她的座位旁邊。森野坐在教室倒數第三排的窗邊第三列。

「聽說你好像在那邊住了一晚，外婆已經打電話告訴我了。」

跟平常一樣，森野還是一副沒精打采的樣子，眼睛下面的黑眼圈顏色更深了。

「那邊的飯很好吃。」

我在她面前的椅子側著臉坐下。眼前正好是一排窗，外面的光線還很亮，天空中稍稍帶有一點黃色。遠處傳來了微弱的口號聲，大概是哪個社團正在做慢跑訓練。燈光已經熄滅了，教室裡充滿了從窗戶照射進來的柔和光線。

「在妳住過的地方，我打聽到許多事情。」

「……譬如說？」

「譬如，小時候妳們姊妹倆一起發明的種種惡作劇，還有就是，妳挨罵是不會哭的，而夕一遭到責罵，馬上會哭著躲到姊姊的身後。」

「沒辦法，她總是依賴我。」

我們都沉默了一會兒，教室裡靜悄悄的，空氣中醞釀著緊張的氣氛。

「我了解到許多關於森野夕的事情。當然，在細節上可能多少有些出入。」我看了看她，說道。

她的眼神突然產生了改變。森野慢慢地將視線從我身上移開，然後閉上了自己的眼睛，只見濃濃的黑眼圈上面，睫毛似乎正在顫抖。

「……以前我就有一種不祥的預感。」

她以自我解嘲似的語氣說道，接著便催促我往下說：「你知道了些什麼？」

「夕死的時候只有八歲，到今天已經過了九年的時間。」

我對著雙目緊閉的她說道。

「九年前的那天，妳在倉庫裡發現了她的屍體，並把這件事告訴妳的外婆……然而，妳早就知道那裡有一具屍體了。其實，妳一直在門口等待著家人的歸來，然後在親人面前裝出一副剛剛發現的樣子……」

講到這裡，我稍作停頓，想藉此觀察一下她的反應。森野沉默了一會兒後，又催促我繼續說下去。

「妳事先就知道了妹妹的死，但妳卻為了想要掩飾而演了一齣戲……到底在怎樣的情況下，人會產生這樣的心理呢？想來想去，結論只有一個，那就是：對於妹妹的死，妳有重大嫌疑。」

森野點了點頭。我接著說下去。

「夕從天花板上放下兩條繩子，分別用它們來套脖子和支撐身體。一條纏繞在她的頸部，另一條套在她的胸部。」

八歲大的小女孩從箱子上跳了出去，就在脖子馬上就要被勒住的瞬間，套在她胸部的繩索將她的身體支撐在空中。

這時，倉庫裡出現了另一個容貌相同的女孩，她悄悄取下掛在牆壁上的修枝剪，來到了懸掛在空中的女孩身邊。然後，她就用修枝剪剪斷了套在女孩胸部、一頭連著橫樑繃得緊緊的繩子。

支撐身體的繩子被截斷之後，懸掛在空中的女孩便真的被吊了起來。

「妳，就是兇手。」

森野微微地睜開了眼睛，不過她並沒有看我，目光顯得有些游離不定。

「你沒有問鞋印的情況嗎？倉庫裡並沒有我的鞋印……」

腦海中浮現出了女孩赤足上吊的身影。當時從天花板上滴下來的雨水使倉庫的地面變得柔軟起來。

「不，倉庫裡清晰地留下了妳的鞋印，只不過大家都沒有察覺到事實的真相而已。剪斷繩索將那個女孩殺害之後，妳注意到地面上留下的鞋印。如果就此離開現場的話，事後極有可能會招致別人的懷疑，所以妳便決定要掩飾……」

抬頭看著被自己吊死的屍體，低頭又看了看地面上留下的鞋印，此時，小女孩忽然發現自己已陷入了窘境。不過，就在這時，擺在地上的一雙鞋映入了她的眼簾，因此她下定了決心。

女孩脫下自己腳上的鞋子，將鞋暫時放到滾落在地上的木箱上，然後，她一面小心翼翼地挪動著腳步，盡量避免在地面上留下自己的腳印，一面換上那雙擺在地上的鞋。接著，她又把自己剛剛脫下的那雙鞋從木箱上移到原先死者放鞋的位置。這樣一來，地上的鞋印就不是自己的了。

「然後，再從供狗進出的那個小門鑽出去便可大功告成了。因為那邊的地面是乾燥的，不會留下任何腳印。」

她終於完全睜開了眼睛，把目光投向了我。

「我殺她是出於什麼動機呢？」

「憎恨。」

聽到這個簡單明瞭的回答，森野的臉上浮現出痛苦的表情。

「……你剛才說『了解到許多關於森野夕的事情』的時候，我就知道已經瞞不過你了。」

我點了點頭。

開始時我一直覺得不可思議，為什麼外婆肯定地說，當時開門後自己見到的是夜。姊妹倆本是長得一模一樣的雙胞胎，怎會一眼就能做出判斷呢？但我轉念一想，假如門口那個女孩當時穿的是一雙黑鞋的話，那麼家人應該立刻就可以將她辨別出來。

「九年來，妳一直守著這個秘密，心裡一定不好受吧？森野夕。」

這才是她真正的名字。

幾個女學生有說有笑地從走廊上跑過，森野夕沉默了一會兒，似乎正在傾聽她們的歡笑。不久，笑聲逐漸變成了迴盪在走廊裡的回聲，最後消失了。

「你說得沒錯。」

她終於開口說話了。

「其實我才是妹妹。以前姊姊老是命令我做這做那，還經常把我弄哭……」

她歪著頭，向我投來了疑惑的視線。

「你是怎麼知道的？」

「夕並不知道上吊自殺的時候有人會有脫鞋的習慣，我正是注意到這一點。以前在玩上吊遊戲的時候，也許夜曾經教過她這些東西，但她肯定記不住……」

我又向她解釋在她家看到的圖畫，那張描繪姊妹倆在倉庫進行上吊遊戲的畫。

「那兩幅畫是妳們在九年前的暑假時畫的吧？而且就是夜死亡的前幾天。如此說來，畫面所呈現的作畫者的人格，完全可以與事發當日兩個人的人格相對應。」

夜和夕雖然描繪的是同一個場面，但兩人的作品卻存在著一些差異。

在夕的作品中，兩個女孩都穿著鞋；而夜所畫的女孩卻是光著腳的。起初，我以為這樣的差別只是因為夕畫畫時更細心，可是後來我改變了自己的想法。

我猜想夜憑著自己的記憶忠實地記錄了現實中的情況，與畫了太陽的夕不同，夜的作品是以灰暗的顏色為背景的。由此也可以看出我的推論很可能成立，因為那天在巴士站，森野曾告訴我，她們是在雨天玩上吊遊戲的。夜之所以不畫鞋，不是由於她不想畫，而是由於當時的情景原本就是赤腳的……

「妳在巴士站不是跟我說嗎？與夕相比，自己更是一個擁有豐富死亡知識的殘忍女孩。既然已經習慣扮演夜的妳說出這樣的話，那麼那個叫夜的女孩當時一定也知道，上吊自殺者普遍都採用脫掉鞋子，赤足上吊的古怪方式。」

孿生姊妹在玩上吊遊戲時可能也脫下她們的鞋子，整齊地放在一旁。因為夜擁有這方面的知識，所以在玩上吊遊戲的時候，她或許會對這些細節表現得一絲不苟。可以說，畫中清晰地反映出夜的知識程度。

然而，夕卻不是這樣。恐怕即使在遊戲的時候，她也記不住要先把鞋脫掉，然後還要將鞋放好這些繁瑣的規矩。正因為沒有這些知識，所以她才會給畫裡的女孩都穿上鞋子。

如此一來，便出現了矛盾。倉庫裡發現的屍體是光著腳的。假如夕那天想獨自去倉庫裝死人，結果卻因繩索中途截斷而不慎死亡的話，那麼她的屍體就應該是穿著鞋的。

夕一直沒有說話，專心地聽我講述推理的過程。不過聽到這裡，她慢慢地張開了嘴唇。

「穿黑鞋的姊姊死了。確實，我可能有些恨她，但是你的推測稍稍有些偏差……」

聲音很平靜。

「你可能沒有找到那條套在她胸部的繩子。那不是我剪斷的，是自然截斷的……」

那天中午十二點，姊姊夜向她提出建議。

我們扮成吊死鬼的樣子嚇嚇他們。

夕接受了這個建議，兩人便一起跑到倉庫裡忙起來。天上下起雨來，當時倉庫裡的狗還在，牠以莫名其妙的眼光注視著姊妹倆。

「姊姊把木箱堆得高高的，站在上面將繩索繫到了屋樑上，我則在下面用腳抵住箱子，不讓它們晃動。」

在雨水沒來得及浸潤倉庫的地面前，夜就已經站到木箱上去了。因此，地上沒有留下她的鞋印。

夜是裝成吊死鬼的主角，而夕的任務則是把家人騙到倉庫裡來。一切準備就緒，夜將從樑上垂下來的兩條繩子分別套到自己的身體上。

「然後，姊姊就跳了下來……」

夜把腳下的木箱踢落到地上。就在脖子將要被勒住的瞬間，套在胸部的繩子把她的身體穩住了。

她若無其事地俯視著下面，臉上還帶著笑容。

「姊姊的嘴角微微上翹，這是她騙人時特有的微笑。平常跟家人說話時，她總是面無表情，只有在這種時候她才會露出高興的神情。」

可是，就在這時，繩子突然斷了。

「這與我無關，繩子是因承受不了姊姊的體重而自然截斷的，斷口出現在靠近天花板的屋樑附近。如果你仔細察看過那條繩子的話，我想你一定會修正你的猜測，因為那麼高的地方我根本不可能碰得到。」

夜的脖子一下子就被勒住了。

「我馬上趕去救她，我用雙手抱住姊姊的身體想支撐著她，以免她從半空中落下來……」

倉庫裡便出現了這樣一幕：一個女孩懸吊在空中，而她的身下是另一個和她長得一模一樣的、正試圖支撐著她的女孩。空中的女孩極力掙扎著，雙腿胡亂地在半空中踢來踢去。被主人拴在一旁的狗聽到異常的動靜之後，更是狂吠不止。頓時，倉庫裡充滿了幾乎要把耳膜震破的狗叫和女孩痛苦的哀號。此時，夕覺得時間彷彿已經停止，這樣的狀態似乎永遠也不會有盡頭。

「我努力支撐著，試圖挽救姊姊的生命。雖然當時已經沒力氣了，但還是從後面緊緊抱住姊姊的身體……可是耳朵裡只聽見姊姊的慘叫……胡亂踢著的腳跟一次又一次把我踢開……」

森野坐在椅子上，始終保持著同一個姿勢，視線則一直停留在比教室牆壁更遠的地方。也許那天倉庫裡的情景現在又浮現在她的眼前了吧。對她來說，那是一場噩夢，一場塵封在她記憶深處的噩夢。

當夕體力不支的時候，姊姊的身體便從上面垂落下來。這時候，姊姊的脖子被繩子勒得緊緊的。夜瞪著自己的妹妹，拚命對她吼叫，但嘴裡說的並不是鼓勵夕堅持下去的話。

「姊姊對我喊道：『給我站穩，妳這個廢物……』」

她緊緊閉上自己的眼睛，皺緊了眉頭，彷彿正承受著某種羞辱。

「在聽到這句話的那一瞬間，一直試圖解救姊姊的我雙臂便失去了力量……」

夜的身體一點一點地緩緩落下。

夕看見姊姊的腳尖垂落到快要接觸地面時停住了。夜沒有穿鞋，光著雙腳，她的腳的大拇趾與食趾分得很開，就像被人刻意掰開了一樣。起初，腳趾還咯咯地抽動著。狗的吠叫聲變得更大了，那聲音幾乎要把人的耳朵撕裂。狂暴的狗叫連同一陣輕微的痙攣一起向夕的大腦襲來。

「不一會兒，在用盡了最後一點力氣後，姊姊的腳尖在空中慢慢靜止下來……」

夕下意識地朝後面退了一步。這時，鞋底和地面的黏土剝離開來，讓她感覺到一絲阻力……地上留下了一個鞋印。

「我覺得如果僅僅是自己一個人的體重的話，肯定不會在地面上留下鞋印。」

姊姊脫下的鞋子就放在她的身旁。

「看到那雙鞋後，我便決定在家人面前撒一個謊。當時的情景我記得很清楚。在那間小小的倉庫裡面，姊姊的身體還輕微地晃動著，就像座鐘的鐘擺一樣……」

年幼的女孩在她的小腦袋中拚命地找尋著出路。最後，她決定換上地上那雙黑鞋，與自己腳下的白鞋做個交換。

她選擇乾燥的地面摸索前進，並從供狗出入的小門處鑽了出去。現在她腳上穿的是一雙黑鞋，這個顏色代表了一個新的身分。從今以後，她只能以夜的姿態出現在別人面前了。

「在家裡只需要收起以往的笑容，整天擺出一副面無表情的樣子就行了。由於以前我和姊姊總是形影不離，所以我對她的行為、習慣瞭若指掌，模仿起來更是駕輕就熟。九年來，沒有一個人看出我的破綻……」

說到這裡，她長長地嘆了一口氣，神情顯得有些疲憊。

年僅八歲的她，竟親眼目睹自己的喪禮。自己的真名從那場喪禮起便一直塵封至今，她的內心隱藏著常人無法理解，甚至是透過割腕才能宣洩的激烈感情。其根源無疑來自於她的姊姊，以及那個已經被人深埋了的名字。小女孩選擇的這條道路充滿了孤獨和悲壯，她必須不惜一切把它走完。

從窗戶照射進來的陽光愈發柔和起來，光線中逐漸增添了幾分金黃色彩，斜陽的餘暉透過半開半閉的淡黃色窗簾傾瀉到整個教室裡。棒球隊隊員的金屬球棒與球相撞擊發出的高音響徹雲霄，頃刻卻又消失得無影無蹤。寂靜的教室裡，時間正悄無聲息地逝去。

過了一會兒，她略帶猶豫地說道：

「……你記得我們第一次見面是什麼時候、在哪個地方嗎？」

我記得是高中二年級，就在這個教室，便這樣回答了她。聽我這麼一說，她的臉上流露出一絲遺憾的表情。

「國中時，在博物館參觀人體切片標本的時候，第一次見到你。後來，升上高中的那年春天，我在圖書館發現一個人正在閱讀關於屍體解剖的醫學書。當時，我一下子就認出你了。」

所以，在教室裡她輕而易舉地識破我的偽裝。我終於把這件事弄明白了，看來，我們彼此都在暗中洞察到對方本來的面目。

「我真不敢相信，聽說妳小時候竟會不時開懷大笑。」

「的確如此，以前就是這樣的。不過從那間倉庫裡出來後，我就擔心一旦笑起來便會暴露自己的身分，所以這九年來，我都一直極力使自己面無表情。由於長期模仿姊姊的關係，現在我已經無法爽快地笑起來了。」

她的語氣中包含著無人知曉的寂寞。她將視線從我身上移開後，接著說道：

「我一直覺得能第一個叫出我名字的人就是你……」

我站了起來。

「我有一樣東西要送給妳，是我從妳老家偷偷拿回來的。」

說著，我從桌上的袋子裡把東西拿了出來。

「什麼東西？」

她保持著自己的坐姿，向我問道。

「就是妳一直在尋找的繩子，我想應該適合妳的脖子吧？我替妳套上，妳把眼睛閉上。」

森野坐在椅子上，閉上了自己的眼睛。當我來到她身後時，她似乎有些緊張，窄小的肩膀也變得僵硬起來。

我輕輕地在她脖子上套上一條紅繩。這條繩子很破舊，到處都有綻開的地方。這是我在那間倉庫裡找到的，是原先用來拴狗的繩子。

「我還明白妳厭惡狗的原因。」

我將她那白而細的脖子連同長長的頭髮一起套入繩圈中，開始輕輕地勒了起來。體會到壓迫的感覺後，她稍稍抬起了自己的肩膀。在這種狀態下，我鬆開了雙手。

接著，我在她脖子上打了結，並把剩餘部分的繩子拉到她背後。

「對，就是這種感覺……」

她一邊嘆氣一邊說道。看得出，這條繩子緩解了長期累積起來的緊張感，同時，積蓄於她心底的感情也緩慢而平靜地得到了釋放。

夜就是被套狗的繩子吊死的……這件事或許已經被她塵封在記憶深處。她竟然沒有發現自己所需要的，正是當年和姊姊一起玩上吊遊戲時用過的繩子。

「我告訴你吧，其實我根本就沒有恨過姊姊……雖然經常被她欺負，但對我來說，姊姊是無法取代的……」

我一隻手拿起書包，準備回去了。

離開教室前，我經過夕的座位旁時，回頭看了看她。坐在椅子上的夕，雙腿伸到了前排椅子的下面，兩隻手交叉在胸前，纏繞在她脖子上的紅繩兩端一直拖到教室的地板上。

她的眼簾已經輕輕地垂下了，睫毛的影子淡淡地投射在眼睛的下面。臉頰上長著寒毛，看起來就像兔子的背部一樣。在夕陽的照耀下，臉上的寒毛反射出絲絲光芒，每一根彷佛都被傍晚的餘暉包裹著。淚水經過她的臉頰，從下巴處滑落到衣服上。

我輕輕地關上教室門，把她一個人留在裡面。

土 Grave

1

「哥哥，哥哥……」

浩介對佐伯喊道。浩介是住在附近一個剛上幼稚園的小男孩，平時這孩子說話總是天真無邪、高高興興的，不知為何今天卻顯得無精打采。

「……怎麼了？」

佐伯正在庭院裡欣賞牽牛花，花瓣上細小的露珠在夏日的清晨閃閃發光。趕去做廣播體操的小學生們從庭院的圍牆外經過，圍牆大概有佐伯的胸口這麼高，雖然看不見孩子們的身影，但仍可以聽到無數雙小腿跑步的聲音。

「哥哥，你說爸爸還在生我的氣嗎？」

昨天傍晚的時候，浩介哭著來到佐伯家，之後，他一直沒有回家。佐伯一問原因，他便哭著說，爸爸珍藏的古董擺飾被他不小心打碎了，平常家人一直教他不准碰那些東西，但他最後還是沒有戰勝自己的好奇心。

「我想他一定已經不生氣了。」

佐伯把浩介的父母昨晚來這裡找他時的情況告訴了他。兩人滿臉焦慮地站在門口問佐伯：「你有看到我們家浩介嗎？」當時，佐伯搖搖頭裝作不知道，而且還和他們一起在附近四處尋找。

「你真的覺得他沒有生氣?」
「嗯……」
眼前是一片盛開的牽牛花,牽牛花的藤蔓纏滿了插在地上的竹竿,乾燥的竹竿略帶一點淡茶色。
佐伯住在一棟獨立的老房子裡。家中庭院比周圍鄰居家的大,在呈正方形的住宅範圍內,房子和車庫並排修建在東面,剩下的空地就被各式各樣的樹木所占據。如今正值夏季,一棵棵大樹長得枝繁葉茂。
佐伯從小就對植物抱有濃厚興趣。牽牛花就盛開在這個庭院裡的牆邊。
今天又是個晴天,太陽逐漸升高,天上沒有一朵雲彩。從圍牆和樹木的縫隙間照射下來的陽光,使纏繞著牽牛花藤的竹竿在地上投下了一道道筆直的黑線。
浩介哭了起來。
昨天傍晚,浩介來到這裡央求佐伯趕快把自己藏起來。佐伯立刻答應了他的要求,並把他帶進家裡。接著,他又來到路上四處張望了一番,確信沒有被人發現的情況下,關上了大門。
「小浩,你到哥哥這裡來,真的沒有告訴任何人嗎?」
為慎重起見,佐伯又問了一次。小男孩擦著眼淚,點點頭表示沒有。孩子的話到底有多大的可信度呢?可是,此時的佐伯已經顧不了這麼多了,他認為不能放過這次機會。
以前和浩介一起捉蟬,看他用空盒子捉的時候,一個念頭曾從佐伯的腦海中閃過——那是一個自己絕對不能接近的妄想，一個可怕的計畫。由於總是擺脫不了這樣的念頭，佐伯甚至厭惡起自己來。然而在昨天，腦子裡卻好像籠罩著一層雲霧……

「哥哥，我是不是最好還是跟爸爸道個歉呢？」

佐伯的心快要碎了。浩介還沒有弄清自己的處境，而佐伯已對他做出了可怕的事情。

其實佐伯並不恨他。對於失去了家人，獨自一人生活的佐伯來說，浩介就像他的親弟弟一樣。浩介父母外出的時候，常常由佐伯負責照顧他，他們還常常一起去散步。應該說，佐伯對他的感情不亞於浩介的親生父母。既然如此，那他又為什麼會做出這樣的事來呢？可惜，時光是不能倒流的。

「……小浩，你已經回不了家了。」

佐伯的聲音有些顫抖。

在園中綻放的牽牛花，各自選擇了一根竹竿作為它們的棲身之所。在這些竹竿中，有兩根比旁邊的要粗一些。

聽到佐伯顫抖的聲音，浩介覺得有些奇怪。

「哥哥，怎麼……了？」

他的聲音從安插在地面上的粗竹竿尖端傳了過來。中空的竹竿可以將埋入地底的棺木中的聲響傳到佐伯的耳邊來。浩介現在還不知道自己已經被埋入地底下了，這讓佐伯感到非常同情他。

昨天浩介來到佐伯家裡後，佐伯決定把他帶進裡面的房間。

「你藏到那個箱子裡去吧。」

說著，他指了指放在房間裡的箱子，那個長方形的箱子大小剛好能容浩介在裡面躺下。浩介一向都很聽佐伯的話，從來沒有懷疑過他。一想到父親發怒的樣子，他更是乖乖地躲到箱子裡去。

浩介沒有注意，這個箱子其實就是以前他自己親手製作的棺材。佐伯蓋好了棺蓋，並用釘子將其固定起來。棺材蓋上預留了兩個換氣口，分別位於躺在棺材裡面的浩介的頭部和腳部。因此，即使被封在箱子裡，至少呼吸還不成問題。

佐伯把裝著浩介的棺材留在房間裡，然後朝庭院走去。昨晚，他在緣廊正對面靠近矮牆的地方挖了一個坑。只需用鏟子再把那個坑擴大一點，就可以放下裝有浩介的箱子了。

完成這項工作後，佐伯再次回到屋內，把那口棺材運到土坑裡。在這過程中，他對箱子裡的浩介解釋說，要把他轉移到一個他爸爸絕對不會發現的地方。佐伯費了很大的力氣，才將棺材從屋外的緣廊挪到庭院裡來，接著，他把這個笨重的箱子放進了坑裡。

然後，他再往棺材蓋上的通氣孔裡插入中空的竹竿，基本上就大功告成了。最後只需用鏟子將泥土蓋到棺材上，浩介就徹底地被掩埋了。

佐伯覺得孤零零的兩根竹竿立在地上顯得很不自然，因此他就把生長在別處的幾株牽牛花，連同供它們攀爬的竹枝一起移植到矮牆這邊來，其中兩株牽牛花的藤蔓更被他小心地從先前的竹枝上解下，並重新纏繞到那兩根維持浩介呼吸的竹竿上。對於毫不知情的人來說，眼前這些竹竿不過是輔助牽牛花生長的工具而已。

「哥哥，怎麼了？喂，我想回家了……」

竹筒說話了。

被活埋了的浩介實在很可憐。儘管如此，佐伯依然有條不紊地拿起一根根竹竿，把它們筆直地插入地面。

自己到底是怎麼了？其實，自己對這個孩子充滿了關愛。曾經有一次，浩介差點在佐伯面前被汽車撞倒。當時他光顧著跑去追一個球，根本沒有注意飛馳而來的汽車，車在就要撞到的剎那停了下來，佐伯看了竟嚇得一屁股坐到地上。可是現在自己卻對小孩做出這些事情，這究竟該怎麼解釋呢？

佐伯從小就住在這棟房子裡，那時，他和父母還有祖母一起生活。由於父母都有工作，所以年幼的佐伯和祖母更為親近。記得小時候，當其他孩子在打棒球或玩塑膠模型時，自己總是和祖母一起在庭院裡栽花種草，先用小鏟子將黑色的泥土裝入花盆裡，接著再把花的種子埋進土裡。當時班上的同學都瞧不起他，說他的樣子像個女孩。事實上，細心敏感的佐伯在生活中倒是常常被別人誤以為是個女孩子，而他也經常為此受到傷害。

不過，祖母看到佐伯用灑水壺替一排排的花盆澆水時，總誇獎他是一個乖孩子。每當自己遇到挫折的時候，佐伯就會想起祖母這句話，重新振作起來，以不辜負祖母對他的期望。

然而，也不知從什麼時候起，一種想掩埋生物的妄想侵蝕了他的大腦。當他察覺的時候，突然發現自己腦子裡已經充滿正在進行活埋的種種幻覺。

佐伯喜歡在庭院裡灑水，天氣晴朗的時候，他常常這麼做。先將橡膠軟管展開，再用手指壓住軟管的管口，這樣強大的水壓可以使管子裡噴出來的水柱衝得更遠。呈扇形展開的水流噴射到庭院裡的樹木上後，又反射著太陽的光輝，從那些茂密的枝條和葉子彈開來。每每看到這樣的情景，或是看到祖母微笑的時候，佐伯就覺得整個世界充滿了光明，自己的心情也變得格外舒暢。

與此同時，在內心深處，在那塊光線永遠也照射不到的黑暗地方，卻潛藏著想將祖母關進箱子裡埋掉的念頭。當這樣的想法從腦中一閃而過時，佐伯無法原諒自己。為什麼腦海中會產生這種像惡魔般的念頭？有時，他甚至不敢正視祖母的眼睛，因為他擔心祖母會從他的眼睛裡看出自己的邪念。

難道是某種內心的傷痛，把自己變成現在這副樣子嗎？雖然目前還找不出具體的根源，但可能只是一時忘記了吧。要不然，這個根源或許存在於另一種可能性之中。當然，這樣的可能性是令人害怕的：莫非自己天生就是具有惡魔性格的人？

佐伯長大後沒過幾年，父母和祖母就因車禍去世了。這消息，佐伯是在上班的時候得知的。

以前，他一直與家人生活在同一棟房子裡，透過與他們的接觸，佐伯可以找到自己在社會中的正確位置。然而，當家裡只剩下他一個人，佐伯就再也控制不了自己的想像。每天下班回來，在沒有人交流的狀況下，佐伯滿腦子就只想著一件事，便是從小就不斷浮現在他腦海中的那個妄想。對於這些他根本不願思考的問題，佐伯一直試圖從自己的腦海中抹去。也許是由此產生的反作用吧，他對營造庭院的熱情一天高過一天。

家人在世的時候，他最多擺弄一些盆栽或修整一下樹木而已，可是現在，他不但要做以前這些事情，還從別的地方運來腐土以改善庭院裡的土質。漸漸地，矮牆內的樹木愈來愈多了。

佐伯全年都在用鏟子挖坑種樹，這是他下班後唯一的樂趣。他對同齡人喜歡的任何事物都提不起興趣，每天總是一個人在庭院裡不停地挖著。挖好之後，便種上花木。

不久，房子周圍和矮牆內側的空地都披上綠裝。從牆外向裡面望去，密集的樹木把房屋遮擋得嚴嚴實實。由於怕影響到緣廊前面的景致，只有一個地方沒有種植樹木，因此這裡的圍牆與住房之間沒有任何視覺上的障礙物。佐伯在這一帶建了一個花壇，並在裡面種上時令的鮮花。

當初，佐伯覺得自己挖坑的目的是為了種樹。然而在不斷挖掘的過程中，他逐漸體會到自己之所以種樹，不過是為挖坑找一個合理的理由而已。最後，他乾脆先把坑挖好，然後再將其填回。庭院裡大部分的地方都種了花木，由於幾乎找不到能夠讓樹木伸展枝條的地方，現在已經很難再增添新樹了。即使如此，佐伯還在繼續挖坑，目的只有一個，那就是透過不斷的挖掘，來打消自己想要埋人的念頭。事實上，挖坑的動作的確能使佐伯忘卻腦海中的一切煩惱，但這樣的效果只會出現在鏟子插入泥土的那一瞬間。

挖完以後，什麼東西也不埋，僅僅按原樣填回的做法，總是讓佐伯感到很空虛。他覺得愈是拋開腦子裡的妄想挖一些毫無意義的土坑，事後縈繞在自己腦海中的慾念就愈為強烈。即使如此，佐伯還是抵受不了挖坑所帶來的快感，所以當他掩埋浩介的時候，前一天晚上挖好的土坑還沒有填回。

附近的鄰居早已熟悉佐伯的癖好，他們對每晚都會響起的挖地聲不會感到絲毫的奇怪。平時碰到佐伯的時候，大家都會點頭打個招呼，偶爾還有人向他討教植物的栽培方法。在這一帶，佐伯對園藝的熱中是人盡皆知的，有人可能認為他是個怪人，不過認識佐伯的人大多對他的現狀表示同情，覺得他失去親人後，就只能把自己的精力投入於僅有的一點愛好。

失去親人兩年後，佐伯逐漸和浩介熟稔起來，兩人相識的契機是一年前浩介在佐伯的庭院裡迷了路。互相認識後，他倆成了很好的朋友，有時佐伯還會和他們一家外出遊玩。

他們認識了十個月後，佐伯忽然在車庫裡發現一塊和浩介身高大致相當的木板，那時他的第一個想法就是：這塊木板用來做棺材正合適。

當時，佐伯曾用力搖頭，甚至對自己這個想法感到惱怒，但是第二天，他便開始製作棺材了。他也不知道自己為什麼要做這麼傻的事情，只能暗自苦笑，對自己說這樣的東西永遠也派不上用場。但即使如此，雙手還是不聽使喚，幾乎是半自動地將一根根的釘子釘到木板上。不一會兒工夫，一個箱子就成形了。

「哥哥，我要回家了，你讓我出來……」

竹筒頂端傳出了哭喊聲。筆直的竹筒裡除了陰暗以外別無他物，一陣稚嫩的聲音從裡面通過，並伴隨著沉悶的回音來到了地面。

佐伯現在已經不知道該如何回應浩介的呼喊了。可憐……真可憐……他只能反覆這樣嘀咕著，自己的手已經不知不覺地拿起了橡膠軟管，軟管的另一頭連著房屋旁邊的一個水龍頭。

夏日的陽光愈發毒辣起來，頭頂上充斥著蟬鳴聲。暑氣逐漸從頸部傳遞到全身，乾燥的地面已經被太陽曬得發白了。

一道水流從佐伯腳下的涼鞋邊掠過，在地上伸展開來。水流源於掩埋浩介的地方，汩汩的流水從一根竹筒的口部溢出，澆濕了纏繞在竹竿上的牽牛花，並在地上形成一個水坑——那是用作通氣管的竹筒。

另一根竹筒上套著橡膠軟管。看到這樣的情景，佐伯總算回憶起剛才自己所做的事情。雖說如此，之前的行為也不完全是無意識的。

自己將軟管套在竹筒上，然後擰開水龍頭把水灌進地底的箱子裡。佐伯感覺自己就像身處夢境一樣，普通人都應該具有的良知，在自己的身上已失去了作用。

當棺材注滿水後，強大的水壓將多餘的部分透過另一根竹筒噴湧出來。夏日的驕陽照射在有如噴泉一般的筒口上，不停湧動的水花折射出耀眼的光芒。佐伯忽然覺得眼前的景觀十分漂亮，伴隨著蟬兒的叫聲，牆外傳來孩子們做完早操回來的聲音。這次，孩子們的聲音從與先前相反的方向由遠而近地通過圍牆。這時，已經聽不到浩介的叫喊了。花瓣上出現了皺紋，牽牛花開始凋謝了。

一晃眼，三年過去了。

期間，警方沒有來找過他的麻煩。浩介的父母悲傷地從這裡搬走時，佐伯是唯一為他們送行的人。誰也不會懷疑佐伯是殺害浩介的兇手，附近的居民都認為孩子的失蹤讓他感到萬分悲痛。

佐伯的悲傷是發自內心的，沒有半點偽裝。然而，良心上的譴責使他無法面對痛失愛子的一對父母。看著他們臉上的淚水，佐伯才發覺自己的行為竟如此可怕。

三年的時間，佐伯是在恐懼和不安中度過的，他怕被人發現，整天提心吊膽。這些年來他從不敢靠近掩埋浩介的那塊土地，久而久之，那裡便長滿了雜草。牽牛花枯萎以後，散落在地上的種子又再孕育出新芽，它們和其他的雜草一起再次在這塊土地上生長。浩介一家以前居住的地方，如今已搬來新的主人了。

今年初夏，一位主婦拿著傳閱板來到佐伯家，他們在大門口談到最近在電視節目上炒得沸沸揚揚的連續殘害少女案件，然後，話題又轉到失蹤的浩介身上。

「浩介失蹤已經有三年了吧？以前你跟他關係不錯，如今他不在，覺得挺寂寞的吧？」

佐伯有些緊張，但想到浩介那稚嫩的笑容，便不由得悲傷起來。明明是自己親手將他埋入地底並用水淹死的，但現在卻又為不能與他見面而覺得傷感。佐伯非常厭惡這種扭曲的情感。

佐伯心情沉重地點了點頭。然而不經意間，當他抬頭看那位主婦的時候，忽然覺得有點奇怪，她的臉上並沒有什麼特別悲傷的表情。不一會兒，話題又轉到進入夏天後逐漸開始鳴叫起來的蟬。佐伯這才明白，原來浩介的事對於世人來說已經成為過去了。

幾天後，當他回過神來的時候，發現自己已經重新買來了木板和釘子，正在製作一個能裝人的木箱。由於製作箱子的過程不能讓路上的行人隔著矮牆窺見，所以佐伯把工作場所選在屋裡。一間和室成了他的工作室，現在榻榻米已經被鋸斷木板時產生的木屑所覆蓋了。

佐伯的心中再次燃起了犯罪的慾望。即使在掩埋了浩介之後的日子裡，那種想將活人埋入地底的慾望仍舊在他的腦海中揮之不去。然而，這三年佐伯沒有將腦中的幻想付諸實踐，究其原因，除了良心上的譴責外，最主要還是出於一種強烈的恐懼，他怕浩介的事被別人知道。

可是，當佐伯看到送傳閱板來的主婦那表情後，那一直潛伏在他內心深處、面目猙獰的黑色怪物便再也按捺不住了。這個暫時隱藏在佐伯體內的動物已經從睡夢中醒來，為了執行一個恐怖的計畫，牠睜大了眼睛，再次控制佐伯的身體。佐伯在木板上釘上釘子，繼續製作箱子。在這過程中，他覺得自己體內那個黑暗而醜陋的怪物已經張開了大口。

窗戶全都緊閉著，不僅屋子裡充滿了暑氣，佐伯的體內更是熱氣沸騰。他一直埋頭工作，汗水從鼻尖上滾落下來。

不久，一口新的棺材完成了，它比原先裝浩介的那口棺材要大一些。現在棺材裡空空如也，不過，佐伯的腦海裡很快就浮現有人躺在裡面的景象。

接下來，要在院子裡挖個坑，地點就選在緣廊正面，靠牆的位置。這裡離浩介的葬身之地僅有一公尺的距離。從那天起，佐伯每天早晨站在緣廊朝那個方向望去的時候，都覺得那個能容納一口棺材的土坑，就像充滿了陰影的黑洞。

誰是埋進地底的第二個目標呢？佐伯花了幾個月的時間思考這慎重的問題。開始製作棺材的時候，季節還是初夏。那時，他總是和同事一起談論日益攀升的氣溫，而現在他們的話題已經變成了夜裡的寒氣。不知不覺間，平常穿著的衣服也逐漸由短袖換成了長袖。

也不知炎炎夏日是如何逝去的，佐伯只覺得內心正進行著一場激烈的戰鬥，交戰的雙方，一方是試圖阻止自己繼續行兇的良知，另一方則是積極搜尋獵物的黑影。然而，這種內心的掙扎是絕不會流露在外的。在旁人的眼裡，此時的佐伯與平常並沒有什麼分別，和以前一樣，他駕輕就熟地處理著各種日常事務，就像一台能夠自動運轉的機械。

十月底的某個星期五晚上，佐伯下班後來到停車場，他發動引擎，踩下油門，逕自向家中駛去。天色已經暗了下來，亮起大燈，融入長長的車流之後，佐伯將視線投向路旁的行人。不久，他發現自己竟是以品頭論足的目光來審視他們。這時，車內的鏡子所映出的臉沒有任何表情，佐伯覺得自己的黑眼珠就像小洞一樣。

在工作單位內，大家都覺得佐伯是個平和、理智的人，他經常把自己栽培的鮮花從家裡帶來美化環境，面對上司吩咐的任務也毫無怨言。由此，佐伯逐漸建立起良好的人際關係，並得到同事們的信賴。沒有人會想到他曾殺害一個男孩。

快到家的時候，佐伯往左一轉，把車開進一條僻靜的小路。

在這裡，他看到了那個女孩。

她在路旁走著，車燈照亮了她的背影。她身上穿著黑色的制服，背後垂下一頭長髮。

從女孩身旁經過的時候，佐伯下意識地降低車速。女孩的頭髮讓他留下了極深刻的印象，佐伯感覺整個身體都被眼前的黑髮所吸引了。

從擋風玻璃的斜上方向外望去，可以看見高懸在夜空中的一輪滿月。天上沒有烏雲，銀白色的月光靜靜地照射在四周的地面上。這裡靠近住宅社區裡的一個公園，林蔭道上的樹木大多掉光了葉子。

佐伯在十字路口處向右轉了個彎，馬上把車停了下來。他關掉了車燈，眼睛直盯著車上的後照鏡。他在等待那個少女的到來。

如果女孩直接穿過十字路口，或朝左轉走掉了的話，自己就發動引擎回家。明天是假日，他要舒舒服服地睡上一覺，好好放鬆一下身體。

不過，要是她朝自己這個方向走來的話……

一片枯葉從樹上掉下，滑過佐伯面前的擋風玻璃落到地上。這時，他想起前幾天看到的傳閱板，上面記錄的好像是這條路上落葉的清掃問題。如果沒有記錯的話，今天傍晚應該安排了一場大掃除。雖然眼前的路上到處都散落著枯葉，但今天早上從這裡經過的時候，地上更是鋪滿了樹葉。由此看來，這條路的確已經被清掃過了。正想到這裡，又有一片枯葉從空中飄落下來，這次，葉子落到擋風玻璃前的雨刷上。

周圍靜悄悄的，坐在車裡等候的佐伯用手抓緊面前的方向盤。鏡中反映出剛才那個十字路口，在淡淡的月光下，少女的身影在那裡出現了。

2

把車開進自家車庫後，佐伯放下了車庫的鐵捲門。鐵捲門所發出的刺耳聲音在寂靜的住宅區裡迴盪。他看了看堆積在車庫正面那層厚厚的落葉，院內栽種的樹木密密麻麻地一直延伸到車庫旁邊，它們各自舒展著自己的枝條，濃密的枝葉已經快要把車庫包裹住了。因此，每到樹葉凋落的季節，車庫就幾乎被掩埋在落葉堆裡，看來得用掃帚打掃一下。

自從父母和祖母去世，家裡只剩下自己一個人之後，打掃和洗衣服這些事情都必須由佐伯親自來做。在做這些生活瑣事的過程中，佐伯真切地體會到自己的孤獨。

前幾天，有一個已婚的同事穿著熨得筆挺的襯衫上班。佐伯還發現自己上司辦公的時候，不時會看看放在桌上那張與兒子的合照。

「佐伯先生不結婚嗎？」

在同一個部門裡工作的年輕女職員曾這樣問過他。

佐伯覺得這種事不會發生在自己身上。戀人、好友、家人，這一切對自己來說都是遙不可及的。上班時，他可以和同事們暢所欲言，可是，佐伯卻沒有信心和他們建立更深厚的關係。

一旦把那個慾望當成心中的秘密，在與他人接觸的過程中，便無意識地形成一堵排斥他人的高牆。佐伯不可能將這個可怕的心魔向世上任何一個人傾訴。

一陣涼風從脖子上滑過，氣溫又比昨天下降了。佐伯一邊打著冷顫，一邊看著風中的枯葉在地上滾動。此時的寒意不僅來自於即將到來的冬天，佐伯還發現自己已經脫下西裝上衣，看著身上這件縐巴巴的襯衫，他想起新婚不久的同事那張笑臉，他的襯衫從來都是熨得筆挺的。

他搖了搖頭，決定不再考慮別人的事情。想到這裡，佐伯從側牆上的小門進入了車庫。來到車旁，打開後車門，然後將放在那裡的西裝上衣拿了起來。這時，他發現了衣服上的汗漬，看起來像是血跡。佐伯看了看橫躺在後座上的那個少女，她的鼻子和嘴上都流著鮮血。當車子駛到家附近，說不定會遇上什麼人，所以為了以防萬一，佐伯用自己的西裝上衣蓋住躺在後座上那女孩的身體。

少女一動也不動地躺在那裡，看樣子還處於昏迷狀態。她蜷縮著身體，長長的頭髮一直拖到車內的地上，長髮就像面紗一樣遮住她的臉龐。佐伯一邊摸著自己的手背，一邊想：如果女孩當時不反抗的話，自己也不會傷害她。他的手留下了女孩用指甲抓出的血痕。扭打起來的時候，她大聲地尖叫起來，聲音在整個夜空中迴盪。要是周圍有人的話，所有在場的人都能聽到。

之後發生的事情，佐伯一時想不起來了。當他回過神來的時候，發現自己在女孩的臉上打了好幾拳。此時少女已經暈了過去，一動也不動，全身沒有力氣，但佐伯還是掄起拳頭，一拳打在女孩的臉頰上。然後，他把女孩塞進後座，並用上衣遮蓋她的身體，接著發動引擎，踩下油門。

佐伯從小就沒有對任何人用過暴力，看到電視上播放虐待兒童的新聞時，他胸中總是充滿了厭惡。可是如今，自己卻毆打一名少女並使她受傷，直到現在，手上還留有剛才打人的那種觸感，這種感覺就像有無數隻不停蠕動的小蟲爬滿了自己的手掌。佐伯感到害怕，他揮動著雙手，想將這種異樣的感覺甩掉，可是無論他怎麼用力，手上的感覺始終沒有消退。

佐伯把女孩從車裡抱出來，朝家中走去。為了不讓自己抱著女孩的身影被燈光照射到窗上而被人發現，佐伯沒有開燈。少女的雙臂和頭髮在月光下來回晃動，來到滿是木屑的房間後，佐伯將女孩放進尚未完工的那口棺材裡。

長方形的空間剛好可以安放少女的身體，從頭到腳一絲不差，彷佛這個箱子原本就是特地為她量身訂做的一樣。但是，佐伯始終不敢正眼看女孩青腫起來的臉，女孩的口鼻處仍然流血不止。正是由於自己內心的黑暗深深地烙在女孩這張臉上，所以佐伯根本無法坦然面對。他趕緊蓋上棺材，並在木板上釘好釘子。蓋板上預先留有兩個小洞，佐伯要在這兩個孔洞上安插換氣用的竹筒。

在掩埋浩介的地面附近，為女孩準備的土坑正張口以待，它似乎早就預料到今天的到來，在月光的照射下，這個黑洞洞的土坑顯得有些迫不及待。先前從洞裡挖出來的泥土，在旁邊形成一個小丘。

佐伯從屋裡拉出棺材，從緣廊直接搬到庭院裡，慢慢向這裡靠近。裝有一個人的棺材沉甸甸的。

將棺材放到坑裡後，佐伯把兩根用來通風的竹筒插到棺蓋上的小洞裡。然後，他便用鏟子把旁邊的泥土一鏟一鏟地蓋到棺材上面。剛開始的時候，泥土落到棺材的蓋板上會發出啪啦啪啦的聲響。不久，當棺材完全被泥土覆蓋後就再也聽不到什麼聲響了。想不到填埋工作還挺費時間的，佐伯全身都冒汗了。由於回來後還沒有換衣服，所以上班時穿著的西裝褲此時已沾滿了泥土。過了一會兒，完成了填土的工作後，佐伯又用鏟子平整了一下地面。

掩埋浩介的時候正是夏天，當時佐伯將牽牛花的藤蔓纏到竹筒上，可是現在的季節裡卻辦不到。牽牛花是熱帶植物，耐寒能力差，如今，矮牆旁邊的雜草叢中就只能突兀地立著幾根用途不明的竹竿。不過即使如此，恐怕也不會有人覺得奇怪吧。到時只需要向別人解釋，說這是夏天種牽牛花時遺留下來的東西就行了。

為了掩蓋挖掘時的印痕，佐伯又把花壇上覆蓋著的稻草挪過來鋪在竹筒周圍。經過這樣一番設計之後，就看不出土被填回的痕跡了。

佐伯放下手中的鏟子，來到緣廊邊坐下，呆呆地望著牆邊的竹筒好一陣子。現在，女孩完全被埋入了地底下。

庭院裡，只有緣廊與外牆之間沒有種樹，裡面只有幾個花壇、一個晾曬衣物的曬衣台和那幾根竹竿。不過，朝緣廊的兩端望去可以看見成排的樹木，晚上這些樹木就形成一道黑色的高牆。當風吹來的時候，地上的黑影便開始各自扭動身體。佐伯摸了摸帶有指甲抓痕的手背，毆打女孩臉部的感覺已經從手上消退了。佐伯把手貼在臉上，突然發現不知從什麼時候開始，自己的嘴角已綻放著笑容。

佐伯從緣廊走進屋裡，查看了女孩隨身攜帶的提包。他找到防狼噴霧器，還有學生證，翻開證件一看，照片上的女孩長得很清秀。

照片下記載著年級、班級和學號，姓名欄裡寫著「森野夜」三個字。佐伯站在緣廊上，一邊看著豎立在矮牆旁的竹筒，一邊在心中默念這個名字。

原來剛才自己掩埋的那個人也有名字的，佐伯這才注意到如此理所當然的事情。躺在地底的女孩也是有父母的，父母給女兒取了名字，並用愛心將其撫育成人。而就在剛才，自己活埋了這個愛的結晶。

腦子裡充滿了甜美的陶醉感，這樣的狀態就好像糖水滲入棉花一樣擴展開來。當那個遭毒打而受傷的女孩還在地面的時候，予人的感覺只有恐怖。然而不可思議的是，將她埋入泥土裡，使其從地面上消失的時候，之前的恐怖感竟變成美妙的心情。

這時，佐伯的耳畔傳來微弱的聲音，幾乎一陣風就可以把它吹走。

佐伯看了看矮牆旁邊的幾根竹筒，銀白色的月光在黑暗中勾勒出那一排竹筒的輪廓，地上有它們的影子，都朝著佐伯這個方向伸展開來。在這幾根竹筒中，只有四根相對較粗。剛才聽到的聲音好像是從這其中兩根的頂部傳出來的。佐伯站起來，穿著鞋直接從緣廊來到庭院裡，並朝矮牆邊走去。他並不是來院子裡做運動活動身體，他現在的狀態就像一個身處非現實世界的夢遊者。在這樣一個除了月光以外別無他物的夜晚，庭院裡栽種的樹木拖著長長的黑影，正從兩側俯視著佐伯。

佐伯來到跟自己胸口差不多高的竹筒旁邊，踩著地上的稻草，從筒口上方向下望去，裡面黑漆漆的。大概有拇指粗細的竹筒裡是一片虛無的黑暗，從這裡可以聽到少女時斷時續的喘息聲。從筒口傳出來的聲音微弱得猶如一縷輕煙，不一會兒就被風吹散了。

兩根竹筒傳出的音量是不一樣的。插入棺材的兩根竹筒分別位於女孩的腿部和臉部，因此當女孩在棺材裡呻吟的時候，更多聲音從那根靠近臉部的竹筒傳出來。

少女的聲音有些嘶啞，也許是因為破裂的嘴唇疼痛難忍的緣故吧，她發不出太大的聲音。

「……有人嗎……」

「……讓我出去……」

佐伯跪倒在地，將雙手手掌放到插著竹筒的地面。由於是剛剛埋進去的，所以覆蓋著稻草的地面還很柔軟。聲音的確是從這下面傳出來的，可能由於心理作用的關係，佐伯覺得自己的手掌微微有些溫暖，就像感受到埋入地底的少女體溫。

女孩實在是太無助了，她只能在比佐伯的拖鞋更低、一個幾乎密閉的空間裡喘息。想到這裡，佐伯覺得她滿可憐的。看著被自己埋入地底束手無策的少女，佐伯體會到自己的優越。對於佐伯來說，此時的感覺就像在注視一隻小狗或小貓。

「能聽到我的聲音嗎……」

佐伯站起來問道。他的聲音透過竹筒中的空氣震動傳到少女的耳朵裡。

「誰……誰在外面……」

筒口傳來少女的回應，佐伯暫時不說話。少女接著說道：

「是你把我關在這裡的吧？……還把我埋入地底……」

「……妳、妳知道妳現在所在的地方？」

佐伯覺得不可思議，便問道。如果女孩是剛剛才醒來的話，應該只會發覺自己被關在一個密閉的黑暗空間裡。女孩沉默了一會兒。

「……我聽到蓋土的聲音。」

「剛才的昏迷狀態是妳假裝出來的？」

佐伯本以為女孩在路上昏迷後就再沒有醒來。她到底是什麼時候甦醒的呢？佐伯並沒有用繩索將女孩綁起來，如果是在被裝進箱子前醒來的，那她為什麼不試著逃走呢？

「……妳的腳是不是受傷了？所以妳才沒有逃跑？」

佐伯問她，但女孩沒有回答。也許推測是正確的。

「……快放我出去。」

女孩的聲音中帶著憤怒。佐伯對她這種態度感到吃驚，心裡為之一震，因為她並沒有哭著哀求，而是以強硬的語氣下達一個命令。雖然被埋入地底而看不到具體樣子，但佐伯還是透過聲音體會到這個少女心中的自尊。不過，即使如此，現在女孩仍然是無力的弱者。

「……啊，對不起，真的很抱歉。」

儘管地底的女孩根本不可能看見，佐伯還是搖了搖頭。

「要是把妳從裡面放出來，那我做的事情不就公諸於世了嗎？所以這肯定是不行的。」

「你到底是什麼人？為什麼要這麼做？」

女孩的問題在佐伯的心中翻騰。

自己為什麼要把她埋起來呢？就像掉進一個迷宮似的，佐伯一時還想不出答案。可是他轉念一想，又覺得自己沒有必要回答，便不再思考這個問題了。

「這些事情不用妳多管。」

「這是哪裡？是山裡嗎？」

「不，在我家的庭院裡。我把妳埋葬在這裡。」

女孩又沉默了一會兒。佐伯正想像著身處那個黑暗而狹小的空間裡，她到底是怎樣的表情。

「埋葬……別開玩笑了，我還活著……」

「我對埋死人可沒有興趣。」

佐伯覺得自己說了句理所當然的話。少女稍稍停頓了一下，然後低聲說道：

「再不把我放出來，你可別後悔……」

「難道妳覺得會有什麼人來救妳嗎？」

「我的朋友一定會找到我的……！」

女孩突然提高了說話的語調，看樣子好像是傷口的疼痛又發作了。她呻吟了一聲後，陷入了沉默。筒底傳來急促的呼吸聲，少女可能傷到肋骨，因而即使是小聲說話也會覺得疼痛。憑著自己的直覺，佐伯從女孩的話語中感受到一種奇妙的熱呼呼感覺。

「妳信任的朋友是個男孩子嗎？」

對，是的。女孩只能說出簡短的話語，語氣中讓人覺得那個人一定是她的男朋友。

「能告訴我他的名字嗎？」

「為什麼想知道這個？」

「感興趣。」

女孩停頓了一下，說出了那個名字。佐伯一面將其記下，一面覺得女孩可能是在騙他。也許這樣的人根本就不存在，只是現在還沒辦法了解真相。

「我準備在這段期間去買一個雙筒望遠鏡……」

夜空中出現了雲朵，隨風飄動的雲層擋住了月光，明天說不定是陰天。

「想知道為什麼嗎？」

佐伯問了一句，女孩還是不說話。

「有了它，我就可以從遠處觀察他失去妳之後的哀傷……」

這句話應該傳到了少女的耳邊，但她依然一聲不吭，沒有做出任何回應。佐伯又大聲喊了幾次，可是地底始終沒有反應。竹筒裡只有一片寂靜的黑暗。

佐伯覺得自己可能讓她生氣了，便從竹筒邊走開。等到早上，她的心情自然會好轉吧。

來到車庫後，佐伯開始清掃汽車後座，絕不能留下女孩的痕跡。佐伯的車上放有小巧的坐墊，將女孩塞進車裡後，他就把坐墊鋪到她的臉下，多虧這個坐墊才使女孩的鮮血沒有沾到座位上。佐伯取出沾滿了暗紅色血汙的坐墊，並清理了掉落在座位下的長髮。

打掃完畢後，佐伯回到家中，看看牆上的掛鐘，已經是深夜兩點多了。他朝二樓的臥室走去，準備上床睡覺。從閉上眼睛到進入夢鄉這段時間，在佐伯的腦海裡只想到那個女孩正孤單地躺在庭院裡，黑暗的地底下。

第二天醒來的時候已經快中午了。雖然是星期六，但佐伯工作的地方並沒有固定的休假日。星期六和星期天都得去上班，不過還好，今天倒是放假。

佐伯打開房間的窗戶向外望去。小時候，從這扇窗可以看見廣闊的街景，可是現在，這些景觀都被樹木的枝葉遮擋了。從樹木的頂端望出去，可以發現天空的顏色是灰色的，寒風使眼前這些樹枝搖擺不定，其中一些枝條更撫過佐伯的臉頰。

佐伯懷疑女孩的事情是否發生在昨晚的夢裡。他下樓朝緣廊走去，站在緣廊上往矮牆的方向望了一下，原來那不是夢，的確在現實中發生了。

四根較粗的竹筒和一些細長的竹竿一起立在地上。四根就意味著是兩個人。看來，自己昨晚確實在浩介的旁邊又掩埋了一個少女。確認了這一切後，佐伯便放心了。

不知公園旁邊那條馬路現在怎樣了呢？當時，四周都能聽到女孩的慘叫，附近的居民會不會聽到後打電話報警呢？另外，這個被自己埋入地底的女孩雙親，發現自己的女兒徹夜未歸後會不會報警呢？或許，警方會把這兩方面的情況綜合起來，然後得出少女正是在那個公園附近遭綁架的結論。

佐伯穿上拖鞋來到庭院裡。現在肚子有點餓了，他打算和女孩交談一會兒就去吃飯。佐伯覺得有些奇怪，因為平時如果遇上這樣的特殊情況，自己是不想吃東西的。可是不知為何，證明自己活著的飢餓感現在卻是如此強烈。

佐伯來到竹筒的正前方。

他沒有立刻上前去打招呼，而是安靜地聽著地底的動靜。本以為竹筒下面應該有一些聲音，但佐伯卻什麼也沒聽到。如此一來，他只好先開口了。

「……已經是早上了，妳醒了嗎？」

昨晚離開的時候，女孩沒有理會自己的聲音。佐伯擔心如果今天情況還是這樣的話，不知該如何是好。一會兒後，就聽見地底傳來少女的回應。

「我知道已經是早上了，雖然這箱子裡是一片黑暗……」

這聲音穿過竹筒內部傳到地面，直立在地上的竹筒竟輕微地搖晃了一下。竹筒插入棺材蓋後，有一部分進入了箱子內部，剛才女孩可能碰到那個部分吧。

「有個像管子一樣的東西從上方冒出來，我透過撫摸感覺到它就在臉旁，這是為了讓我呼吸而準備的嗎？從下面往上望可以看到白色的亮光。看來是天亮了吧？」

竹筒並沒有被固定，只是簡單地插入蓋板上的小洞裡。如果想要將其抽掉的話，輕而易舉地就可以把它抽出來。同樣地，只要握住棺材裡的那一部分用力搖晃，露在地上的那部分竹筒就像鐘擺一樣左右搖擺起來。

「能不能麻煩妳老實一點？請妳不要搖晃那根管子，要是被別人看見的話會起疑的。如果妳再不安分一點，我就把管子拔掉，這樣的話，妳就無法呼吸了。」

等佐伯把話說完，晃動的竹筒便靜止了下來。

「……你叫什麼名字？」

女孩突然問起這個問題。

「我姓佐伯。妳是森野小姐吧？」

沉默了一會兒後，少女以一種厭惡的語氣小聲地說道：

「佐伯先生，我不知道你把我關到這種地方到底是出於什麼理由……不過，這是不對的。現在把我放出來，一切都還好商量……不然，不祥的黑鳥就會落在你的肩上……」

女孩到現在還是不肯屈服於佐伯，反而擺出巫師的樣子說出咒語來。她清楚自己的處境嗎？佐伯有些生氣了。

「在這種地方，妳還能玩出什麼花樣？妳可能今天就會被水淹死。」

「淹死？」

佐伯向女孩解釋用橡膠軟管灌水的殺人計畫。為了打消她求生的念頭，佐伯還特地說清楚每一個細節。

也許是感受到死期逼近，也許是喪失了保持威嚴的力氣，女孩用發抖的聲音堅持說道：

「在被你殺害之前，我會自行了斷的……你沒有查看我的制服口袋吧……這可是個致命的錯誤……以後，你會知道事態的嚴重性……口袋裡有一支自動鉛筆，我準備用它割破自己的頸子……」

「妳或許覺得在我殺妳前自殺是維護自尊的做法，如果是這樣的話，妳就想錯了。兩者的結局是一樣的。妳自殺後，屍體會在這裡腐爛，沒人會發現妳，妳會永遠孤獨地躺在地底。」

「不，你錯了，我絕不會永遠都不被人發現。警察也不是吃閒飯的，短則幾天，長則幾年，反正總有一天你的所作所為將會被發現。而且我還有一個預感，我絕不會獨自一人死去。」

「不會一個人死去？」
「對，不會孤獨地死去。」
「……妳的意思是會和別的什麼人一起死去嗎？妳指的是昨天提到的那個男孩子？」
「他不會讓我一個人就這麼死去。」
不知她是否在箱子裡哭泣，佐伯覺得雖然女孩的聲音中含著水分，話語的背後卻潛藏著某種不可動搖的堅定信念。
起初，佐伯根本就沒有把女孩的這個男友放在眼裡，覺得他們倆的感情不過是高中生之間幼稚的初戀而已。可是現在，自己的心中卻隱隱感到一絲不安。這種感覺就像落入水裡的一滴墨汁，黑色的陰霾逐漸在佐伯的胸中擴散。
「我就想不通……妳在這樣的環境裡怎能說出這種話？森野小姐，妳在這裡……在地底會一個人慢慢地腐化，最後變成泥土……除此以外，妳別無選擇……」
說完，佐伯轉身離開了。
聽到女孩所說的話後，佐伯想起辦公室的年輕女職員問他的那個問題：「你不結婚嗎？」自己的存在，完全孤立於親友、家人等相互維繫著親密關係的群體之外。否則，自己便無法生存。雖然表面上也會笑著和他人隨便閒聊一陣子，但真誠的交心是絕對沒有的。女孩的話使佐伯想到這些，擾亂了他的心緒。
佐伯決定先吃飯穩定一下自己的情緒，儘管此時已經完全沒了食慾，但只要多少吃一點東西，也許心情就會好起來。

佐伯把手伸進西裝口袋，拿出錢包準備外出吃飯。當他穿上上衣，來到門口換鞋的時候，忽然有一種異樣的感覺襲上心頭。

佐伯有一個隨身攜帶的工作證，套子是用茶色的人造皮製成，他平時總是把工作證和錢包放在一起，無論到哪裡都隨身攜帶。可是從昨晚起，這個工作證卻不見了。

剛換好一隻鞋的佐伯趕緊又把鞋脫掉，返回屋裡。他來到用衣架掛在牆上的西裝前，再次把手伸進先前裝著錢包的上衣口袋。確定裡面什麼也沒有後，又查看了其他衣袋……還是找不到工作證。接著，佐伯把注意力投向四周，以確認是否有茶色封面的物體。他拿起桌上的雜誌，掀開暖爐的被子，四處尋找工作證的蹤跡。可是，最後證明一切努力都是白費。

佐伯開始回憶自己最後一次把它拿到手上是在什麼地方，他清楚記得上班的時候工作證還在自己身上。難道是在哪裡遺失了嗎？

想到這裡，佐伯得出了一個結論，而這個結論讓站在屋裡的他感到一陣暈眩。愈是想否定它，那念頭便愈是確定無疑地浮現在腦海裡。

如果工作證已經遺失了的話，那會不會是自己和女孩發生激烈扭打的時候被碰掉的呢？昨晚在那個公園旁邊的路上，就在女孩的尖叫響徹夜空的時候，慌亂中她的手肘撞到佐伯的腹部。一定就是那個時候，工作證從西裝的口袋裡掉了下來。

庭院裡傳來鳥兒拍打翅膀的聲音，經常有小鳥聚集在那些環繞房屋周圍的樹上，每天早晨都可以聽到牠們的鳴叫，當佐伯走過院子裡的時候，牠們又會驚慌地振翅逃走。然而對於如今的佐伯來說，剛才那種聲音就像一個象徵著毀滅的可怕徵兆。

據說，昨天傍晚那條街道已經被打掃過了。今天早上要是工作證被人發現了，這就說明工作證的主人在昨天傍晚至今天早晨曾經在那裡出現過。

要弄清工作證的主人是一件非常簡單的事情，因為工作證裡記錄著佐伯的相關情況。雖然還不清楚有多少人會把自己在現場這一事實，跟昨晚少女的尖叫及失蹤聯繫起來，但是為了慎重起見，還是得趕緊去把工作證找回來。

他慌慌張張地穿上鞋直接朝門外衝去。公園旁邊的馬路離家不遠，用不著開車，他是跑著去的。

出門前，佐伯想先跟女孩說一聲。他穿過一塊種滿樹木的綠地，從門口繞到緣廊前面的庭院裡，正要走近矮牆旁邊的竹筒時，突然停下了腳步。

筒口處傳來少女肆無忌憚的笑聲。

昨晚談話的時候，少女的神經一直處於緊張的狀態，她沒有尖叫，只是用一種十分壓抑的口吻和佐伯交談。

可是現在，她卻笑了起來。可能是由於傷口還很痛吧，笑聲中還不時摻雜著痛苦的呻吟。但即使如此，她還是忍不住大笑起來。

地下的恐怖情況把躺在箱子裡的女孩逼瘋了嗎？以前悄無聲息的這個地方現在卻變得有些詭異。最後，佐伯放棄了與女孩說話的念頭，轉身就朝昨晚那條馬路跑去。

3

來到公園旁邊的馬路時，剛好是中午十二點。如果是晴天的話，此時的太陽恐怕正高懸在天上，可是現在，它卻被厚厚的雲層遮蓋了。四周有些陰暗，路上還颳起了冷風。

公園位於住宅區的中央，建造得精巧別致。為了防止小孩子從公園衝到馬路上來，路邊還設有金屬防護網。佐伯一邊走在人行道上，一邊透過金屬網眺望公園內。公園中間有一個廣場，裡面有一些遊樂設施。

鞦韆上有一個坐著的人影，影子位於公園的另一頭。由於那個人背對著馬路的方向，所以佐伯只能看到他身上的黑色衣服。

除此以外，周圍沒有別人。佐伯見狀，暗自鬆了一口氣，原以為警方已經接到舉報，並對這一帶展開搜查，不過，現在看來似乎平安無事。如今佐伯最擔心的事情，就是有人在自己來這裡前就已經撿到那個工作證。

馬路被劃分為人行道和車道，兩旁以一定的間隔種植著樹木。路上幾乎看不到汽車，筆直的道路靜靜地向遠方延伸。

一陣風吹來，吹落了樹上的枯葉。乾燥的葉子在空中完全沒有隨風舞動的姿態，而是像雨點般劈哩啪啦地不斷飄落下來。昨天傍晚，這條路應該已經打掃乾淨了，可是紛紛飄落的枯葉如今又重新覆蓋在人行道上。可能是由於有車子行駛的緣故，車道上的落葉明顯少一點，但道路兩旁卻堆積得厚厚的。

佐伯開始回憶昨晚的停車地點。當時，他就是在這裡和少女扭打的。佐伯粗略地搜尋了一下，沒有在地上發現自己的工作證。地面上除了枯葉還是枯葉，或許落葉遮蓋了工作證的套子，因而路上的行人也不容易發現它。

佐伯蹲了下來，用雙手翻動著散落在瀝青地面上的枯葉。這樣的工作不必在整條路上進行，工作證要是遺失了的話，只可能掉在自己曾和女孩拉扯過的地方，因此佐伯認為應該很快就能找到。

乾燥的樹葉輕飄飄的。剛翻撥那些堆積在一起的葉子，它們就碎裂了，有的碎片甚至立刻被吹來的風颳走。佐伯看著這樣的情景，忽然想起那個女孩。

她所在的箱子裡是一片茫然的黑暗。從插入蓋板裡的竹筒向上望去，或許還可以看見一丁點的光亮。然而，所有的光源就只有這些。女孩躺在狹小而黑暗的空間裡，被迫直接面對自己的死亡，並做出活下去的努力。即使如此，她仍然宣稱自己的男友絕不會讓她一個人孤獨地死去……

剛知道這一切的時候，佐伯的內心動搖了，一種不可名狀的不安在他心中萌生。難道一個人真的可以在孤單無助、靜靜等死的狀態下，依然相信別人嗎？

從昨晚到今天早上，佐伯的腦子裡充滿了美妙的幻覺。一想到被埋入地底的女孩那種無助感，莫名的興奮便湧上心頭，他覺得有如蜂蜜般甜美的感覺在自己的口腔裡擴散。然而，自從聽到女孩的說話，這種感覺就迅速地消退了，就像被別人拍了拍臉頰似的，有一種如夢初醒的味道。

如今，他想起自己對少女做過的所有事情，還回憶起曾經對她說過一些恐嚇的話。

腦中一陣暈眩使他雙膝跪倒在落滿枯葉的地上。視野裡的景物開始歪斜，層層疊疊的枯葉像海面般泛起了波浪。佐伯感到呼吸困難，為了吸入足夠的氧氣，他急促地喘著氣。

自己到底是從什麼時候開始變得如此殘忍，以致竟能從殘忍的行為中品味出甜點的味道？以前的自己一直試圖做一個善良的模範市民，上班時認真敬業，誠懇待人；走在路上也經常和認識的人打招呼，並跟他們站在路邊閒談。

每當腦中產生企圖將人活埋的念頭時，自己總是極力把它忘掉。雖然告誡過自己絕不能做這樣的事情，但又忍不住在庭院裡挖起坑來。自己是人，絕不是將別人埋入地底並以此為樂的惡魔……

然而，從殺害浩介並將其掩埋的那一天起，佐伯便覺得在自己體內，某種重要的齒輪出現了故障。從地底那個動彈不得的少女身上所體會到的優越感，竟成了證明自己還活著的唯一證據。這樣的自己還能夠被稱作是人嗎？

儘管仍然感到暈眩，但佐伯一刻也沒有停止尋找工作證。他依然跪在地上，用手翻動著枯葉，從鼻尖滑下的汗滴落在乾燥的樹葉上。

還是沒有找到工作證。為慎重起見，佐伯還在搏鬥現場一帶的路上搜索一番，可是仍然一無所獲，他的心中更加焦急了。

一張被風吹來的報紙貼到佐伯的腳上，他站起來想將其撥開，這時，突然發現有一個人隔著公園的金屬網，正注視著自己。剛才一直想著工作證的事情，竟沒有注意人影的靠近。

空盪盪的鞦韆在遠處來回地晃動著，可能是先前那個坐在鞦韆上的人走到這裡來了。

與佐伯隔著一層金屬網站在對面的是一個高中生模樣的少年。他身穿黑色學校制服，兩手放在口袋裡，一動不動地看著佐伯。看來，今天學校只上半天課，下課後這個學生便逕自來到公園。

佐伯看了看他的臉。四目相對的時候，兩人之間出現了尷尬的沉默。也許是意識到這一點，少年在防護網的對面朝這邊點了點頭。

「……對不起，我只是奇怪你在這裡做什麼。」

看來，自己的行為的確有些顯眼。

「你掉了什麼東西嗎？」

聽到這樣的問題，佐伯支支吾吾地應了一句：

「啊，有點事情……」

到底應該怎麼回答才好呢？實際上，自己希望這個年輕人立刻從眼前消失，但顯然口頭上又不好這樣直說。佐伯覺得自己或許應該先暫時離開這裡一會兒，等少年走後再回來尋找工作證。

「你住在這附近嗎？」

見佐伯沉默不語，少年接著問道。

「對，是的。」

「能告訴我你的名字嗎？」

佐伯沒有多想，直截了當地告訴了他。

「哦，是佐伯先生啊……其實我想向你打聽一件事，這個問題有點奇怪，希望你不要介意。」

「奇怪的問題？」

「對，不會耽誤你太多時間，就是一些與昨晚的尖叫聲有關的事情。你知道些什麼嗎？」

佐伯感到不寒而慄，彷彿有人突然將冰塊貼到自己的心臟。

「尖叫聲……？什麼尖叫聲……？」

「據說昨晚九點左右，有人在這附近尖叫，我是從一個住在這裡的朋友那裡打聽到的。看來，這個聲音好像沒有傳到佐伯先生的家裡……」

少年看了看佐伯的反應，得出這個結論。既然他這麼說了，乾脆就來個順水推舟，佐伯點了點頭，表示認同。

「是這樣啊……我有一個同班同學昨晚沒回家，而且今天雖然只有半天課，也沒來學校上課。」

佐伯幾乎不敢正視少年的眼睛了。這個比佐伯大概小十歲的年輕人的眼神讓他感到害怕，衣服內的身體已經開始冒汗。少年所說的同學是不是那個女孩呢？

「那個同學每天都走這條路去學校，我想昨晚的尖叫聲說不定就是我的同學發出的……」

看來，果真就是那個被自己埋入地底的少女。

「你和那個女孩子很要好嗎？」

「啊，還可以。」
少年的回答顯得有些勉強，女孩所說的那個好友難道是這個人？從他回答的語氣來看，似乎不像。年輕人說話的語氣很平靜，談到女孩的時候也是一副輕描淡寫、事不關己的語氣。佐伯實在看不出兩人之間有什麼特別的關係。
「你因為擔心同學出事，所以就到公園這裡來？」
「不，你誤會了，我來這裡只是為了參觀。」
「參觀……？」
「警察局裡不是貼有一種標註著紅色符號的市區地圖嗎？」
「就是那種顯示命案發生地的地圖……？」
「說對了，你知道的不少呢。我還以為除了我之外再沒人知道這回事。我的愛好就是到這些標註了紅色符號的地區散步，看一看曾經有人喪命的地方。我常常雙腳併攏站在死過人的地方，並用自己的腳底去感受瀝青地面的彈力……今天來這裡其實也是興趣所致，我喜歡觀察案件的發生地，因為說不定可以在那些地方碰到作案的罪犯呢，不是嗎？」
少年把雙手從口袋裡伸出來，順勢抓住了網子。搖晃著的金屬防護網發出吱吱嘎嘎的聲音，兩道咄咄逼人的目光朝佐伯直撲而來。
聽了這番話，佐伯覺得自己的心跳彷彿快要停頓了。難道說，少年已經知道自己就是那個將女孩帶走的人？佐伯再三思量，最後還是否定了這種可能性。世上絕不會有這麼離奇的事情。

不過，內心深處還是有些放心不下，一種不祥的預感縈繞在佐伯的心頭。

耳邊傳來鳥兒拍動翅膀的聲音。抬頭一看，一隻烏鴉從寒氣逼人的空中落到不遠的電線上，黑色的鳥喙正對著他所在的方向。

……莫非。

一種假設突然在佐伯的腦海中閃現。

……這個男孩或許在這裡撿到了工作證，並把這個工作證跟少女的尖叫聲聯想起來。進而，他又估計犯人可能會在短期內回來尋找……

這麼說，這個男孩已經把工作證藏了起來，正在試探我的反應？可是，真會發生這種事嗎……？

「你說，我那個失蹤的同學現在會在哪裡呢？」

少年歪著頭注視著這邊。佐伯在這種懷疑的眼神中感受到一道冷光。

趁對方現在還在防護網裡，不如一走了之。佐伯這麼想著，要是他追來的話，還得繞到沒有設置金屬網的公園入口才行。但是萬一撿到工作證的人就是他，而他又把自己目擊的可疑舉動向警方報告的話，那該怎麼辦呢……？

「你知道什麼相關的資料嗎？」

「……不、不知道。」

「是嗎？但我總覺得你應該知道些什麼……」

「為什麼……？」

「啊，可能是我想太多了吧，你剛才說自己沒聽見有人尖叫。」

「是啊，這有什麼問題嗎……？」

「正因如此，我才覺得有點奇怪。當時我只是說『有人尖叫』，可是你提到那個失蹤的同學時卻問我：『你和那個女孩子很要好嗎？』如果我沒有記錯的話，你的確用了『那個女孩子』這個詞。然而在先前的談話中，我從未說過那個同學是男是女……佐伯先生，那你怎麼會知道失蹤的學生一定是個女生呢……？」

「啊，這個嘛，是有原因的。我每天都會在這條路上碰見一個女孩，但不知為何今天卻沒有看見她，僅此而已。所以我剛才便猜想，你所說的那個失蹤的同學或許就是她……」

少年點了點頭。

「是一個頭髮長長、身材瘦瘦的女學生嗎？」

「對，左眼下面還有一顆痣，而且皮膚挺白的。」

佐伯一面回想學生證上的照片，一面回答道。可是這樣的對話還要持續多久呢？看樣子，那個男孩還在懷疑自己，他的問題肯定是別有用心的。佐伯感到有人在自己的脖子上套了一根不斷勒緊的繩索。

「你沒事吧？你的臉色看起來不大好。」

「……是，身體有點不舒服。」

「你稍等一下，我馬上過去。」

站在防護網對面的少年說完，便朝公園入口的方向走去，途中他順手拿起放在鞦韆旁邊的書包。來到馬路邊後，他走到佐伯的身旁。「你沒事吧？」少年這樣問道。

佐伯用衣袖擦了擦因緊張而從額頭冒出的汗水。

「其實……從昨天開始就有點感冒……」

「雖然說過不會占用你太多時間，但在你生病的情況下還纏著你不放，真是對不起……你看是不是先到什麼地方休息一下比較好呢？」

「對啊……」

佐伯裝作略有所思的樣子，不過接著要說的話他已經想好了。

「……我這就準備回家。」

佐伯打算向前走幾步後假裝摔倒，要是那個男孩跑來幫忙的話，就順勢請他送自己回家。之後，再趁其不備找個機會把他幹掉，最後只需翻看一下他的衣服口袋，所有問題便解決了。然而出乎佐伯意料的是，這些麻煩的表演都是不必要的。

「我擔心你的身體撐不住，如果回家的話，那我就送你回去吧。」

少年皺了皺眉頭，一副不願讓佐伯為難的樣子，這可正中佐伯的下懷。

「……那就麻煩你了，我家在那邊。」

兩人並排著邁出腳步。佐伯聳著肩膀，故意做出怕冷的樣子，由於他現在的感覺的確不佳，所以要裝出感冒的症狀也不是太難的事情。

一路上，佐伯一直在想這個男孩到底是什麼人，之前突然出現在自己面前，現在又和自己走在一起。到家以後，又該怎麼辦呢？應該怎麼殺死他呢？

想到這裡，佐伯覺得頭又暈得厲害了。不知不覺間，自己已經像在安排工作行程一般，思索著謀害那個少年的計畫了……

此時雖然也有一顆純潔的心告誡自己不能再做恐怖的事了，但假如撿到工作證的就是那個男孩，而且他已經發現了女孩和自己的關係的話，眼下自己的選擇只有一個，那就是把他殺掉。

不然，自己所犯下的罪行就會被公諸於世。要是讓自己的同事知道真正的佐伯其實是一個讓人毛骨悚然的變態的話，他們會有什麼反應呢？當他們知道那個從家裡帶來鮮花插進花瓶、放在窗邊的男人，實際上是個殺人不眨眼、應該遭受眾人唾棄的傢伙時，他們會覺得悲哀，還是憤慨呢？在一片喧囂和失望的議論中，他可以對自己的所作所為做出怎樣的辯解呢？除了羞愧得低頭不語外，自己的眼前也會變成一片什麼都看不見的黑暗吧？那時，羞恥的烈焰一定會在自己的胸中熊熊燃燒。

絕不能陷入那樣的窘境，殺死這個男孩是不得已的事情。佐伯閉上眼睛，以一種近乎悲痛的心情在心裡這麼告訴自己。

很快就到家了。佐伯已經忘記了一路上兩人說了些什麼，印象中都是些無關痛癢的事情。

「你家真氣派啊。」

少年站在矮牆前面，抬頭望著屋簷說道。

「不過已經很舊了。來，請進。」

兩人一起穿過大門。為了方便汽車進出，大門一直是開著的。少年在半路停下了腳步，仔細打量與住宅並排修建的車庫。裡面可以看到一輛黑色轎車的前半部，昨晚佐伯已經把後座上女孩遺留下的痕跡都打掃乾淨了，如今車上已是空無一物，既沒有血跡也沒有頭髮。銷毀證據時打開的鐵捲門卻到現在還沒有放下來。

「只有一輛車嗎？這麼說，佐伯先生是一個人住？」

「對。」

接著，少年又把目光投向周圍的庭院。

「這麼多樹啊。」

「這是我的興趣，看起來像個森林吧？」

少年得到佐伯的許可，朝庭院中央走去，佐伯則尾隨其後。

在陰沉的天空下，佐伯栽種的植物呈現濃綠的色彩。走在並排的樹木中間，少年發出感嘆的聲音。

「好大的庭院。」

不一會兒，少年穿過種植著樹木的區域，來到一處寬闊的地方。這裡位於住宅的南面，兩邊分別是緣廊和矮牆，中間有一個用石頭圈起來的花壇。這裡沒有栽種植物，地上全是乾燥的灰土。

矮牆旁邊有一排竹筒，以前曾用來種植牽牛花的地面上鋪滿了稻草，在這下面……

「只有這邊沒種樹吧？」

「啊，種在這裡的話會影響從緣廊望過來的景致。」

……下面埋著女孩和那個可能已經變得不成樣子的浩介。

竹筒筆直地挺立在矮牆旁邊，一動也不動。少年還沒有對竹筒的存在產生特別的興趣，只把它當作一個背景的組成部分。可是，如果地底的女孩握住插入蓋板內的竹筒搖晃起來的話，覺得不可思議的少年一定會靠近竹筒去看個究竟吧。

在此之前必須下手。佐伯讓男孩坐到緣廊邊緣上。

「我去倒茶。」

佐伯說著，從緣廊直接進入房中，準備朝屋裡走去。

「可是森野究竟跑到哪裡去了呢？」

這時，佐伯聽到少年的嘟囔。他停下腳步，轉身看著坐在緣廊上的少年背影。

「我也不知道怎麼說，反正她體內似乎能分泌一種吸引變態狂的荷爾蒙。」

少年回過頭來看著佐伯。顯然，剛才那句嘟囔是故意讓佐伯聽到的。

「由於走在路上的時候會散發出這樣的荷爾蒙，所以經常有一些不正常的人會盯上她。」

「……請等一下，我去泡茶。」

佐伯只說了這些便離開那個少年。雖然不知道少年到底是不是故意想讓佐伯聽到剛才那些話，不過可以肯定的是，他的語氣中帶有令人不快的成分。

佐伯一邊在廚房煮一人份的茶，一邊拿出了菜刀。要說殺人的兇器，目前他能想到的就只有這一種。

瓦斯爐上的藍色火焰正在為壺裡的水加溫。茶盤上放著勺子、茶壺，以及菜刀。看著銀光閃閃的刀刃，佐伯在想，待會兒自己就必須用它從身後向坐在緣廊上的少年劈去。刀刃上反射出跳躍的爐火光芒。由於煮的只是供一個人喝的茶水，量比較少，所以水壺裡的水很快就開始沸騰，並發出了咕嚕咕嚕的聲音。

佐伯兩手放在水槽邊支撐著身體，如果不這樣做的話，他恐怕已經站不住了。當初把少女埋入地底所產生的美妙感覺早已不復存在。現在的情況正好相反，沉重的心情幾乎使佐伯喘不過氣來。一切就像一場噩夢，他覺得自己所看到和觸摸到的所有東西，都無一例外地散發著腐臭，而最為醜陋的生物就是自己。自己不僅殺害了浩介，掩埋了女孩，現在又準備用菜刀向少年的身上砍去。與那個信任男友的少女的精神相比，自己的內心是何等可惡。自從殺害浩介之後，這場噩夢就已經開始了。

不，或許從出生以來，這場噩夢就猶如上天安排般與自己的命運聯繫在一起。也許自來到這個世界的一刻，自己的靈魂深處便已經注入無可避免的殺人衝動。

水燒開了，蒸氣不斷從壺嘴噴出來。正準備關火的時候，佐伯突然發現了一件事情。

浩介……

水蒸氣向上升騰著，滾燙的開水在壺裡咕咚作響。

浩介那孩子長得什麼樣子呢？

對於自己所殺害的幼童模樣，佐伯已經完全想不起來了。以前他們曾一起去公園玩，是極要好的朋友。儘管如此，小孩的長相卻像一種消耗品一樣，完全從記憶裡消失了。

自己當時到底為什麼這樣做呢？就算現在他也不清楚。佐伯在一方面有一種善待他人，力圖成為模範市民的心願；而另一方面，他又有想將人埋入地底下，並以此為樂的惡魔心理。這種情況就像人的雙重性格一樣，儘管彼此矛盾，卻不是各自獨立的東西，而是相互聯繫在一起的整體。

然而，活到現在一直自認為是「自己」的人到底是誰呢？無法信任自己的人，活在這世上又到底應該相信什麼呢？

佐伯拿起放在茶盤上的菜刀，拿刀的那隻手不停地顫抖著……

關掉爐火後，他把開水倒進茶壺，端著茶盤朝少年走去。

佐伯輕輕地走著，穿過走廊來到可以看見緣廊的位置時，他看到少年的背影。少年面向庭院的方向，獨自坐在緣廊邊上。

少年正單手拿著手機講電話。這時，佐伯有些心慌了，他是打電話給警察嗎？

佐伯輕手輕腳地朝少年的身後靠近。

少年講電話的聲音傳到佐伯的耳邊，他的語氣似乎不像報警，而是和朋友通話。

當佐伯站到少年身後的時候，地板發出一聲動靜。

少年突然轉過身來，掛斷了電話。

「佐伯先生，你去了這麼久啊……」

少年這麼說。

「而且你的臉色好像比剛才還差……」

佐伯把茶盤放到少年身旁。

「啊，有一點……頭暈得厲害……」

佐伯拿起茶壺往杯子裡倒了茶。

自己必須和心中的野獸進行爭鬥……

佐伯一面把茶杯遞給少年，一面暗下決心。

菜刀還留在廚房裡。當佐伯發現自己竟想不起浩介的容貌時，覺得自己必須把菜刀放下。這麼做是將自己從噩夢中解脫出來的唯一辦法。

少年接過佐伯遞給他的茶杯。白色的煙氣從淡綠色液體中升騰出來，飄到空中消失了。少年拿著這杯茶端詳了一會兒，最後還是沒有喝就把它放到地上。

「佐伯先生，我有一個好消息要告訴你。」

少年微笑著，臉上浮現出放鬆的表情，接著嘆了一口氣，說道：

「聽說昨晚失蹤的森野剛才已經回家了。」

4

當牆壁掛鐘的時針指向深夜十二點時，佐伯關掉電燈，蜷縮在自己房間的一角。黑暗中，他抱著自己的膝蓋，屏住了呼吸，身體的顫抖久久無法平息。從太陽剛下山的時候起，他就一直處於這種狀態。現在，他既分不清寒暑，也不知自己到底是死是活。

掛鐘的長針移動了一格，剛好反射了從窗外照射進來的月光，使指針閃耀著銀色的光輝。佐伯見狀，終於下定決心站了起來。走下樓梯後，他先來到車庫，從車庫裡取出鏟子和打開箱蓋用的撬棍，然後朝庭院的方向走去。

佐伯一直在等待黑夜的降臨，因為他覺得如果在白天活動的話，自己的行動可能會被別人窺見。然而，在等待的過程中，各式各樣的想像都出現在佐伯的腦海裡，使他無法平靜下來。恐懼感在黑暗中不斷膨脹，佐伯感覺自己幾乎暈過去好幾次了，而當自己有所知覺的時候，卻發現自己整整六個小時都一直蜷縮著身體。

佐伯穿過栽種著樹木的地方，來到位於緣廊和矮牆之間的庭院裡。他注視著牆邊的竹筒，一步一步向那個方向靠近。此時，他的手背疼痛不已。昨晚，女孩在那裡留下了深深的抓痕。

佐伯來到幾乎和他胸口一樣高的乾燥竹筒前，這根竹筒連接著女孩的棺材。手上的疼痛加劇了，感覺就像傷口還流著血一樣。

他先朝地底的女孩喊了一聲，不過沒有任何反應。佐伯用顫抖的手將竹筒從泥土中拔出來放到一旁，撥開地面上的稻草一看，先前插著竹筒的小洞像蟬蛹挖出的洞穴一樣出現在眼前。

佐伯把鏟子的前端插到地裡，開始挖起來。

為了不引起別人的注意，院內沒有使用任何照明設備。白天覆蓋在天上的雲層，此時已被風吹散了，和昨晚一樣，白色的月光照亮了四周。矮牆外面的路上也聽不到有人經過的聲響，寂靜的院中只聽見鏟子的前端不斷插入土壤的聲音。佐伯的頭暈依然沒有好轉，身體搖搖晃晃，好像正在發熱。在這樣一種狀態中，他一邊不停地挖著，一邊回想起白天時少年在緣廊說的那番話。

「她好像傷得不輕，不過沒有生命危險，剛才我還和她通了電話。那麼，我就告辭了。耽誤你這麼多時間，真是對不起。」

少年說著點了點頭，從緣廊邊站了起來，這時連杯裡的茶都還沒有變涼。他到底在說什麼？佐伯無法理解少年所說的話。女孩不可能從地裡鑽出來的。

少年卻連頭也不回，拿起放在腳下的書包逕自朝大門走去。儘管有些不知所措，但佐伯還是從緣廊上跑下來，穿上鞋追了過去。在密集的樹幹中間，佐伯趕上了少年的腳步。

「回家……你說她已經回家了……？」

這是不可能的。雖然內心這麼想，但佐伯還是忍不住開口問道。

「對，沒錯。電話裡的她，看來受到精神上的刺激，她的情況滿令人操心的，還不知道能不能從陰影中走出來。」

離開佐伯家後，身穿制服的少年提著書包朝公園的方向走去。佐伯則在門口停下了腳步，單手支撐在門柱上，目送少年遠去的背影。

忽然，在離門口不遠的一個T字路口處，少年停住了腳步。他舉起一隻手來，好像在和將要從街角對面、一個佐伯看不見的地方出來的人打招呼。不一會兒，從街角處出現來到少年身旁的，是一個看上去很眼熟的長髮女孩。

佐伯定睛一看，女孩的臉龐清晰地映入自己的眼簾。這個女孩面貌清秀，膚色白皙，正是已被自己埋入地底下的那個女孩。此時，她正在跟少年說著什麼。

自己在作夢嗎？大腦的暈眩使房屋和電線杆上所有直線在佐伯的眼中都柔和地彎曲起來。不僅如此，在他的視覺中，馬路和牆壁上還泛起沼澤一般的波浪……

佐伯看了看掩埋著女孩的那個插有竹筒的方向，他跑了起來。就在佐伯將目光從T字路口處的兩人身上移開的時候，少年回頭朝這邊望了一眼。然而，問題的關鍵卻在竹筒下面。

佐伯站在掩埋女孩的地方，對著通向棺材的竹筒喊了一聲。地底下沒有任何回應，完全察覺不到有人存在的跡象。從筒口往下望去，裡面也是一片漆黑，猶如裝著一筒黑水。

看來，女孩從泥土裡跑出來了。

等一下，不對。佐伯否定了自己剛剛得出的結論。地上沒有翻刨的痕跡。

這麼說來……

自己到底是把什麼東西埋進了地裡呢？

從少年回去後到天黑這段時間，佐伯衝著竹筒喊了好幾次，但是始終沒有任何聲音從地底傳出。佐伯無論怎麼想也想不出其中的弔詭，最後他只得等夜深人靜後，把箱子挖出來查看。

月光下的庭院靜悄悄的，只聽見翻土挖坑的聲音。佐伯全神貫注地忙著手裡的工作，兩旁的樹木就像黑色的高牆一樣俯視下來。夜晚的露水使樹葉散發出濃郁的氣味。

淡淡的白霧在聳立的樹幹之間飄蕩，並籠罩了整個庭院。樹木也要呼吸的，佐伯覺得這些白霧就是自己栽種的植物所呼出的氣體。

鏟子前端插入土裡的觸感不斷傳到手上。佐伯一面將鏟子裡的泥土翻到旁邊，一面覺得自己似乎已陷入了一場噩夢。也許是因為挖坑的勞動過於單調了吧，佐伯感到自己與其說是一個活在這世上的人，倒不如說是一個沒有生命的木偶，一個在黑夜中反覆挖坑刨土的木偶。過去是這樣，現在是這樣，將來也是這樣。

手又痛了起來。手背上的紅色抓痕，或許就是女孩留下的詛咒。

地底下埋的到底是什麼呢？隨著土坑愈挖愈深，佐伯竟莫名其妙地流下眼淚。每當用鏟子挖出一鍬土時，佐伯就會用肩部的衣服擦一擦眼角，因為如果不這樣做的話，眼裡的淚水會使他什麼也看不清楚。地底下埋著一個恐怖的東西，自己所犯下的罪行應該就隱藏在這片泥土下，那東西一定會像鏡子一樣映照出自己毫無人性的本質。

本以為會永遠進行下去的工作終於結束了。位於庭院一角的土坑裡，出現了自己親手製作的木箱。籠罩在白霧中的箱子還帶著泥土的氣息，靜靜地躺在月光下。蓋板仍被牢牢地釘在箱子上，板子上沒有任何開啟的痕跡，大拇指般粗細的兩個換氣孔看起來黑漆漆的，整個箱子給人不寒而慄的感覺。箱子裡有一種類似妖氣的寒氣，佐伯抽噎著，用撬棍撬開了蓋板。

首先嗅到的是一股嗆人的血腥味，接著佐伯便看到躺在箱裡、身穿制服的少女。她仰面躺著，雙手交叉在胸前。她的臉上、箱子內壁以及蓋板下方都是紅色的，箱底更有幾公分高的深色液體。

那是從女孩頸部流出的血液。在女孩交叉的手中握著一枝自動鉛筆，看來正如女孩告訴佐伯的那樣，她可能是用這枝筆割破了自己的頸子。

也許當時血液的噴濺太過激烈吧，現在箱裡呈現出這樣的景象。佐伯用手捂著嘴，離開了土坑，總之，他想離這個女孩遠一些。順著矮牆向前走了一段，來到一棵樹下，佐伯跪倒在地嘔吐起來，由於一整天都沒有吃東西，嘔出來的全是胃液。

正如你所看到的，她並不是森野……

正當佐伯嚇得肩膀發抖時，忽然傳來這樣的聲音。起初，佐伯還以為是自己大腦的幻聽，可是接著又傳來同樣的聲音。這次佐伯聽得很清楚，是白天那個少年的聲音。

「佐伯先生，你一直把她當成了森野。」

身旁傳來鞋子踩踏地面的聲響，佐伯抬頭一看，白霧中出現了一個人影，這個人就站在樹的旁邊，正背對月光俯視著佐伯。由於逆光的緣故，他的臉上形成了黑影，所以看得不大清楚，但佐伯想這個人應該就是那個少年吧。

忽然，稍遠的地方又傳來另一個腳步聲，樹木間的霧氣裡好像還有一個人，這個人也邁開步子，正朝佐伯挖出來的棺材走去。他身材魁梧，個子比佐伯和少年都高，年紀大概跟少年相仿。在月光的照耀下，佐伯看清他的面容，是一個從未見過的男孩。

陌生的男孩正一步步地靠近那個被自己埋葬了的陌生女孩。接下來到底會發生什麼事呢？佐伯想不出來，他甚至連現在自己是處於現實中還是在作夢都不是很清楚。佐伯抬起頭來，滿臉疑惑地看著身旁的少年，使勁地搖了搖頭。少年向淚流滿面、不斷搖頭的佐伯解釋道：

「他也是我的同學，就是被你埋入地底的那個女孩的男朋友，他叫……」

少年說出那人的名字，這個名字，佐伯好像曾在什麼地方聽過。

「啊啊……這麼說他就是……」

少女提過的那個人。

那人來到坑裡彎下了腰。從佐伯所在的位置望去，只能看到他的背部。坑裡傳來悲痛的呼喊，每喊一次，那個男孩的後背就會晃動一下，看來，他正在搖晃少女的肩膀。

他對著女孩述說著什麼。開始的時候，聲音還很小，當他發現地底的女孩始終沒有回話的時候，一下子大聲地呼喊起來。

「剛才你看到那個女孩的臉上有黑痣嗎？」

少年問道。佐伯一聲不吭地搖了搖頭。

昨晚的毆打使女孩血跡斑斑的臉龐浮腫得厲害，但就剛才見到的情況來看，她臉上確實沒有黑痣。

「每天都會碰到一個女孩，不知為何今天早晨卻沒有見到……今天白天你告訴我那個失蹤的女孩左眼下方有一顆痣，這正是我懷疑你的原因。那時我就知道，你把森野和那個女孩弄混了。」

「可是那女孩的口袋裡放著學生證……」

「因為她們家住得比較近，那個女孩正準備把森野弄丟的東西送還給她。今天上午，我在學校從森野那裡知道了這件事，所以當你談到黑痣的時候，我就在想你可能是看到了學生證的照片。起初，我以為你開車撞死了那個女孩，女孩變得面目全非，因此你便認為學生證的照片就是女孩本人……」

佐伯凝視自己的雙手。把女孩塞進車廂前，自己因她反抗而瘋狂地毆打她，後來卻不敢正視她那腫脹得面目全非的面孔，匆忙地把她放進箱子裡，並蓋上蓋板，完全沒留意她的樣子。因此，以為學生證相片上的那人就是她……

佐伯一點一點地明白了自己所犯下的錯誤。今天白天，女孩在地底笑了起來，她並沒有瘋，只不過是發現佐伯竟用別人的名字和她打招呼而已。那時，女孩察覺到佐伯的錯誤，並覺得滑稽，所以笑了起來。

佐伯又看了看土坑。女孩的男友此時就在被自己埋入地底的女孩旁邊，兩人之間的愛戀到底到了什麼程度呢？具體的情況佐伯不太了解，不過，在自己和女孩的簡短對話中，女孩曾提到那個男孩的名字，從這一點來看，兩人的關係並不普通。雖然身處在四面都被封閉的黑暗之中，女孩卻絲毫沒有表現出屈服於佐伯的態度。可是，地底的恐怖情況應該是超乎想像的。正是在這樣的環境下，女孩想起了自己男友的名字，認為只有他才能夠趕來營救自己。

男孩靜靜地蹲在女孩的身旁。現在已經不說話了，只是一言不發地注視著棺材裡的女孩。

「佐伯先生，今天白天離開你家的時候，我覺得你一定是把那個女孩藏在自己家裡。那時，你是站在門口的吧？老實說，其實當時我並不知道她到底在哪裡，不過當你看到活生生的森野時，臉色蒼白地朝庭院裡望去，接著又跑了起來，所以我就猜女孩肯定被你埋在庭院裡的什麼地方。」

佐伯這才意識到，少年打電話給那個叫森野夜的女孩，目的原來是為了讓自己產生疑惑。最終，少年便將目標鎖定在這個庭院裡，並開始監視自己。

「你是……」

佐伯抬頭看著少年，不知該說什麼才好。眼前這個男孩究竟是什麼人？他的出現只可能是為自己的同學復仇。可是，從他的話語中卻聽不到一點對罪犯應抱有的輕蔑和憤怒，他的語氣一直是平靜而溫和的。

假如沒有與這個少年相遇的話，自己的罪行也許就不會暴露出來。自己為什麼會和他扯上關係呢？

想到這裡，佐伯終於記起自己那個工作證。自己正是為了把它找回來，才出門而遇到少年的。

「我的工作證在哪裡呢？……」

佐伯問道。可是少年歪了歪頭。

「你沒有在公園旁邊撿到我的工作證嗎？……」

佐伯對工作證的事解釋了一番，少年會意地點了點頭。

「所以你就在地上找？」

不過，他說自己並沒有看見工作證。

「如果不是你撿到的話，那我的工作證到哪裡去了呢？……」

「你最後一次見到工作證是在什麼地方？」

「上班的地方，平時一直是放在上衣口袋裡的……」

難道說……

佐伯的腦海中閃現了一個想法。

「……請你幫我檢查一下那個女孩的身體，拜託。」

佐伯用手指了指女孩那邊，向少年請求道。過度的恐懼使他不敢靠近女孩和她男友所在的土坑。

「說不定在那個女孩那裡。」

當時在車上，佐伯用自己的上衣遮住女孩的身體，而女孩在被掩埋之前就已經甦醒過來……

少年從佐伯身旁走開，來到土坑處，繞過女孩的男友，下到坑裡，彎腰去查看少女的衣服。

「有了，是這個吧？」

不久，少年拿著一個證件站了起來。

「另外還有這個，她的學生證就放在她裙子的口袋裡。」

少年拿著兩個證件再次來到佐伯身旁。

佐伯的工作證果然在女孩那裡。也許她是想在有機會逃跑時帶走一些線索，以便今後能抓到犯人。箱子被封住以後，即使女孩死在裡面，身上攜帶的工作證將來也可能有助於破案。對於佐伯來說，少女的這種安排就像一隻不祥之鳥，足以讓他走向滅亡。

自己竟然輸給被自己埋在地底的女孩。實際上，在掩埋她的時候，自己就已經落入了一個陷阱。

「佐伯先生，你……」

少年一邊看著工作證，一邊說道。佐伯知道對方接著想說什麼，他雙手觸地，低下了頭。

「對……沒錯……」

這正是他最不願為人所知的地方。

佐伯不敢再次正視少年的眼睛，眼球的疼痛使他只好俯視地面。由於極度的羞恥，他整個身體像火燒一樣，連肌肉都有些痙攣了。

少年拿到月光下的工作證是一個有著茶色人造皮套的警官證，封面上只印著一行燙金的警局名稱。翻開一看，裡面的第一頁貼著佐伯的照片，照片下面清楚地註明他的警銜和姓名。

這真是讓人難以置信。佐伯平時工作認真，在同事中的人緣也不錯，大家都覺得他是一個有愛心的人。在商業街巡邏的時候，認識他的商店老闆還會向他微笑。浩介的父母把幼子託付給佐伯，完全是出於對他的信任，就連佐伯本人以前也毫不懷疑自己天生就是做這種純潔職業的人。然而背叛了法律、背叛了人權、背叛了稱讚自己是好孩子的祖母的人，不是別人，正是自己。自己背叛了這世上的一切……

「求求你……我也知道……請你什麼也不要說……」

佐伯以哀求的語氣對少年說。他低著頭跪在地上，少年走到他身旁。

「請把頭抬起來。」

佐伯戰戰兢兢地按照少年的話做了，眼前是少年遞過來的警官證。看來，他是要佐伯自己收好吧。想到這裡，跪在地上的佐伯接過了證件，但他還是站不起來，現在只能擺出一副正襟危坐的姿勢。

「佐伯先生，還有一件事想問問你。當我發現你把森野和那個女孩搞混了的時候，曾考慮過交通意外的可能性。因為我覺得這樣比較容易解釋為什麼女孩的長相無法辨認……」

佐伯一面用兩手緊緊地握著警官證，一面聽少年發問。

「可是，不但地面上沒有留下血跡，你的車上也沒有發生意外的痕跡。剛才觀察那個女孩的時候，我發現她身上有遭到毆打的傷痕以及好幾處骨折的地方，不過除了自殺所導致的頸部傷口外，好像沒有一處傷口是致命傷。看來，她並非死於車禍，而你也不是為了掩蓋肇事事實才把她埋入地底的吧？」

佐伯點了點頭。接著，少年將雙手放到膝蓋上，蹲下身把臉靠了過來。

「那麼，你為什麼要把她活埋起來呢？」

少年的話語中並沒有責難佐伯為何要將女孩殺死的語氣；從他的口吻聽來，似乎了解整件事情的真相才是最重要的事。對於少年的問題，佐伯根本想不出明確的答案，想來想去，最後只能一言不發地望著少年，搖了搖頭。

「……完全搞不懂。就是想埋，所以就埋了。」

這是佐伯的心裡話。

自己為什麼要殺害浩介呢？腦子裡為什麼會反覆出現想把活人埋入地底如此恐怖的妄想呢？

彷彿自己天生就是這樣一種生物，完全找不到任何理由。佐伯已經埋葬了兩個人。

「就是想試著埋一下，所以就埋了……」

佐伯再次似哭非哭地嘟囔了一遍，他感覺自己的胸膛已經被挖空了。最後，他得出一個結論，那就是自己的確不是人。想到這裡，佐伯的手開始抖動起來，手裡的警官證隨即掉在地上。

「我……」

今後要怎麼活在這個世上呢？原形畢露的自己竟是如此可怕。這樣的自己，今後該如何活在這個世上呢？

為什麼自己生來就擁有這個骯髒的靈魂？為什麼自己不能和別人一樣呢？此時，佐伯的心中充滿這些疑問和悲哀。

其實，自己也想像普通人一樣活著，不去殺人，也不以殺戮為樂。自己不願意腦子裡再出現想要將人活埋的妄想，也不想以夜裡一個人挖坑的方式來放鬆心情，只希望悄無聲息地活著，不給任何人添麻煩。

自己絕沒有過分的奢望，只需要一點點的幸福便滿足。自己一直夢想能過普通而平常的生活，像上司那樣看兒子的照片，像同事那樣上班時穿著全新的襯衫。要是這一切能發生在自己身上，那該是多麼快樂的事啊？

佐伯的雙眼悄悄地淌下淚水，他仍然跪在地上，看著自己的眼淚落在地上，滲入泥土裡並最終消失得無影無蹤。到底該如何是好呢？佐伯完全沒有頭緒。世界陷入一片黑暗，佐伯覺得自己被關進一口為痛苦和壓迫所籠罩的無形棺材裡。

……

不知過了多少時間，當佐伯有所知覺的時候，發現自己正坐在緣廊上。天還沒有亮，外面依然是茫茫的黑夜。遠處傳來鳥叫聲，看樣子黎明就要來臨了。

家裡的燈是開著的，好像有人在屋裡走動。佐伯的雙腿使不上勁，沒力氣站起來看個究竟，而雙手亦不停地顫抖。

坐在緣廊上回頭一看，不一會兒便發現少年在燈光中穿行的身影。兩人的目光相接後，少年問佐伯：「沒事吧？」看來，是他把自己挪到緣廊這邊坐下的。

「……剛才的事，有點回憶不起來了。」

「你一直在哭。」

用手一摸臉，果然還殘留著一些沒有乾透的東西。

「請原諒我擅自走進你家裡來。」

佐伯一面聽著少年的話，一面又看了看廊前的庭院。

本已挖開的土坑現在看不到了，眼前立著四根竹筒。一時之間，佐伯有種好像什麼也沒發生過的錯覺。

「把竹筒插入蓋板上的小口，你這樣的設計是為了給地底通風吧？」

少年站在佐伯的身旁說道。從他所說的這句話來看，那個土坑應該是少年填平的。可是，他為什麼不馬上打電話報警呢？為什麼還要重新把坑填回去呢？

那個女孩的男友此時已不見了蹤影，他或許被帶到別的房間去休息了吧。說不定他和自己一樣，也進入了一種喪失任何反應的狀態。

地底的女孩曾堅信她的男友絕不會使自己孤單，他一定會找到自己。想不到，自己竟將如此一對熱戀情侶拆散，佐伯感到自己的罪孽深重。

佐伯又回頭看了看那個有緣廊的和室，少年不知何時走到了那裡，現在正用手機和別人通話，手上拿著一個學生證。

「剛才我在路上撿到了妳的學生證……」

從他說話的語氣可以猜到，他手上的證件是那個叫森野夜的女孩的，而且通電話的對象也一定是她。

不過看樣子，電話剛接通就被對方掛斷了。少年目不轉睛地盯著手機，嘴裡嘟囔說：「對了，天還沒亮呢。」結果，這個姓森野的少女還是沒意識到自己遺失的證件，對佐伯的人生竟產生了如此重大的影響。

天邊微微發亮了。緣廊的東面是一排整齊的樹木，由樹木形成的黑影背後，天空漸漸被朝霞染紅，夜晚的那些白霧已經消散了。

少年朝這裡走來，坐在佐伯的左邊。

他注視著直立在地面上的幾根竹竿，可能在填回土坑時用過的鏟子就放在旁邊。

從樹木的縫隙間穿透而來的朝陽光輝照在少年白皙的臉頰上。由於逆光的緣故，耀眼的光線使佐伯不得不瞇起眼睛。從佐伯的角度只能看清少年的側面輪廓，臉上其餘部分在強光中都變成一片陰影。此時，一直注視著竹筒的那雙眼睛給人極其鮮明的印象。

少年的眼中不帶絲毫感情。這樣的眼睛跟自己駕車尋找掩埋目標時，無意間從車內的後照鏡中所看到的，那雙長在自己臉上隱藏著無盡黑暗的眼睛有些相似。

在朝陽的照耀下，佐伯的心情平和起來。也許是融到淚水中並被帶走的緣故吧，大腦的暈眩也不知不覺地消失了。

「我……」

佐伯一開口，少年就轉過頭來，在逆光所形成的陰影中，他側耳傾聽著佐伯吞吞吐吐說出的話。

「……我，準備去警局，把我所做的一切交代清楚。」

佐伯這個決心從他的嘴裡一點點地表達出來，說完，全身一下子變得癱軟起來，好不容易才收斂的淚水又滴落下來。不過，這次的眼淚並不是源自心中的絕望；和早晨的光輝一樣，如今的淚水是清澈而透明的。

自己的人生恐怕到此為止了，無數譴責的聲音和視線可能會穿透佐伯的身體。可是，沒有關係，自己揭露了自己的罪狀，並希望接受審判的做法，才是做為一個人應當做出的最後決定。

「太好了……你自己能夠下這樣的決心真是太好了……」

以前，佐伯也曾無數次哀嘆自己沒資格做人，竟然會將浮現於腦海中的恐怖想法付諸實踐。對此，佐伯每每感嘆隱藏於內心深處的黑暗才是自己的本性。不過現在，殘存於自己體內那人性的部分已經靜靜地贏得了勝利。

「我不認為自己的罪孽會因此而抹消。儘管如此，我還是為自己能做出這樣的決定而感到自豪……」

少年開口說道：

「佐伯先生，如果你要自首的話，我不會阻攔，只是，不知你能不能再等半年？」

佐伯詢問其中的理由，少年站了起來。

「我要告辭了。佐伯先生，行嗎，就半年吧？不然一個月也可以，拜託了。警察局那邊，你就解釋說是你自己一個人下定決心準備自首的。」

少年要佐伯發誓在敘述案情的時候，不要提起自己和那個姓森野的女孩。佐伯答應了。

「記住了嗎？是他自己提出這樣的要求的。對此，你不必在意，就算你想救他，我想他也會主動拒絕的。不過，到時你就對外界說都是你做的就行了，這裡沒有留下任何證據，所以不管你提出什麼證詞，也不會有人相信除了你之外，我也來過。」

少年一邊穿著放在緣廊下面的鞋子，一邊對佐伯說道。

佐伯不明白他所說的意思。正準備問的時候，少年已經離開緣廊，朝門口的方向走去了，既沒有回頭，也沒有說一句告別的話。不一會兒，少年的背影便消失在樹木密集的樹幹之間。背後只剩下曙光乍現的庭院和一臉困惑的佐伯。

突然，佐伯想起一個問題——少年獨自離去之後，那個可能在某處休息的女孩男友又到哪裡去了呢？

佐伯從緣廊上站了起來。
腦海中浮現了一種預感。
他邁著踉踉蹌蹌的步子，光著腳穿過庭院。清晨寒冷的空氣使呼出的氣體變成了白色的。
豎立在庭院邊上的竹筒一點也沒有傾斜，端正地直指著矇矇發亮的天空。少年重新掩埋的棺材就在這些竹筒的下面。
佐伯把耳朵貼到筒口上。
地底的聲音傳了上來，由於筒壁的阻擋作用，聲音聽起來有些沉悶。棺材裡的聲音是那個男孩發出的，他正躺在自己所愛的人身邊，不斷叫著她的名字，聲音很小，就像抽泣一樣。他也不說什麼，只是一遍又一遍地反覆呼喚著少女的名字。

聲音 Voice

引子

最近，妹妹起床洗臉後就牽著狗出去散步。快到十一月底了，早晨氣溫很低。每次出門的時候，她總是一副覺得很冷的樣子。

那天清晨，妹妹發抖著朝大門口走去，而我則依舊一邊坐在餐桌旁吃早餐，一邊瀏覽著報紙上的訃聞欄。

房間角落裡有一個煤油爐。媽媽剛把爐火點著，屋內充滿了燈油的味道，這種味道足以熏死人的腦細胞。這時，我剛好看到報上有一則關於煤油爐燃燒釋放出一氧化碳，導致兒童中毒身亡的消息。

我打開窗戶讓空氣流通，頓時，早晨的冰冷空氣一湧而進，吹散了彌漫著整個房間的燈油味。天空中掛著一縷淡淡的雲彩，庭院的地上結了一層薄霜。

妹妹正站在窗外，身上緊緊包裹著毛衣和圍巾。看我打開了窗戶，她揮揮戴著手套的手對我說：「嗨。」狗就站在妹妹身旁，她用一隻手拉著套在狗脖子上的繩索。

「由香似乎覺得院子那一角有點不對勁，從剛才開始就一動也不動了。」

妹妹指著狗說道。我順勢望去，只見在與鄰居家相隔的圍牆旁邊，狗正用鼻子嗅著地上的什麼東西，而且還不斷用前爪使勁地撓著，似乎想挖出一個洞。

「好了，我們走吧。快沒有時間散步了。」

妹妹拉了拉繩子說道。等遛完狗，她就得趕緊整理一下去上學。狗或許是聽懂了她的話，乖乖地離開了院子的那個角落。不一會兒，妹妹和狗便，邊吐著白氣，一邊從我的視野中漸漸消失了。

「快把窗戶關上。」身後傳來了媽媽的聲音。我聽話關好窗後，來到了院子裡。

院子裡有一塊用雙手才能合抱的大石頭，我把石頭從院子的一角，移到剛才狗想挖開的地方，這樣一來，牠就沒辦法刨開這裡的地面了。這個地方要是被挖開的話，那可就麻煩了。半年前被我埋入地下的那好幾隻人手，差一點就被妹妹發現。趁那些手還沒有被發現，我打算放學回來後再把它們重新埋到別的地方去。今天的事又使我隱隱感覺到，妹妹有那種發現古怪事情的宿命。

我回到屋裡，繼續看報。「有什麼有趣的報導嗎？」媽媽問道。「沒有。」我一邊回答，一邊確認了報紙上仍然沒有刊登關於北澤博子的新消息。

北澤博子的屍體是七個星期前在廢墟裡被發現的，發現屍體的地方離我家不遠，都在市區。那個廢墟以前是一家醫院，從市區往山區方向會岔出一條石子小路，小路的盡頭就是醫院所在。鏽蝕鐵絲網的彼端，廢棄的醫院就這樣被遺忘在偏僻的荒地裡，沒有拆除。旁邊不僅沒有別的建築物，而且一年四季都被枯黃的野草包圍。

三個小學生在廢墟內探險的時候，發現了北澤博子的屍體。聽說那三個小學生目前正在接受心理輔導。

屍體剛被發現的時候，報紙和電視等媒體都大肆報導這個事件。不過，現在已經沒人再提起那件事了，也不知道警方的調查到底進展如何。

我所蒐集到的與她有關的資料，不過是一些描述屍體發現經過的報導和她的個人照罷了，而且這些資料還是從報紙上剪下來的。

照片拍下了她生前的笑容，照片上的她披著一頭烏黑的齊肩直髮，微笑的臉上隱約可以看到潔白的犬齒。媒體只公布了這張照片。

警方目前對犯人的情況究竟掌握了多少呢？

某天傍晚——

快放學的時候，天色暗了下來，教室裡開著燈，玻璃窗如鏡子般反映著教室裡的狀況。老師剛交代完聯絡事項，班上的同學就像潮水般朝教室門口湧去。吵嚷的人群中，一個一動也不動的身影映入了我正在凝視的玻璃窗上，她就是留著一頭又黑又直的長髮、臉色猶如雪一樣白的女孩——森野夜。

教室裡只剩下我們兩人。

「妳說有東西要給我看，到底是什麼？」

我問她。那天午休快要結束時，我從走廊上經過的時候，她悄悄地在我耳邊輕聲說：「我有東西要給你看，放學後留下來。」

「是屍體的照片，我弄到手了。」

每個人都有自己的生活方式，一百個人就有一百種不同的生活。一個人恐怕很難完全理解其他人的生活方式。

而森野和我也有自己的生活方式，只不過這種方式已經超出一般的範疇。也就是說，像這樣常常會互相傳閱各自所收藏的屍體照片，就是我們生活的一部分。

她從書包裡拿出一張A4大小的紙。這是一張印表機專用的相紙，看起來很有光澤，表面也很光滑。

紙上的圖像是在一間很簡陋的水泥牆房間裡拍攝的，感受到的視覺衝擊只是一整片紅色。照片的中央橫放著一張長桌，桌子上面和四周，以及牆壁、天花板上全被染成了紅色。那不是某種鮮豔的紅色，而是從燈光照射不到的房間角落陰暗處漸漸浮現出來的，一種發黑的暗紅。

她就躺在照片中央的那張長桌上。

「……這就是北澤博子的……」

聽我這麼說，森野稍稍皺了一下眉頭。她臉上的表情幾乎沒有變化，但我還是看出她有點吃驚。

「你知道的還挺多的嘛。」

「是在網上找到的？」

「別人給我的。我在圖書館蒐集報紙上有關北澤的報導時，一個經過的人塞給我的。據說這就是北澤的照片，但我還不太確定。」

由於森野長得很漂亮，所以當她走在路上的時候，不時會有其他學校的男生主動向她搭訕。但是，在我們學校裡卻沒有任何人敢主動接近她，因為周圍的人都知道她對這種事沒有任何興趣。

然而，這次的情況有所不同。也許有人在圖書館這種特殊的場合，看見她在剪報紙上的古怪報導，便想出了這種新招數來接近她吧。

森野從我手裡把那張印有照片的紙拿過去端詳起來。她瞇起雙眼，把臉湊了上去。

「你真厲害，只看一眼就能認出這是北澤博子……」

因為照片上的她……

所有看上去像人類的部位都已經……

她小聲地嘟囔道。我向她解釋其實剛才自己也是亂猜的。那張照片上，北澤博子的頭被放在長桌上，我就是透過她的側面和髮型來推測的。

「哦，原來是這樣啊。」

她點了點頭，一副恍然大悟的樣子。

我問森野那個塞給她照片的人的情況，她卻不肯告訴我，於是，我決定自己回家上網找。

我把視線從森野身上移向玻璃窗，窗子的對面只剩下一片漆黑，一片沒有盡頭的黑暗。在白色燈光的照射下，教室裡的一張張桌子都清晰地映照在窗戶上。

「這個世上，有人殺人，又有人被殺。」

「怎麼突然冒出這樣的話來呢？」

的確有一種人要去殺人，他們並不具備任何動機，只是想殺人。不知道他們是在成長的過程中逐步變成這樣的，還是原本天生就是如此。然而，這些並不重要。關鍵的問題是這些人往往掩蓋自己的本性，過著平常人的生活。他們混跡於這個世界，在外表上與普通人沒有絲毫分別。

可是，終究會有那麼一刻，他們將無法按捺嗜殺的慾望。那時，他們便會拋開普通的社會生活，進而開始在人群中進行狩獵。

我也是其中一員。

以前，我曾遇見過好幾個殺人兇手，他們當中，大多數的眼睛都會在某一瞬間迸發出不為人類所具有的光芒。雖然那只是一道幾乎來不及被人察覺的眼神，但我從他們的瞳孔深處發現了異樣。

譬如說，當與一個普通人面對面接觸時，他會把我視作一個人，並採取與此相應的態度來對待我。

可是，假如站在對面的是一個我以前曾經見過的殺人兇手的話，情況就不大一樣了。只需仔細看一看他們那對眼睛，就能在那瞬間感受到：這個人根本就沒把站在他面前的我看作是一個活人，而只是把我視為一個普通的物體。

「喂……」

我回過神來，正好看到了森野映照在玻璃窗上的眼睛。

「該不會是你殺了她吧？瞧，照片上她的頭髮是燙過的，還有染髮……這些都和報紙上登的照片不同，你怎麼能認定這上面的人就是她呢？」

聽了森野這番話，我忽然覺得今天的她倒是挺聰明的。

她的瞳孔深處，並沒有以前我遇到的那些殺人兇手眼中特有的異樣。那是一雙將人視為人的眼睛。我想她以後也不會殺人吧。雖然與普通人相比，她的興趣有些特殊，但總括來說，森野仍然屬於正常人的範疇。

儘管我和森野有許多共同之處，但這一點我們是完全不同的，而我覺得正是這一點的不同，決定了我們究竟是不是人類。

她屬於人類，總是扮演著被殺的角色。

而我卻不一樣。

「她燙頭髮以後的照片也曾被公開過，只不過因為那照片沒有徵得家屬的同意，所以媒體沒有大肆轉載。我也只是對那張照片有一點印象而已。」

「原來是這樣啊。」

她再次點了點頭。

回到家後，我直接跑上二樓，來到自己的房間打開電腦，在網上搜尋北澤博子屍體的照片，頓時，房間裡的空氣變得凝重混濁起來。然而，最後我什麼也沒找到。

我放棄了搜尋，從書架上拿出藏在裡面的刀子，凝視著自己映在刀刃上的臉。從窗外傳來的風聲，聽起來就像是曾經慘死於這把刀下的人在哀號。

這把刀曾有意識地向我發出召喚，或者應該說，是潛藏於我內心深處的東西映照在刀這面鏡子上，讓我聽到了自己的聲音。我看了看窗外，遠處街道上的燈光，將一縷淡淡的光亮滲入了夜空。

手裡的刀傳來原本不應存在的聲音，我總覺得這聲音是由於刀刃的乾渴而產生的。

我對森野撒了謊。燙頭髮後的北澤博子的照片，根本就沒有被任何媒體刊登過。

1

以前，家裡偶爾有一個成員暫時離家外出的時候，例如父親到外地出差或母親和朋友出門旅行，我就會發現還是一家四口聚在一起時，家裡的氣氛比較好。當我參加學校旅行時，待在家中的母親和姊姊在原本應該有我出現的地方，看到的只是空氣，我想每到這個時候，她們一定有過類似的空虛感吧？但是，即使像這樣，家裡缺了一個人的不完整情形也只不過是短短幾天而已。當那個人從旅遊勝地回來後，家又回到從前，四個人重新相聚在一起。屋子裡又恢復從前那個習以為常、剛好能容納四個人的空間，恢復那個每當從電視機前走過時，就會被姊姊伸長的腿絆倒卻令人舒暢的狹小空間了。

就在不久前，這個家還是一個四口之家。如今，姊姊卻永遠地離開了，餐桌前總是多了一把椅子。

為什麼姊姊會被人殺害？誰也不知道，但在七個星期前，我的姊姊北澤博子死了。在最後一次有人見到她的十二個小時後，她的屍體在郊外一座醫院的廢墟裡被人發現了。

我從來沒有走進過那座廢墟，但姊姊的屍體被人發現後，我曾經一次，也僅僅只有那麼一次，在外面遠遠地眺望過。那是一個除了枯黃野草外什麼也沒有的冷冰冰的地方，碎石子鋪成的地面上，那些灰白的細小礫石隨風而起，連鞋面也被染成灰白色。醫院廢墟是一棟四四方方的水泥建築，看上去就像一個不知名的東西蛻皮後留下的碩大空殼，窗戶上的玻璃全都碎裂了，裡面一片漆黑。就在不久前，有人在裡面發現了姊姊的屍體，所以廢墟的入口處被圍上了警示膠條，員警們正鑽過膠條，在廢墟裡進進出出。

聽說姊姊是在廢墟最裡面的房間被三個小學生發現的。雖然警方從未公開過，但那個房間以前是手術室。

據說遺體損壞得非常嚴重，幾乎無法辨認身分。離屍體不遠處有一個手提包，警方是透過包包裡的一些隨身物品，才與我家聯絡。當時接電話的是母親，那是在姊姊出門後還不到一天時間的中午打來的電話，起初媽媽還以為是惡作劇。

然而，那確實是姊姊的屍體。雖然這並不是由熟知姊姊的父母、我或姊姊的男友赤木經過仔細辨認遺體後確認的，而是透過姊姊生前的外科病歷，以及法醫幾次精密的鑑定結果。

……警方沒有公布姊姊的屍體被發現時是什麼狀態，也沒有公布姊姊是如何被殺的。在這個世界上，被絞死、被刀子捅死的案例占絕大多數。即使是絞死、捅死，都會被大眾視為極其殘忍的手段，隨之引起媒體一陣騷動。但事實上，姊姊似乎不只是被絞死、被捅死那麼簡單。

警方認為如果把姊姊所遭受的重創公諸於世的話，肯定會給社會帶來很大的負面影響，於是他們都緘口不談，就連發現屍體的小學生也被強行下了封口令。

父母曾一再向員警和醫生哀求要看看姊姊的遺體，但都被拒絕了，因為姊姊的遺體已經無法恢復原來的樣子，所以不忍讓他們看到。
父親和母親並不是特別溺愛生前的姊姊，他們就如世上其他普通的父女、母女一樣，曾經為一個電視廣告而爭論不休，也曾因為忘記報紙放在哪裡而爭吵得面紅耳赤；父親和母親也從沒在別人面前誇獎、炫耀過姊姊。但他們聽到姊姊的死訊後掩面失聲痛哭時，我才真正體會到他們曾經傾注了多少的心血來養育姊姊。
「請讓我們見見博子！」
父親在醫院裡拚命地向醫生和員警懇求。他粗紅著脖子，看上去很生氣。看到父親一副毫不妥協的樣子，醫生和員警只好無可奈何地領著父親和母親，往放置姊姊遺體的房間走去。
我在走廊上呆呆地望著他們的背影，透過四邊形的兩扇大門目送他們遠去、消失。我很害怕，害怕得無法鼓起勇氣走到房間裡去看姊姊。
突然，一段員警與醫生間的對話傳進我耳中，看來他們沒有察覺到站在樓梯陰暗處的我。
「把那些支離破碎的屍塊拼湊起來，可真夠辛苦的……」
員警這麼說。一聽這話，我差一點癱倒在地，鞋子在醫院的地板上磨了一下，發出刺耳的聲響。那員警轉過頭來發現了我，頓時大驚失色，臉上浮現出僵硬的表情，隨後便緊閉嘴唇。
把姊姊的身體，拼湊起來。我呆呆地站在那裡一動也不動，仔細思索著這句話的意思。
不一會兒，父親和母親便從放置姊姊遺體的房間裡走了出來，我趕緊迎上去急切地問道：「姊姊到底怎麼樣？」他們卻充耳不聞，完全不理我。之前一直哭個不停的父親和母親，自從進入那個房間以後，也不再流淚了。他們不想正面看到任何人的眼睛，於是低下了頭，沉默不語。父親和母親的表情好像被遺留在那個房間裡似的，他們臉上的皮膚焦黃，宛如兩張永遠不會動彈的面具。

警方對有關姊姊遺體的情況隻字不提，面對社會大眾，他們只是把事實藏進了黑盒子裡。或許正因為如此，在遺體被發現後，鋪天蓋地的媒體報導並沒有持續多久，人們也就漸漸淡忘了這件事。

如今，自姊姊遇害已過了七週，警方和媒體的有關人士已經不再到我家來了。

姊姊比我大兩歲，遇害的時候才二十歲。家裡就我們姊妹倆，可以說，我是一邊看著姊姊的樣子，一邊成長的。

在我小學五年級時，姊姊已經穿上我還沒有看過的中學制服。正當我剛升上中學二年級，姊姊便開始常常在家裡談起那個我一無所知的高中世界。我常常在姊姊的身上看到自己兩年後將要迎接的生活，對我來說，姊姊正像一艘在黑暗無際的大海上引領著我的導航船。

雖然我們姊妹倆相差兩歲，但我們的個子卻差不多。或許正因為如此吧？常常有人說我們兩人長得特別像。記得上小學時，每逢新年到親戚家玩，每碰見一個人，他們都會這麼說。

「我怎麼不覺得呢？沒有這回事吧？」

姊姊看了親戚們的反應後覺得很奇怪，便這麼對我說。對我們來講，每天都見到對方，看到的都是與自己完全不一樣的另一張臉。到底哪個地方長得相似呢？我也常常很納悶，但的確發生過這樣的事：姊姊正和親戚家的孩子在另一個房間玩遊戲，從門前經過的嬸嬸吃驚地對我說：「哎呀，剛才妳不是在對面那個房裡的嗎？」

小時候，我和姊姊非常要好，常常在一起玩，大我兩歲的姊姊偶爾還會牽著我到同學家裡去玩。

……不知從何時開始，我們之間的感情漸漸起了變化，我已經記不起最後一次和姊姊開心談笑是在什麼時候了。

從幾年前開始，我和姊姊之間就莫名其妙地產生了隔閡，但並不是那種明顯得連身邊的人都知道的隔閡，也許這微小變化根本稱不上是隔閡。只不過當她和我講話時，她的臉上會流露不愉快的神情。

有一次我坐在起居室的沙發上，指著正在看的雜誌對姊姊說：「這篇文章很有趣。」我僅僅說了這樣一句話，她瞥了一眼雜誌便緊皺著眉頭，冷冷地說了聲：「哦。」隨後立刻走開了。或許是我自己多慮吧？那個時候，姊姊的態度以及臉上的表情，總讓我覺得隱藏著幾分暴躁。

當時一定是因為她心情不好，或湊巧那時比較忙的緣故，我只好這麼安慰自己。我盡量說服自己，不過是因為一些瑣事，才使姊姊露出那樣的表情。

即使是自己多慮，但姊姊對我的不耐煩並不僅是她一時的反常。

記得有一天我從學校回家，看到姊姊正在起居室裡和朋友講電話。姊姊對著無線電話神采飛揚地侃侃而談，不時夾雜著愉快的笑聲。為了不打擾她，於是我便輕輕地坐在沙發上，並調低電視的音量，獨自看電視。

不一會兒姊姊便講完了電話，整個屋子立刻安靜下來。我們各自坐在相對排放的沙發上，默默地注視著電視機的畫面。我本想主動和姊姊聊點什麼，但又猶豫了，這種不愉快的氣氛原本就是姊姊先挑起的。剛才她打電話時心情明明很不錯，但當剩下我們兩人時，她卻一言不發。她打破了我們之間原本溫暖、和諧的氣氛，豎起一道看不見的牆，與我保持一定的距離。

終於，我把身體慢慢地挪近姊姊，打算主動和她說話，但她卻擺出一副極不耐煩的樣子來拒絕我。每次和我講話時，她的回答都格外地簡短，但她和母親說話時卻完全不一樣。由此，我明顯地感覺到姊姊是有意盡快結束和我的交談。

我不知道我們之間為什麼會變成這樣，我很害怕，後來竟發展到姊姊還沒有開口說話前就感受到她對我的厭惡，已經到了讓我無法待在她身邊的地步。最後，我只要經過姊姊面前或單獨和她待在同一個房間裡，就會變得十分緊張。那個時候的我，全身都會變得僵硬。

「夏海，妳不要再穿那件衣服了。」

那是大約半年前，我正打算到書店買參考書時，姊姊指著我的衣服對我說。她所指的正是我出門時常穿的那件白色毛衣，很久以前我就喜歡穿這件衣服。湊近一看，上面已經冒出許多小絨球，有的地方還斷了線。

「但是我很喜歡這件衣服呀。」

姊姊好像不滿意我這個答案。

「是哦。」

姊姊一副對我滿不在乎的樣子，把頭撇向另一邊。我呆呆地愣在那裡一動也不動，剎那間，彷彿世界上所有光明都消失得無影無蹤。

或許正如其他人所說的那樣，我們姊妹倆的確長得十分相似，但我們的愛好及個性卻恰好相反。

姊姊的個性十分開朗，平日總是擺出一張笑容可掬的樣子，而且交了男朋友，隨時都有一群仰慕者簇擁在她的身邊，每天也有朋友打電話給她。姊姊好動，興趣和愛好廣泛，似乎很少見她安安靜靜地待在家裡。在我的眼裡，姊姊總是那麼耀眼。

相反地，我卻是個書呆子。最近，我總是伏在書桌前埋頭苦讀，家人也只能聽到我不小心折斷鉛筆芯的聲響，即使在空閒的時候，我也只是讀讀歷史小說。姊姊上中學後，常常去我不熟悉的地方玩，和我不認識的人來往。平常我只有被姊姊強拉著才肯出門，大多數時間，我都一個人留在家裡讀書。這一切的變化對我來說都是那麼的順其自然，不過，我依然深愛著開朗活潑的姊姊。

我常常把待在家裡像塊木頭的自己，與在外八面玲瓏的姊姊拿來作對比，我從來沒有感到自卑，倒是為自己有一個這麼優秀的姊姊而感到驕傲。

不過在姊姊的眼裡，我或許很土。難道這樣的我妨礙了她的生活？

姊姊是一個很溫和的人。她從未親口說出對我的不滿，從來沒有說過討厭我之類的話，甚至在某些地方還隱隱可以發現，她故意不讓我察覺到她的不滿情緒。正因為如此，每天都待在她身邊的我，卻從來沒有體會到姊姊的心態變化。

或許姊姊並沒有我想像的那樣疼愛過我吧……

這個結論是否正確已經無從考證，但除了這種解釋外，我再也找不到其他答案。

我從沒有找機會親自問過姊姊，哪怕只是問一句話也好。可是，現在一切都為時已晚。當初我為什麼不在姊姊活著的時候，鼓起勇氣親口問問她呢？也許她給我的答案會讓我後悔去問她，但總比現在這麼納悶好得多。

如今，我永遠失去了親自問姊姊的機會。我只有獨自帶著疑問和懊惱，苦苦地思念姊姊。

這個沒有了姊姊的家裡，就像是永遠不會有早晨到來的夜晚一樣，非常地安靜。與兩個月前那個家相比，現在的家簡直是換了一個樣。

父親和母親自從看了姊姊的遺體後，就漸漸變得不太說話，而面無表情、安安靜靜地守在電視前的時間卻變得愈來愈長。即使偶爾看到搞笑的綜藝節目時，也從沒見他們笑過，臉上連一絲笑意都沒有，只是靜靜地盯著螢幕。也許父親和母親後半輩子也只能如此了吧，每次看到他們這種神情時，我總會這樣想。

在以後的日子裡，不管發生了多麼令人高興、振奮的事情，我想在他們內心深處，依然會背負著無法卸下的重擔，因此總是一副悶悶不樂的表情。

母親一如往常，依舊為我和父親準備飯菜，已經習慣以前那種平凡日子的母親，簡直像一台機器般，每天仍然準時為我們準備好飯菜。

每當看到屋子角落堆積的灰塵，我就想放聲痛哭。父親和母親太可憐了。在姊姊遇害前，母親總是仔細地打掃乾淨屋裡每個角落，但現在的家到處都鋪著一層薄薄的塵土，連這點也沒有察覺到的父親和母親，恐怕每時每刻都在回想姊姊幼時的笑臉。第一次抱起剛出生的姊姊時的感覺，也許現在仍然停留在他們的手臂之間。

他們不應該進入那個放有姊姊遺體的房間去。在那裡看到的姊姊，與珍藏在他們記憶中孩提時姊姊的笑臉形成了鮮明的對比，並將永遠困擾著他們。

如今在這個沉悶的家裡，我的存在是微乎其微的。當我主動和父親說話時，父親只是「嗯……」地支吾一聲，然後毫無意識地點點頭而已。但換個角度來說，或許我平日的行為也和他們一樣。在與朋友交談時，與父親和母親一樣，我再也無法露出原來的燦爛笑容了。

夜幕降臨後，我有時會進入早已空無一人的姊姊房間裡，坐在椅子上思考問題。姊姊的房間就在我房間的隔壁。要是姊姊在世時，沒事先跟她打招呼就闖進去的話，她一定會很生氣。

沒有主人的房間很容易就會堆積灰塵，我把手輕輕放在姊姊曾經用過的書桌上，頓時感覺到桌面早已鋪滿各式各樣的塵粒。

姊姊以前坐在這裡時，想了些什麼呢？我抱著膝蓋坐在椅子上，一邊逐一打量房裡的家具，一邊靜靜地這樣想。夜幕降臨，沒有拉上窗簾的玻璃窗漆黑一片。

瞬間，我似乎看到姊姊的臉龐浮現在玻璃窗上，但是當我定睛一看，窗上卻只有我自己的影子。連自己也會把自己錯看成姊姊，也許這正因為我們姊妹倆的確長得很像的緣故吧？

書桌的架子上有一面小鏡子，我想拿過來照照自己的臉，於是便伸手過去，突然，我發現鏡子旁邊有一個圓筒形的小東西，那東西引起了我的興趣。仔細一瞧，原來是一支口紅，於是我伸出去的手轉向了口紅。

這是一支有著鮮血一般鮮亮顏色的口紅，另外還有幾支淡粉色的口紅，但只有這一支鮮血般的紅色深深吸引著我。

我已經用不著照鏡子了。在我和姊姊之間，有沒有口紅這類東西，正是我們的不同之處。我緊緊地握著這支口紅，離開了姊姊的房間。

我不知道自己今後該怎麼生活下去。如此迷茫無奈的我卻再次親耳聽見了姊姊的聲音——那是十一月快要結束的某一天傍晚的事。

2

十一月三十日。

我打算買一本關於大學升學考試的題庫，於是在放學回家途中順便來到鎮上的那家大型書店。我並不是特別渴望能夠上大學，姊姊在世的時候，我在讀書上曾經有過非常明確的目標，但現在完全不一樣了。現在的我只是不知道應該做什麼才好，所以只好茫然地繼續以前曾經憧憬過的目標。

擺滿各種題庫本的書架在書店的最裡面，我站在書架前，先從最上面那層開始搜尋，從左而右依次掃視排列整齊的書脊，直到最右端的最後一冊才移向書架的下一層，逐一尋找適合自己的參考書。

可惜，我怎麼也找不到覺得滿意的書，於是我只好彎下腰來，開始搜尋靠腳邊最下面的一層書架。我仍然從左邊開始依次看著每本書的書脊，當視線移動到右端時，隱約看到一雙皮鞋。

黑色的鞋尖正對著我，這顯然是直接衝著我來的站立方式。我正準備抬頭看個究竟時，那雙鞋突然向遠處跑去，轉眼間便消失在混雜的書架之中。

突然，我發覺有人緊盯著我，頓時我感到非常不安，於是再次轉過頭去看了看，卻什麼也沒發現。

這一次，我又感覺到有人站在我的背後。書店裡的燈光把我的影子投射在正面的書架上，但我的影子卻被一個比我大整整一圈的身影所覆蓋。

然而我剛才一直都沒有聽到任何腳步聲，他就站在我身後，離得很近，彷彿快要碰到我的背脊，我甚至清楚聽到了他的呼吸聲。

一定是色狼，聽說這家書店以前曾經出現過色狼。但我的身體無法動彈，全身僵硬，像塊石頭似的，連呼救的聲音都無法從嗓子擠出來，更不要說逃跑了。我被嚇得頭也不敢回，兩腿發軟，不停地打顫。

「對不起，請借過一下。」

突然從右邊傳來了說話聲，那是一個年輕男孩子的聲音。

「色狼先生，我剛才在鏡子裡看到了。你瞧，天花板上掛著的那面鏡子。我對這事情很感興趣，不過我想過去，可以讓一下嗎？」

或許是因為有人走過來，給我少許安慰的緣故，我的身體像被施了魔法似的又可以動了。我轉過頭一看，一個穿著黑色學校制服的少年剛好站在書架之間的走道上，正看著我。

那個緊貼在我身後的色狼慌忙朝與少年相反的方向逃去。我看到他的背影，那是一個隨處可見的西裝男子裝扮。他慌亂逃離的樣子有些滑稽，我心裡的恐懼在這一瞬間消失得無影無蹤。

「……啊，給你添麻煩了，謝謝。」

我轉身面向少年，並向他表示感謝。他的身材瘦瘦的，個子比我高，但不知從身體何處透露出一股柔弱的氣息。我總覺得他身上穿著的制服曾經在哪裡見過，他一定是和我認識的朋友念同一所學校。

「不，沒什麼大不了，況且我也不是為了要救妳。」

他面不改色地淡淡說道。

「那你剛才真的是恰好想從這裡經過才那麼說的嗎？」

「我是想和妳打個招呼，北澤同學。妳是北澤夏海吧？妳和妳姊姊長得可真像啊，所以我一下子就認出妳了。」

他的話太唐突了，在那一瞬間我無法反應過來。我還沒來得及回答，他又開口說道：

「我在博子生前曾經和她碰過面，也從她那裡聽過一些關於妳的事。」

「請等一下，你到底是誰？」

我終於擠出一句話。

少年沒有理會我，從制服口袋裡拿出了什麼。那是一個到處都可以買到的淡茶色信封，信封鼓鼓的，裡面似乎裝著東西。

「這個給妳。」

少年這麼說著，把那個信封遞給我，也不知道為什麼，我呆呆地接了過來。裡面裝著一個透明的盒子，盒子裡好像放了一卷錄音帶之類的東西。

「對不起，妳只要把裡面的東西拿出來就行了，請把信封還給我。」

我依他所說的拿出錄音帶，然後把信封還給他。他摺好信封，放進口袋裡。

錄音帶也是那種隨處可以買到的普通款式，錄音帶標籤上寫著「Voice 1．北澤博子」。這幾個字不是用手寫的，而是用電腦打字列印出來的。

「這個錄音帶裡是什麼內容？為什麼會寫有我姊姊的名字？」

「只要聽聽這卷錄音帶就明白了。這是北澤博子生前託我保管的東西，我想一定得讓妳聽聽，於是便給妳帶來了。除了這一卷外，還有另外兩卷，那兩卷下次在合適的時候自然會給妳。但如果妳把我的事透露給其他人知道的話，就再也不會有下次了。」

他說完這些話便轉身離開。

「等一下……」

我一邊喊著，一邊想追上去，但根本不管用。正如剛才色狼站在我身後一樣，我的腿動彈不了。我不知道為什麼會這樣，少年並不是想加害於我，相反，是他從色狼那裡把我救了出來，我卻神志恍惚，不知何時已緊張得冒出一身冷汗。

不一會兒，他的背影就消失在書架之後，只剩下我和手中緊緊握著的錄音帶。

我在回家的電車上觀察那盒錄音帶。太陽早已下山，四周漆黑一片，車窗如同用墨汁塗黑一樣完全看不見任何景色，或許正因如此，我絲毫感覺不到列車的前進。看來太陽的運轉已經進入了冬天。姊姊遇害的那個傍晚，天色還很明亮的。

那個男生究竟是什麼人？從他穿著高中制服看來，可能和我同齡，或許還比我小一、兩歲。他說他認識我姊姊，但我卻從未從姊姊那裡聽說過關於他的事。

但是仔細想想，在姊姊遇害前的那段時間，我們之間的關係不再像原來那麼親密了，或許姊姊自然沒有提過與他有關的事情。

少年說這卷錄音帶是姊姊託他保管的東西，也就是說，姊姊可能是想讓我聽到這卷錄音帶裡的錄音。錄音帶的標籤上所寫的「Ｖｏｉｃｅ１．北澤博子」又代表什麼意思呢？

列車的車速慢了下來，我的身體不由自主地向前傾。我從座位上站起來，下了車。

車站前來往的行人絡繹不絕，當我轉進岔路走進住宅區時，在漆黑又幽靜的夜空下，只有腳底下這條柏油路向著黑暗的深處無限延伸。冰涼的寒風敲打著我，使我不停打著冷顫，我趕緊朝著回家的方向加快腳步。四周漆黑一片，只有從道路兩旁的房屋窗戶裡發出明亮的光。每棟屋子裡都有一個家庭，每個家庭的成員們都幸福地圍坐在餐桌旁。一想到這裡，我的心頓時變得無比空虛。

我家的窗戶是暗的，但這並不表示家裡沒有人，我一打開大門，便對坐在起居室的父親和母親打招呼說：「我回來了。」

父親和母親沒有開起居室的燈，他們各自坐在沙發上，呆滯的眼睛緊盯著電視，一言不發，只有電視機畫面發出的微弱光線隱隱約約照亮屋子。我進屋後順手打開起居室的燈，他們才轉過頭來對我說：「妳回來了。」聲音依然是那麼微弱。

「大門又沒有上鎖，這樣可不行啊。」我說。

「啊，是嗎？」母親點了點頭。然後又把目光移向螢幕，一副無關緊要的樣子，但又是那麼的力不從心。

他們並不是在看電視，電視畫面的任何色彩變化從來就沒有進入過他們的眼睛。綿巴巴的衣服包裹著他們兩人瘦弱的身體，我不忍心再看到他們可憐的背影，於是離開了起居室，回到二樓那個屬於自己的房間。

我顧不了脫下制服，便慌忙地把書包扔在床上，只想盡快把那卷錄音帶放進音響裡。音響放在書架的第二層上，是一個微微有些泛青的銀白色迷你音響。我站在書架前深深吸了口氣，使自己平靜下來。

腦海裡浮現出姊姊的臉龐。那並不是姊姊在遇害前一段時間對我的冷淡模樣，而是那張小時候拉著我的手，和我並肩走在斜坡上，不時露出兩瓣犬齒開心微笑的臉龐。

我用食指按下了音響的播放鍵，立刻就聽到音響啟動的聲音，錄音帶開始轉動起來。我目不轉睛地盯著喇叭。

在最初的幾秒鐘裡，喇叭沒有發出任何聲響，不一會兒，聽到了嘈雜的風聲，我立刻緊張不安起來，心臟迅速地加快跳動。

那嘈雜的聲響好像並不是風聲，而是人對著麥克風急促地喘氣的聲音。

夏海……

突然，姊姊的聲音傳進我耳中，微弱的嗓音聽得出她的憔悴，但這確實是我非常熟悉的姊姊的聲音，連呼吸聲似乎也是姊姊的。那個少年並沒有說謊，我深信這的確是姊姊留給我的錄音。

夏海，不知道妳會不會聽到我的聲音……我是對著面前的麥克風對妳講話，但現在的我已不可能確認妳是否真的可以聽到……

姊姊是什麼時候、又是在哪裡錄下這卷錄音帶呢？那微弱的聲音就像快要消失一樣。她那斷斷續續的說話聲中，分明夾雜著萬般痛楚，就像嗓子被卡住似的。姊姊的聲音總是那麼地緩慢，期間還不時隔著片刻的沉默，但這並不是姊姊在背台詞，反倒讓人覺得這是姊姊經過認真思考後，小心謹慎地逐字吐出來的話語。

夏海，妳要仔細聽好……他居然允許我留下遺言……他叫我隨便說什麼都行，把現在最想說的話對著這個麥克風全部講出來……但是，這些話只能對某一個人說……

當我獲得這樣意外的恩賜時，我的腦海裡立刻浮現了妳，突然覺得有好多話必須對妳說……真是太不可思議了，這個時候我腦中想到的不是赤木，而淨是些想對妳說的話……

現在，我不能說有關把麥克風遞給我的他……他的事情，我不能說……對不起。他說他以後會把這卷錄好音的帶子轉交給妳……說在轉交錄音帶時，他就可以親眼看見收到這卷錄音帶的人的表情，他會為此而感到興奮。雖然我也覺得他有些變態，但要是他真的把我的聲音傳達給妳的話，即使他很變態，我也覺得無所謂……

我全身已經僵硬，根本無法動彈，只有一股不祥的預感不斷地膨脹。大腦深處反覆發出不能再繼續聽下去的危險訊號，恐怖的事情正等著我，我想，只要我開始聽了，哪怕是一丁點兒的內容，就無法再回頭……這已經是毫無疑問的事情了，想到這裡，我便痛苦地重重嘆了口氣。

但我並不打算關掉音響。我全神貫注地仔細聽著混了嘈雜聲的姊姊錄音。

……夏海，現在，我在一間昏暗的屋子裡，身體完全沒法動彈……四周全是水泥牆很冷……我的手腳都被捆綁著，正橫躺在一張長桌上……

我猛地用手捂住自己的嘴巴，強忍著尖叫，腦海裡閃現正對著麥克風講話的姊姊躺著的那個地方。

她的說話聲中夾雜著哭聲，還有鼻子抽噎的聲音。

這裡……好像是一座廢墟……

她的聲音異常地沉寂，就像迴盪在冰冷而又黑暗的水泥上一樣，正敘述著無盡的悲哀。那淒涼的悲哀卻深深地刺痛了我的心。

我的右手不知不覺地伸向喇叭，不停顫抖的手指輕輕撫摸著喇叭的金屬網面，想緊緊地抓住姊姊的聲音。

……夏海，對不起。

這句話就在我的指尖響起，然後又消失。喇叭微微震動的餘韻悄然傳到我的手上，頓時我覺得自己彷彿已經抓住一小撮姊姊的聲音。不一會兒，姊姊呼吸的聲音也消失得無影無蹤，喇叭裡只傳來嗡嗡的嘈雜聲。錄音似乎已經結束了，我急忙慌亂地把錄音帶換到B面，但這一面卻什麼聲音也沒有。

這一定是姊姊被殺害的前一刻錄下的錄音帶，我立刻回想起在書店裡，少年遞給我錄音帶時的情景。

當時錄音帶是放在一個信封裡面的，他在書店裡叫我從信封裡拿出錄音帶，然後又叫我把信封還給他。

他一次也沒碰過這盒錄音帶，他一定是為了不在錄音帶上留下指紋才精心籌劃這一連串的動作。難道他就是那個拿麥克風給姊姊、並殺害了姊姊的兇手嗎？

我應該立刻把這卷錄音帶交給警方。毫無疑問，這才是我唯一正確的選擇。

但我是絕對不可能把錄音帶交給警方的。那個少年曾經說過，要是我通知警方的話，就再也不會聽到剩下的錄音了。

更何況錄音還沒有完，我很想聽姊姊那些沒說完的話。

在聽了錄音帶的第二天傍晚，我向學校請了假，單獨一人來到可以看到M高中校門的地方。

M高中是一所市立中學，離我們學校只有兩站路程。校門位於車輛川流不息的大道旁，鬱鬱蔥蔥的樹葉緊密地排列在校園四周，形成一堵綠色圍牆。樹葉被修剪得格外漂亮整齊，看上去就像一塊平整而光滑的綠色屏障。抬頭望去，可以清楚看到綠色圍牆上方有一個白色屋頂，那是位於操場最裡面的校舍。

在學校正面的大道上有很多便利商店，要是站在賣報紙的便利商店裡，透過商店的玻璃櫥窗就可以觀察校門口的動靜，於是我站在那裡，假裝閱讀雜誌的樣子，斜眼注視校門。大約過了一個小時，終於見到放學的學生接二連三地走出校門。這時，太陽開始漸漸西落。

大多數學生走出校門後都會穿過馬路，來到便利商店這一側，或許是因為車站也位於這一邊，而這邊的人行道也比較寬敞的緣故吧，我站的地方剛好方便我確認每一張臉。

我一邊注視從這裡經過的無數張面孔，一邊回想起姊姊的每一句錄音。昨晚我已經反覆聽了好幾遍那卷錄音帶，聽著聽著，我的心平靜不下來，根本無法入睡。躺在床上翻來覆去的我，望著天花板不斷地苦思著，然而卻又想不出所以然。

現在我的身體輕飄飄的，幾乎失去了重心，大概是因為昨晚沒有睡好。我不停亂翻著手上的雜誌，並瞅了店員一眼，因為我一直站在這裡看雜誌可能會讓他感到厭惡。想到他可能覺得我可疑而走過來盤問我，我就有些窘慌。

我再次望著玻璃櫥窗外，這時看到一群男生走過來，大概五、六個人左右。他們似乎正愉快地談論著什麼，互相奇怪地笑著從我面前走過。突然，他們其中一個男孩與我四目相接。

只見他偏著頭停下了腳步，並對他前面的同伴說了些什麼。我的面前隔了一層玻璃，所以沒有聽清楚他到底講了什麼，想必是一些告別的話。果然，他一個人留了下來，而其他四人轉身繼續往前走。

我重新站好。

他跑進了便利商店，走到我面前。

「這不是北澤學姐嗎？妳怎麼會在這裡呢？」

他是我中學時代的朋友，名叫神山樹，曾經是學校籃球社的地下社員，而當時的我則是籃球社經理。他似乎變得開朗起來，一副笑呵呵的樣子，就像一隻小狗。雖然他的個子比我高，但剛才跑過來的樣子，與其說像一隻普通的狗，倒不如說像一隻幼犬。

「怎麼了?妳還認得我嗎?」

聽他這麼一說,我頓時覺得非常欣慰,差點哭了出來,這才意識到自己是多麼的脆弱。

「笨蛋,當然記得呀。好久不見了,阿樹……」

這使我回想起舉行姊姊喪禮那天的事。那天,很多親戚和姊姊的大學同學都來悼念姊姊,他也穿著制服跑來了。那天他一直待在我身邊陪著我,雖然沒有說什麼安慰和鼓勵的話,但僅僅待在我旁邊已經給我很大的幫助了。

那時候我還特別留意他制服上的徽章,所以我才知道送錄音帶給我的少年就是和神山樹念同一所學校——M高中。我根本不知道少年的姓名,因此也只有靠這唯一的線索來尋找他的下落。

「實在太巧了,居然在這裡遇見妳。妳在等人嗎?」

我當然不能告訴他,我正在等那個可能就是殺了我姊姊的兇手從這個校門出來。我搖了搖頭說:「不,我不是來這裡等人的。」不知道當時的我到底是什麼樣的表情。總之,他看了看我的臉,緊皺著眉對我說:

「發生了什麼事嗎?」

他的聲音裡充滿無限的關切。

「還為妳姊姊的事難過?」

他知道我和姊姊關係不好的事。喪禮那天,我告訴了一直待在我旁邊的他,或許因為當時看到喪禮上用來悼念的照片是姊姊死前不久才拍的,於是我想找個人傾訴內心的不快。

姊姊那張從胸口到頭部的照片的確很漂亮，但那個時候我們的感情已經不如以往。

「姊姊的事，我已經不再多想了……」

「可是那時候妳不是很苦惱嗎？還說想要和姊姊說清楚……」

「嗯。但現在已經沒什麼了……喪禮那天真是不好意思，我那時竟對你說了那樣的話……」

阿樹盯著我的眼睛，彷彿在看一件楚楚可憐的東西似的。

「警方有沒有發現什麼殺了妳姊姊的兇手的線索？」

我瞪大了眼睛望著他。

「警方什麼也沒有發現……」

他真的是個感覺靈敏的人。我搖了搖頭說：

「總覺得整件事有點不太對勁……」

「哦，是這樣啊……」

他嘆了口氣，輕輕說道。這時，我的目光掃射到我要找的人。就在和阿樹談話之際，太陽已經完全沉落下去，外面的天色也漸漸暗了下來。但是即使天色有些昏暗，我依然隔著玻璃，看到走出校門正在過馬路的那個少年。

那個少年並不一定就是殺害姊姊的真兇，但他一出現在我的視野裡，我就會覺得彷彿被推下萬丈深淵，一股莫名的恐懼油然而生。

他和一個女學生走在一起，那是一個留著一頭長髮、長得非常漂亮的女孩。他們兩個人都面無表情。

我隔著放滿雜誌的雜誌架和便利商店的櫥窗，眼睛眨也不眨地緊盯著窗外。他倆的側面正好對著我，並從我的眼前走了過去。也許因為我突然不說話的緣故，阿樹覺得很奇怪，也朝著我的視線望了過去。

「森野……」

阿樹這樣小聲地嘀咕道。

「是那個男生的名字？」

「不，是那個女孩子姓森野。她可是個名人啊。大家都對她議論紛紛，據說她曾經報復想占她便宜的老師。」

阿樹還說那個男生和森野同樣是M高中二年級的學生。

「你知道那個男生的名字嗎？」

我以一種近乎逼問的口吻問道。阿樹有些驚訝。

「哦……知道，他叫……」

阿樹說出了他的名字。我牢牢地把這個名字刻進了腦海裡。

我放下手中的雜誌，走出便利商店。外面的冷空氣混雜著汽車廢氣的味道，一下子湧了上來。

我站在便利商店門前朝他們走的方向望去，看著他們漸漸往車站遠去的背影。

也許是感覺到被人盯著的關係，那個姓森野的女孩回頭看一看，好像看到了我，但又轉過身去了。

便利商店的門打開了，阿樹也走了出來。

「我和那個傢伙一年級時還曾經是同班同學呢。」

「他是什麼樣的人呢？」

阿樹目不轉睛地望著我，聳了聳肩說道：

「沒什麼特別的，只不過是一個很普通的傢伙……」

我有點不知所措。我現在應該立刻追上去，但阿樹還在旁邊，而且那個姓森野的女孩也和他在一起，這樣我根本沒辦法和他談有關錄了姊姊聲音的錄音帶的事。

我只好打消追上去的念頭。

「怎麼了？」

我搖了搖頭。我和阿樹也朝著他倆遠去的車站方向走去，他們兩人的背影已漸漸消失在前方。

道路兩旁的商店招牌以及自動販賣機閃爍著的霓虹燈，發出了明亮耀眼的七彩光。在不知不覺間，天色已經完全暗了下來，冬天的寒氣也愈來愈濃烈，只有那些霓虹燈在黑暗中顯得明亮耀眼。

我和阿樹邊走邊閒聊著各自的近況，為了不暴露出家裡的狀況，我只聊了關於考大學的事；而他一直高談闊論他在學校的一些八卦趣事，例如和同學玩了什麼遊戲呀、到哪裡去玩等……

阿樹盡量找些符合十七歲高中生的趣事來溫暖我那冰冷了許久的心，並且還刻意說些能夠使我打起精神來的話。

那些亮著大燈的汽車絡繹不絕地來來往往，照亮了我們，然後又從我們身邊嗖地一閃而過。

「我們到裡面坐一會兒吧？」

阿樹指著車站前一間家庭餐廳的招牌對我說道。從窗外望去，可以看到餐廳裡亮著白色的日光燈，裡面看上去是多麼溫馨。

餐廳裡洋溢著用餐的人們之間柔和的談話聲。服務生帶我們到靠裡面的一張餐桌前，餐桌上的餐巾以及四周牆上的裝飾都是銀白色的，反射得令燈光更加耀眼奪目。

「叔叔和阿姨身體還好嗎？」

點了咖啡後，阿樹問我。我搖了搖頭。

「不太好，每天都關在家裡不出門……」

我跟他談起姊姊去世後家裡的狀況，包括屋子角落的灰塵，父親和母親不開燈、一直在起居室看電視等等，還有老是忘記鎖大門的事情。

「唉，還在為博子的事情……」

「嗯，特別是我爸媽，因為他們親眼看到了……看到了姊姊的屍體……」

他默默地點了點頭。我曾經在姊姊的喪禮上告訴過他，姊姊的遺體比電視上報導的要慘得多。

「真不知道他們還能不能再振作起來……」

我喃喃地這樣說道，腦海裡浮現了父親和母親的身影，我沒法想像他們重新振作起來的樣子。浮現在我腦海的，只是他們那已經完全熄滅了激情與火焰、蜷曲著身體的背影。

「那赤木又怎樣呢？」

「在喪禮之後，他也來過我們家幾次，但現在已經沒有再來了……」

赤木是我姊姊的男朋友，也是因姊姊遇害受到沉重打擊的人之一。他和姊姊就讀同一所大學，雖然沒有聽姊姊坦白地說過，但我想他們應該是在大學裡認識的。由於姊姊常帶他到我們家來玩，所以他和我之間也比較有話聊。喪禮上，赤木一直在父親和母親身旁陪著他們。

「殺死博子的，或許就是我……」

他在喪禮後向我坦白道。

「就在她被殺的前一天，我們吵了架……所以她才衝出我的房間……」

第二天中午，有人在廢墟裡發現了姊姊。他是最後一個見過姊姊的人。

或許，如果那天他們不吵架，姊姊就不會碰到兇手，也就不會遇害了──赤木說到這裡，便用雙手捂住了臉。

「我得走了……」

阿樹站起來，好像到了該搭電車的時間。

「我還想再多待一會兒，在這裡想些事情再回家。」

「那好吧，我就先走了……」

於是他起身準備離去，突然，他又回頭對我說：

「……要是有什麼不順心的事，儘管找我哦。」

我感激地望著他走出店門的背影。然後我獨自一人坐在桌前，一邊喝著咖啡，一邊打量坐在走道對面的一家人。因為不好過分地直接盯著看，所以只能有節制地斜眼打量他們。

他們好像是來這裡吃晚飯的，是一個有小孩子的家庭，由一對年輕夫婦和兩個小姊妹所組成，這與我以前那個家有點像。兩姊妹當中，妹妹大概還不到說話的年齡，她常常把手指放到嘴裡吧嗒吧嗒地不停吸吮，一對透明清澈的黑眼睛忽閃忽閃地四處張望。正用斜眼瞅著他們的我忽然和小女孩四目相對。

我突然回想起姊姊。

那時我也還只是小孩子，我們姊妹倆一起步行到一個很遠的地方。由於正是初春時期，所以那還是比較暖和的季節。那時的我剛剛升上小學，因而在我的眼裡，防護欄、柵欄、郵筒等都非常高大。

我和姊姊沿著住宅區的坡道一直往上爬，好不容易爬到了盡頭的樹林。我們並肩站在樹蔭下眺望下方的小鎮，看到遠處街上排列著許多變小了的房屋。

白色鳥兒展開雙翅，從高空飛過。我們所住的地區有一條大河流過，小時候，我總以為牠們住在那條河裡。

只見小鳥們展開雙翅，沒拍動幾下翅膀，就乘著春風悠然滑向碧藍的天空。我總是毫不厭倦地遙望牠們。

姊姊看著我笑了，從她的嘴角，我悄悄地窺視到那露出來的犬齒。雖然姊姊長大了，也換了新牙，但是那兩瓣犬齒依然保留下來。我們常常玩吸血鬼的遊戲，但我已經很久沒看到姊姊露出犬齒的笑臉了。

不久前姊姊染了頭髮，於是我也吵著要和姊姊染成同樣的顏色。

「夏海，這可不行，這根本就不適合妳。」

姊姊這麼說。然而，我並沒有把她的話當作姊姊溫柔的勸告，或許因為姊姊當時的口吻過分地粗暴。

每當遇到這種情況，我總會覺得姊姊已經不再喜歡我了。

為什麼姊姊被殺死呢？我不相信有人會討厭她到要殺死她的地步。姊姊在被害之前想對我說的又是什麼話呢？

就在這個時候，一個黑影落在餐桌上。我抬頭一看，一個穿著黑色制服的男孩站在桌前，正低頭望著我，他就是那個跟姓森野的女生一起從便利商店門前經過的少年。

「北澤小姐，妳是一直監視著我走出校門的啊？」

我並沒有太驚訝他的出現，反而認為他出現在我面前是意料中的事。我趴在桌上，抬眼瞪著他問道：

「……就是你殺了我姊姊吧？」

他沉默了一會兒，然後冷靜地張開嘴唇，吐出了幾個字。

「是的，是我殺的。」

他那冷靜的聲音，一下子就把洋溢在整個餐廳裡的恬靜談笑聲從我耳邊奪走了。

3

少年在我正對面，剛才阿樹一直坐著的沙發上坐了下來。我像被注射了麻醉劑似的，身體絲毫無法動彈，只是默默地注視他的一切行為。但我想，即使我的身體可以活動自如，也不會拒絕他在我對面坐下，更不會悲憤地站起來大聲吼叫吧。

「是我殺的……」

少年這句話在我的腦海裡久久迴盪，我想兇手或許真的就是他吧。但進入了耳中的這句話卻無法那麼容易地滲進我的大腦。如同突然往盆栽裡一口氣灌入大量的水一樣，他的聲音充溢在我的頭蓋骨與大腦之間，大部分沒來得及被大腦接收。

少年看了看我的臉，稍稍皺了皺眉頭，然後身體微微朝餐桌靠了過來，嘴裡說了些什麼。「妳不要緊吧？」他似乎是這樣說的，嘴唇好像的確是這樣動了幾下。然後，他伸出一隻手來，越過桌子想摸我的肩膀。就在他的指尖快要碰到我的衣服時，我失聲叫了出來。

「不要碰我！」

我立刻把身體盡量向後往牆壁的方向靠，就連沙發的靠背也快被我壓彎過去似的。這並不是我有意識的行為，而是我在瞬間做出的反射動作。

就在這時，餐廳裡所有明朗的談話聲都回來了。不，說它們回來了並不正確，實際上店裡的音樂及顧客們的談話聲從沒間斷過，一直都沸沸揚揚，只是這一切都沒有再進入我耳朵裡而已。但是不一會兒，我腦子停止的時間又開始動了起來。

我的叫聲似乎驚動了坐在走道旁的一家人。那對夫婦驚訝地回頭看了我一眼，因為擔心碰上我的視線會尷尬，於是他們又轉過頭去和家人繼續聊天。

「妳不要緊吧？夏海小姐？」

少年把伸向我的那隻手縮了回去，又重重地坐在沙發上問我。我也重新坐好，並搖了搖頭說：「怎麼會不要緊呢？……」

我很激動，雖然沒哭，但擠出來的卻是嗚咽聲。

「我渾身都不舒服……」

我的腦子裡一片燥熱，不知是應該對他感到恐懼，還是應該對他感到憤慨。我只是感覺到坐在自己面前的這個少年身上那種超乎尋常的氣息。

不管我在他面前如何驚慌失措，他依舊像在觀察生物似的，永遠擺出一副異常沉著冷靜的面孔。而我，彷彿成了正在被人用顯微鏡觀察的昆蟲。

「夏海小姐，我可不想聽到妳悽慘的叫聲。」

他的話語中沒有任何情感波動，彷彿就像沒有了心肝似的。

頓時，我感覺到自己正與一個極其恐怖的傢伙隔著餐桌對峙著。

「你為什麼殺死我姊姊？」

想必他不會像阿樹那樣不時咧嘴而笑，更不會像阿樹那樣很容易就向對方傾訴煩惱，他是不可能因別人而動搖的。他就像被剝落掉精神的枝葉，只剩下光禿禿的樹幹、一個被抽掉人性的人……雖然以這種形容有些古怪，但他給我的就是這種印象。

「我為什麼殺死博子小姐？我也不知道為什麼。」

他像在講述一個故事似的慢吞吞地說道。

「……但這並不是因為她有什麼不好，殺死她完全是因為我自己的問題。」

「……你的問題？」

他彷彿陷入了沉思，稍稍停頓了一會兒。就在他沉默的時候，他的眼睛也沒有離開過我。過了一會兒，他依舊保持沉默，只是略微抬了抬下巴，指著坐在走道旁的那家人說：

「妳剛才一直在看那家人，是吧？」

這時，從那邊傳來兩姊妹的嬉鬧聲。

「看到那對姊妹，是不是已經把她們當成了博子和妳？是不是又回到了從前？妳剛才不是已經把珍藏心底的幼年時代那美好記憶，像看著珍貴寶石那樣又重溫了一遍嗎？」

「不要再說了……」

我想用手捂住耳朵，不願再聽到他的聲音，那聲音就如同他穿著鞋子在我心裡不停地踐踏一般。

「我也有一個妹妹。在十幾年前，我們也曾像那家人一樣，圍在桌旁一起吃飯。雖然我不記得了，但確實曾經有過這樣的經歷。妳覺得很意外嗎？」

他每吐出一句話，我心臟的跳動就隨之加劇起來。我的心彷彿正在一個通向無底深淵的坡面上滾動，並且不停地加快速度。

「妳看看那個小女孩，注意，千萬不要被她記住妳的臉……」

少年略略壓低了聲音。

我把目光從他身上移開，瞄了鄰桌的那個小女孩一眼。她正站在沙發上，那雙清澈的眸子正四處張望，一雙小手緊緊地拉著母親的衣服。我和那個小女孩素不相識，連她的名字也不知道，但我依然覺得她十分惹人喜愛。

「夏海小姐，如果那個小女孩十年後會殺人的話，妳又會有什麼感想？」

我的心一下子冷卻下來，正打算回頭對他的胡說八道加以反駁，但我還沒開口，他又繼續說：

「或許她會殺害她的父母或姊姊，並不是沒有這種可能，說不定她已經計畫好了一切。她那副小孩子的天真面孔完全是靠她的演技裝出來的，真正的她說不定正要抓起用來切漢堡的刀叉，迅速地割破她母親的喉嚨。」

「求求你……」

求你別再說下去，你已經瘋了。我低著頭，緊緊地閉上眼睛，忍受著他的一字一句。他的每一個字都變成一陣陣劇烈的疼痛敲打在我的臉上。

「夏海小姐，抬起頭來……我只不過開個玩笑而已……妳看，那個小孩並沒有殺任何人，剛才說的是我自己的事情。」

我抬起頭，瞪大眼睛盯著他，幾滴眼淚從我眼眶裡滾了出來，發出了剔透的光芒。

「我生來就有這樣的習性。雖然像她這麼大時，我還沒有意識到，但當我上小學時，已經發覺到自己有些與眾不同。」

「……你到底想說什麼？」

我困惑地問道。他卻沒有顯示出絲毫不耐煩的樣子，繼續解釋著：

「我是在談一種關於生來就想殺人的宿命。我的一生就背負著這樣的宿命，正如吸血鬼必須吸人類的血一樣，我也必須殺人。我是被事先安排好這樣的宿命才來到這個世界，並不是因為家庭暴力使我的腦子受到刺激造成的，也不是因為我的祖先中曾有過殺人魔。我是在一個極其普通的家庭裡長大的，但是我並沒有像普通的孩子一樣，幻想與朋友或寵物玩耍，而是時時刻刻幻想著屍體來度過我人生的每一天。」

「你到底是什麼人？」

我覺得他已經不是人，而是一個非常可怕、不祥的東西。

他突然停下來，搖了搖頭。

「我不知道。我不知道我為什麼必須去殺人，無論我怎麼費盡心思去想，始終都找不到答案。而且我必須隱藏好自己的秘密，每天過著演戲一樣的日子。我必須小心謹慎地提防周圍每一個人，擔心他們發現我深藏心底的秘密。」

「連你的家人也……」

他點了點頭。

「家裡的人一直都把我當作一個普通孩子，因為我總是細心地注意每個生活細節，已經成功地把自己偽裝成一個普通的小孩。」

「……你必須徹底偽裝自己來度過每一天嗎？」

「是的，所有的一切都在偽裝自己。」

我不太明白這句話的意思。於是他又補充道：

「無論是和家人說話，還是對朋友親切的態度，我並不覺得這些是出於我的本意，只覺得自己在扮演一個早就被安置在某個劇本中的角色，自己也只不過在盡量背誦可以附和身邊的人的台詞。記得小時候，我曾經仔細地尋找過家裡每個角落，但從來都沒找到劇本的蹤影。對我來說，只有死亡才能讓我真正感覺到自己的存在。」

所以，我希望有人死。

他的嘴唇這樣微微地動了動。

「……所以你就把姊姊……」

「那天晚上我一個人走在街上，看到她坐在自動販賣機前發呆，眼睛哭得紅腫。於是我上前問她要不要緊，她卻笑著露出犬齒，還對我說了聲謝謝……」

他說是因為喜歡姊姊的犬齒才殺死她，他竟說那就如同戀愛一樣。

我仔細聽著他的每一句話，覺得自己像被牢牢地按在餐廳的沙發上。看了看他那雙放在餐桌上的手，那是從制服黑襯衫的袖口裡露出來的白皙雙手——細長的手指，還有那修剪得非常漂亮的指甲，眼前這雙手的確是一雙人手，但正是這雙白皙的人手，卻在七週前殺害了我熟知的姊姊。

「你是因為喜歡上姊姊的犬齒就……」

他輕輕地點了點頭，從身旁的包包裡拿出一個東西，那是一個一隻手掌大小的立方體。

「這是用白膠黏起來的，我早就想給妳看看。」

他把立方體放在桌上。這是一個晶瑩剔透的樹脂方塊，其中飄浮著由二十顆左右的白色小顆粒連在一起的懸浮物，它們在方塊裡組成一個上下重疊的U字形。

「把散落在滿屋子裡的小東西全部蒐集起來，可真費了我不少力氣。」

是牙齒。那是牙齒懸浮在由樹脂凝固而成的透明體中，並且還保持著人類牙齒本來的形狀。

其中，我發現了那曾經非常熟悉的幾瓣犬齒。

再一次傳來餐廳裡孩子們的笑聲，屋內明亮的燈光反射在銀色的裝飾品上，顯得格外耀眼。在這間洋溢著祥和氣氛的餐廳裡，擺在我眼前的，卻是姊姊的牙齒。這一切彷彿都在夢裡。

我竟然沒有感到絲毫恐懼，心裡有的只是悲哀和痛楚。沒有任何人告訴過我，姊姊的牙齒統統被拔了下來。

他把方塊放回包包裡，然後拿出一個信封。

「我淨說了些廢話，這是第二卷帶子。」

他打開信封，倒著遞了過來，從信封中掉出一盒錄音帶，掉落在桌子上。

「Voice2・北澤博子」，錄音帶的標籤上印有列印出來的字樣。

「另外還有一卷錄音帶。」

「請把那卷也給我。」

他一邊站起來，一邊對我說：

「聽完第二卷錄音帶後，妳再考慮要不要第三卷。」

他走出餐廳後，有一會兒我沒辦法站起來。我看著眼前的錄音帶，卻仍回想著飄浮在方塊裡的姊姊的牙齒。

我把裝有咖啡的杯子送到嘴邊。咖啡已經涼透了，坐在走道旁的小女孩一直看著我，她的嘴角上沾滿番茄醬，非常可愛。小女孩瞪大一對漂亮的黑眼睛盯著我的手，一定是聽到我拿在手中的杯子與托盤不停抖動所發出的咯咯聲響，覺得有些奇怪吧。

走出餐廳後，我上了電車，一直蜷縮著身子坐在椅子上。或許是因為我的臉色過於難看，我發覺坐在正對面的中年男子一直盯著我。不可思議的是，擔心會不會被人盤問的恐懼莫名地油然而生，周圍的乘客及車站的工作人員會不會已經知道我和那個可怕的少年之間的對話？他們會不會已經發現了放在我包包裡的錄音帶？會不會上前來盤問我？我感到非常不安。

從票口出來後，我便往通向家的漆黑道路飛奔而去。當我跑到家門口時，發現今晚我們家的窗戶裡有燈光。太陽下山後，我家就視父母親的狀況而定，時而點燈，時而陷入黑暗。

我正準備打開大門，這時大門卻剛好從裡面被推開，有人走了出來。原來是赤木，他發現我站在門口，多少有點吃驚。

「……啊，夏海。」

他瞇著藏在眼鏡後的眼睛微微地笑了笑。

「原來是你來了。」

「本來打算回去了，可是見妳還沒有回來，我有點擔心……」

他說他是從學校回家的路上順便到我家來坐坐的，於是我和赤木站在大門口開始閒聊起來。他個子很高，我要是正常地一眼看過去，他的臉就會在我視野的上空消失，所以我必須抬起頭才能看到他的臉。因此每次和他聊天後，我的脖子都會特別痠。

他喜歡閱讀。據說他家的二樓收藏了很多書，因為書太多，壓得二樓房間咯吱咯吱地響。往日我們常聊得很投契，但現在我們都提不起興致，只是相互寒暄著，說一些表示感謝的話，感謝對方的擔憂，感謝他為姊姊所做的一切。

就在我們相互寒暄的時候，我腦子裡突然冒出錄音帶的事情。當然按照常理，我本應也讓他再聽聽姊姊的聲音，但是我對錄音帶的事隻字未提。

「那我就告辭了，夏海，再見……」

赤木揮動著他那細長的手漸漸遠去，我默默地目送他遠去的身影，同時對自己的改變感到吃驚。

以前和赤木聊天時，我總是平靜不下來。我的心不停地上下左右搖擺，根本無法以平常心來對待他。每當看到他用那種特有的溫柔眼神望著姊姊時，我就會感到莫名的失落。

我的確曾有一段時間很仰慕赤木，但現在我的心冰涼得如死灰一般，所以只是默默地注視他的背影。

我輕輕揉了揉脖子，這才發現自己連告別的話都忘了說。要是換作以前的話，我肯定顧不了自己痠痛的脖子，而是熱情地揮揮手並大聲說：「再見。」

我們之間的關係正在疏遠。隨著姊姊的過世，他也變成了和我毫不相干的陌生人。這本來是理所當然的事，如果不是因為姊姊，我根本不可能認識他。

然而，赤木對於如何保持和我的關係並非一點也不關心，否則他也不會到我們家來了。

我進了屋，呈現在眼前的是一個如同冰箱般冰冷的起居室。我跟坐在暖被桌旁的父親和母親打了聲招呼，並告訴他們我在大門口遇見了赤木。他們沒有作聲，我的心情頓時變得更加沉重了。

我爬上樓梯回到自己的房間，並緊緊關好了房門。我迫不及待地從包包裡拿出錄音帶，迅速地將它放進音響裡，然後把從音響裡拿出的第一卷錄音帶順手扔在書桌上。

按下播放鍵後，不一會兒就聽到音響轉動的聲音。我在椅子上重重地坐了下來，目不轉睛地盯著音響。

這時，我突然回想起以前的事來。記憶中我和姊姊還是小學生時，有一次，我和姊姊輪流用錄音機錄下自己的聲音，我們還曾經對自己的聲音為什麼會變得如此古怪而感到不可思議。正當我們困惑不解時，父親和母親也走了進來，於是我們一家人就對著喇叭大聲地唱起歌來。記得我們當時愉快地放聲大唱的是一首兒歌，並且用錄音帶錄了下來。當一家人外出開車兜風時，父親總喜歡在車裡播放那卷錄音帶，直到我和姊姊上了中學，父親還是繼續放。終於有一天，我和姊姊再也無法忍耐了，我們用近乎吼叫的聲音說：「又來了，快關掉！」並順勢向父親撲了過去，想拿出錄音帶。那個時候，母親總是笑咪咪地望著我們。

那時的我們很快樂。

夏海……

代我謝謝爸、媽還有赤木一直對我的照顧……告訴他們，我給他們添了不少麻煩，真是對不起……

也許你們是一起聽這卷錄音帶吧……

我再也無法弄清楚了……

我……

好像馬上就要被殺掉了……

起初我還以為他在和我開玩笑……

夏海……就在剛才，我一直被關在一間漆黑的屋子裡，眼睛被蒙著，嘴巴也被堵住了。不管我怎樣大哭大喊好像都沒用……我後悔極了……

我必須對妳道歉……所以我決定把這最後的遺言留給妳……

直到落到現在這個地步，我才明白自己以前做了些什麼……

想必妳還記得我常常說些傷害妳的話，讓妳很難堪吧？

每當這個時候，妳都露出一副非常不安的樣子……

對不起……這一切都不是因為妳不好……只是因為我自己的任性，動不動就耍脾氣……

妳聽到這裡一定還是有些摸不著頭緒吧……

但是，如果我不解釋清楚就這樣死去，妳肯定會困惑一輩子，所以看來我必須說清楚……

錄音帶到此就沒有了聲響。

接下來的說話聲並不是姊姊的，而是那個我已經有些耳熟的少年的聲音。

……北澤夏海小姐，請妳於十二月三日晚上十一點整，單獨一人到博子被殺死的醫院廢墟裡來。妳應該知道在哪裡吧？就是發現屍體的那間房間。我將會在那裡把最後一卷錄音帶完整地交給妳。

在他的聲音結束後，錄音帶的錄音也沒有了。

聽完第二卷錄音帶的兩天後，轉眼間就到了十二月三日。在那兩天裡，我並沒有去警察局報案，而是依然像往常一樣過著普通的生活，照常上學，照常應付著複習考。

這一天的課終於結束了，我正準備走出教室時，好友在走廊上叫住我。

「夏海，這個星期天我們一起出去玩吧？」

好友注意到自從姊姊死了之後，我就沒怎麼笑過，她是為了讓我重新振作起來才故意和我說話的。

「啊，好呀……不過如果我去不了的話，就只有請妳原諒了。」

「夏海，那天妳有什麼事嗎？」

朋友偏著頭，不解地問道。

我並沒有什麼特別的事，只是我無法保證今晚我是否能活著回來。我決定照少年在錄音帶裡所說的去做，這是我早在兩天前的那個晚上，也就是在我聽完錄音帶後做出的決定。

如果我去了廢墟，也許真的可以聽到那卷錄有姊姊遺言的錄音帶，但為此我將要付出代價。我也不清楚自己能不能活著回來。他為什麼要把我叫到那裡去？或許我會在那裡被殺死。

「倒也沒有特別要緊的事啦……」

我這麼說著，突然想緊緊抱住眼前的這個好友。她今後會有怎樣的人生呢？就在不久以前，我和她都是隨處可見的普通學生，我們每天打著呵欠踏進校門，然後把黑板上的字抄到筆記本裡……我曾經深信自己以後也將繼續過著這種生活，雖然很平凡，但每天都很幸福。

然而，如今我再也不能奢望那樣的日子會再次降臨。我突然發現，自己已無法再過安穩而平凡的日子了，我已經與死亡結下了切不斷的關聯。儘管我眼前這個朋友正期待著美好的未來，可是現在我們或許就在此告別，以後再也不會相見。一想到這些，我頓時覺得難捨難分起來。

「那麼，我們明天見。」

我向朋友揮了揮手，道別了。

走出校舍，十二月的陣陣寒風猛烈地吹打著臉。雖然太陽還沒有完全西落，但天空已經掛起一層厚厚的黑色雲霧，四周昏暗一片。我裹緊外套，低下頭，加快了腳步。

還在校舍附近時，手機響了起來，是阿樹打來的。

「現在？我剛放學，現在正走出校門。」

我在校門旁停下來，和在電話另一端的他聊起來。校門口的大道上，川流不息的汽車來來往往，汽車聲、風聲混在一起，不時掩蓋了對方的說話聲。

「你說什麼？我聽不大清楚。」

我一邊提高了嗓門，一邊問他。

「啊……上次真是太謝謝你了。我沒什麼，我很好……」

或許這也是我和他的最後一次通話。想到這裡，我就把聲音放大到可以超過四周噪音的音量，幾乎快要哭出聲來。我和阿樹是在中學時認識的，我們就像姊弟一樣，非常要好。

「你再大聲點……」

聽到阿樹那和著嘈雜聲的嘶啞嗓音，我緊緊地閉上眼睛。

「所以你不要太在意。讓你擔心，真是不好意思。啊？我沒有哭……」

隨後，我草草地結束了與阿樹的簡短對話。

坐在回家的電車上，我再次確認了時間，此時已是下午五點。就在我趕往車站的途中，太陽已經下山了。從車窗往外望，外面已經伸手不見五指。現在距離和少年碰面還有六個小時。

然而不知為什麼，我沒有因為極度的恐懼而嚇得全身發抖；相反地，我的心十分平靜。我閉上眼睛，盡情感受列車的震動。也許我已經對即將面臨的危險感到麻木了；在餐廳裡看到姊姊的牙齒時，我就已經徹底麻木了。恐懼感正一步一步地降臨，已經讓我失去了現實的感覺。

我從未考慮過要如何反抗少年。我已經下定決心前往那座廢墟，並且從未打算帶武器來保護自己，也沒有打算告訴其他人。我只是想聽聽姊姊的聲音，只想這樣而已。對此刻的我來說，其他任何東西都已經不重要了，即使那個少年想傷害我，我也不在乎了。

今天，父親和母親仍然忘記鎖上大門。我走進屋裡，告訴他們我回來了。

母親正在和室裡摺洗好的衣服。她聽到我的聲音，立刻回答：「妳回來了。」並露出微弱的笑容。那副極其脆弱的表情，彷彿要是再多用點力氣，整個人都會崩潰似的。

父親則無精打采地坐在起居室的暖被桌旁，我看不到他的表情。記得小時候，我和姊姊常常吊在父親的手臂上盪鞦韆，然而父親現在那弱小的背影清楚地告訴我，那已經是很久很久以前的事了。

「爸爸，我回來了……」

我在父親身旁坐了下來，並跟他打招呼，但是沒有聽到任何回應，我想他可能睡著了吧，於是便打算上樓去。

「……夏海。」

父親叫住我。

「嗯……讓你們擔心了，真是對不起……」

「妳在說什麼呀？」

今天我也好幾次對朋友說過類似的話。

「雖然曾經有很多人說妳和博子長得很像，但……最近我才發現妳們姊妹倆真的是挺像的。博子在世的時候我沒怎麼注意，現在只剩下妳一個後，我才發覺的確是這樣……」

父親抬起頭望著我，他還說，時常把我錯認成死去的姊姊。說這話時，父親的眼神裡充滿著溫柔與悲傷。

「夏海，妳剛從學校回來嗎？」

父親見我點了點頭，感到很奇怪。

「但剛才我似乎聽到有人上樓的腳步聲……」

「會不會是媽媽？」

「那時她在這裡，所以一定不會是她。」

父親說當時根本沒有聽到門鈴響，只聽見有人走進房間的腳步聲，於是他們就以為是自己的女兒回來了。

我上樓回到自己的房間。

原本放在房間書桌上的錄音帶不見了。可能是那少年偷偷溜進來拿走了，這很容易就能猜到。

要是今晚我沒有從廢墟中走出來的話，警方一定會到我房間裡來，然後找到錄音帶。恐怕他也非常清楚這一點。為了不讓警方得到錄音帶，於是他溜進來拿走了。

簡單地說，他根本沒有打算要我活著回來。

想到這裡，我頓時覺得渾身無力，一下子癱軟在椅子上。這兩天我也預感到自己可能會被殺掉，但他要殺我的明確意圖，直到現在才清楚地擺在我面前。

看來，要是我照著他在錄音帶裡所說的到廢墟去的話，我只有死路一條。

死，究竟意味著什麼？那個少年說，他只有在死亡面前，才能感覺到這個世界的存在，如同吸血鬼吸食人類的血一樣，他也在玩味著人類的死亡。

我癱倒在椅子上，久久無法動彈。四周異常地寂靜，我開始胡思亂想，想著姊姊如何被他殺害的情景。這時，姊姊的臉突然變成我自己的臉，但事實上，我並沒有遭受到想像中那麼嚴重的精神打擊。

以前的我，清楚地知悉生與死的界線。自己的確活在這個世界上，姊姊、父親和母親，大家都活在這個世界上。

但是如今的我，生與死的界限卻變得如此模糊。我正站在一個白與黑混雜的灰色世界中，親眼目睹姊姊屍體的父母也和我一樣，一條腿已經踏進了死亡的世界，並且怎麼也掙脫不出來。

更何況姊姊……姊姊的確已經死了。但是對我來說，錄音帶上她錄下的聲音還活在這個世界上。錄音帶中的姊姊的確有著呼吸，並且正在思考著什麼，想要對我說些什麼，姊姊正等著我的到來……

我不清楚生與死之間究竟有什麼界線，但現在的我正站在這條界線上。

「夏海。」

有人在樓下叫我的名字，是母親的聲音。

「吃晚飯了。」

我站起來打算回答母親說：「好的，馬上下來。」要是我不去的話，就只剩下父親和母親兩人吃晚餐了。

自從姊姊走了以後，剩下的我們三人雖然各自承受著打擊，但吃飯的時候都會盡量湊到一塊兒。每當大家望著餐桌旁那唯一一張多餘的椅子時，都沒法說出什麼可以炒熱氣氛的話題。可是，餐桌卻成了證明我們家依然存在的最後象徵。

不過，我站起來的身子卻在半途中停了下來。

「夏海？」

也許母親見我沒有回應，覺得有些不對勁吧。母親的呼喚聲已經到了樓梯口。

我回想起剛才父親的表情。要是現在下去和他們圍著餐桌吃飯的話，我去廢墟的決心一定會動搖。如果我這樣一去不回的話，父親和母親今後將如何生活下去呢？想到這裡，不知道是出於對他們的愛還是對他們的憐憫，我的身體就像被鎖住了似的一動也不動。

「不吃飯嗎？」

聽到媽媽的聲音，我開始猶豫。

就在這時，我看到放在書桌上那圓筒狀的東西，我的目光就像被吸住似的，定定地盯著那個東西。那是我不久前從姊姊房間拿出來的，一支如同血液般鮮豔的口紅。

我緊緊地閉上眼睛，並狠狠地再次下定決心，於是我靜悄悄地坐了下來。

「……我今天不餓，不想吃了。」

房門緊緊地關上了，所以我看不見站在樓梯口的母親，但可以想像得出她的表情。母親聽了我的回答後，靜靜地站在那裡，正抬頭望著我的房間。

頓時，一股極大的罪惡感刺痛了我的心，劇烈的酸楚一陣一陣地敲打著我的胸口。我已經看到母親知道自己的女兒不願下樓後，失望地離開樓梯口的樣子。

我坐在椅子上，不停地向父親和母親道歉，但不管我在這裡多麼自責，我武斷的行為也不可能得到他們的原諒。我是個不孝的女兒，因為我已經決定丟下父母，一個人到廢墟裡去送死。

4

夜幕漸漸降臨，我站起來穿上外套。

我隨手拿起放在書架上當擺飾的兔子娃娃捧在手中，那是我很小的時候就一直十分鍾愛的玩具，每次只要輕輕摸摸它的頭，一股溫柔的觸感就會傳到我每一寸肌膚。這間屋子裡有很多我從小就珍愛的東西，我在心裡暗暗向它們告別，將娃娃放回書架上，然後又小心翼翼地把姊姊的口紅放進外套口袋裡。為了不讓自己的決心動搖，我把姊姊的口紅帶在身上。

為了不被父親和母親發現，我帶了手電筒，靜悄悄地溜出家門。要是被他們叫住的話，恐怕我就無法脫身到廢墟去了。但我並沒有聽到任何叫住我的聲音。

發現姊姊屍體的廢墟離我家不遠，大約騎二十分鐘自行車便可到達。我獨自一人騎著自行車，靜靜地行駛在沒有路燈的公路上。四周一片漆黑，只有我那輛紅色自行車的車燈，發出一團微弱的光線。

這輛自行車是我和姊姊合用的，不知道車子在哪裡被碰撞過，車前的籃子有一點扭曲。我記不起自己出過什麼意外，所以我想撞壞籃子的一定是姊姊。紅色的自行車讓我不禁聯想到童話《小紅帽》的故事，彷彿我就是故事中的主人翁，不過我卻是在清楚知道有狼的前提下，依然要到外婆家的小紅帽。

與伸手不見五指的四周相比，夜晚的天空的確是明亮些，正因如此，我才清晰地看到漆黑的大地與天空的分界線。我朝著通往山上的柏油路前進，途中仍然出現了那條碎石子岔路。我在岔路口下了自行車，碎石子路的半途上橫攔著一張金屬網，我用手電筒的微弱燈光照了照，看到上面立著一塊寫著「禁止入內」的警示牌。

醫院的廢墟應該就在金屬網的另一頭，但微弱的手電筒光線無法照射到那麼遠，所以現在我什麼也看不見。無窮無盡的黑暗很快就吞噬了微弱的手電筒光線，所以手電筒光源的照射範圍極其狹小。廢墟的周邊也沒有點著燈的店舖和住宅，因此這裡格外漆黑，只有枯黃的野草在廢墟的四周繁茂叢生，連一絲細風都沒有。細長的雜草一動也不動，顯得異常寂靜。

我把自行車停在這雜草叢生的地方，只拿著手電筒向金屬網走去。腳踏在石子上發出咯吱咯吱的聲響，由嘴裡呼出的氣體變成的白霧也隨即被黑暗吞噬。似乎就只有這條碎石子路才能通向金屬網的大門，於是我伸出手試著打開金屬網，卻沒有費多大力氣就把它推開了。我穿過金屬網，直接朝著廢墟的深處走去。

姊姊被殺害的當晚，是怎麼進入廢墟的呢？是跟我現在一樣，步行著穿過金屬網進來，還是被少年用刀或其他什麼東西脅迫著強行拉進來的呢？或者，是在早已昏迷、身體無法動彈的狀態下被運到廢墟裡來？對她來說，她踏上這一條通往廢墟的道路，卻成了前往不歸路的通道。

我繼續往前走，來到一處非常寬敞的地方，或許這就是醫院以前的停車場。手裡手電筒的細長帶子，幾乎要垂到路上滿布的冰冷泥塊和碎石子上。在碎石子路的盡頭，有一塊碩大的白色水泥狀物體，彷彿在沉重地背負著無窮無盡的夜空。那是一棟兩層樓高的建築物。這棟過去曾經是醫院的建築物，如今只剩下空殼，就如恐龍死後留下光禿禿的骨架化石一樣。

我穿過醫院的大門，走了進去。大門以前可能是嵌有玻璃或其他什麼東西，但是現在只剩下一個四四方方的框架，孤零零地立在那裡。我用手電筒照亮一個像是醫院大廳的地方，許多已經不成形的長凳堆放在大廳角落裡，還有支離破碎的凳子四處散落在水泥碎片中。我把手電筒光圈向黑暗中的牆壁移去，牆上還殘留著用彩色噴漆塗鴉的痕跡。

周圍的空氣令人窒息，我的呼吸也似乎變得愈來愈微弱。頭頂上的天花板彷彿沒有盡頭，每時每刻都在擠壓著我的頭，令我強烈地感受到無形的壓迫。天花板上有很多像是以前安裝了燈泡所殘留下來的洞，地板上散落著許多日光燈碎片，在我的腳下發出玻璃被踩碎的聲響。

走廊無窮無盡地延伸向黑暗的深處。我朝發現姊姊屍體的房間走去，我曾經聽說過那個房間的大概位置，據說是在一樓最裡端的房間裡，發現了她的屍體。

手術室。我按照指向手術室的路標方向走了進去。腳步聲在冰冷的牆壁上迴盪，震動著寒冬的冷空氣。

不一會兒，我在走廊盡頭找到了那個房間。曾經安裝著門的入口，如今變成一個四方形的洞口，洞口的深處充滿了黑暗。也許是以前曾有過幾重入口的緣故，我鑽進一個洞口後，居然又出現另一個完全相同的四方形洞口，又鑽過一個洞口後，便來到一處寬敞的地方。

我用手電筒光線形成的圓形光圈掃射了四周一下，彷彿連內心深處也被凍僵了似的。整個房間充滿寒冷，異常地寂靜，就連鞋子踩在碎石子上的聲響都能清楚聽見。我彷彿聽到從黑暗深處傳來孤魂野鬼的抽泣聲。

在房間的一角，有一個洗手用的細長盥洗台，牆壁上還有好幾個通往其他小房間的入口。這些入口都是推拉式的雙扇門，裡面的小房間應該就是用來動手術的地方，總共有三個小房間，我決定用手電筒查看每一個房間。

這裡根本就沒有人，小房間長不到五公尺，因此裡面不是很寬敞。我最先查看的兩個小房間內什麼也沒有，但當我打開位於最裡面那個房間的門時，卻感到一股莫名的氣息，於是我停下了腳步。

只有這個房間比其他地方都要黑暗、安靜。彷彿以前這裡曾發生過火災似的，四周的牆壁、天花板及地板等，到處都是黑糊糊的一片。

我走進房內，確認裡面的確沒有人。由於房門是自動開合的，所以當我鑽過門以後，門就慢慢地關上了。在牆邊有一個氧氣瓶似的東西，為了不讓它掉下去，被鎖牢牢地固定在牆上。房間中央有一個長滿鐵鏽的金屬長桌——不，應該是手術台吧？

這時我才注意到，牆壁及天花板上那些黑糊糊的東西，並不是因為火災而留下的痕跡。那些黑糊糊的東西是從中央的手術台向四周濺起、擴散開來的黑色，就連我雙腳踏著的地板都被染成黑色。黑色侵蝕了手術室的地板，甚至從門口延伸到屋外。

我不禁往後倒退了幾步，不知什麼時候，我的背已經緊貼在牆壁上，沒有拿著手電筒的那隻手也捂住了嘴巴，極力抑制自己的慘叫。我這才發現，那些黑糊糊的東西正是兩個月前，從姊姊身體裡流出來的血。

在黑暗中彷彿有一瞬間，我看到了當時的情形。警方後來拼湊起的、那曾經是人類模樣的姊姊屍體碎片，凌亂地散落在已經發黑的血泊中……

夏海……

夏海，不知道妳會不會聽到我的聲音……

突然，附近傳來姊姊的聲音，這是姊姊在第一卷錄音帶裡所說的第一句話。我把手電筒的光線移向房間入口，在橢圓形光圈的照射下，房門正在合攏。就在剛才，似乎有人從門口走了進來。

「北澤夏海小姐。」

那個少年的聲音隔著手術台從我對面的牆角傳來。突然，從那裡發出一束強烈的光芒，光線在黑暗中顯得格外刺眼，我不由得瞇起了眼睛。

順著光線望過去，少年正站在逆光中。他現在沒有穿學校制服，全身上下是一套全黑的打扮。他一隻手拿著照明燈，與我的手電筒相比，他的燈光要明亮得多，照亮了大半個房間。他的另一隻手則拿著黑色迷你收錄音機，姊姊的聲音就是從那裡面傳出來的。

……他說他以後會把這卷錄好音的帶子轉交給妳……說在轉交錄音帶時，他就可以親眼看見收到這卷錄音帶的人的表情，他會為此而感到興奮。

姊姊的聲音繼續播放著，並且音量很大。憔悴不堪的姊姊的喘氣聲和呼吸聲微弱地迴盪在水泥牆上，並擴散到被烏血覆蓋著的房間每一個角落。我看了看位於房間中央格外黑沉沉的手術台，在燈光照射下，濃濃的黑影重重投在這空盪盪的房內。

「博子就是在這張手術台上錄音的。」

少年把照明燈及收錄音機放在房間的一角，隨後來到手術台旁，以一副非常愛惜的神態，用手輕輕撫摸著染黑了的手術台。

「……為什麼把我叫到這裡來？」

我的聲音有些發抖。

手術台上原本似乎黏有一層黑色皮革，但現在已經剝落得只剩下一小部分了，上面還留有被利器割裂的劃痕，裸露出金屬部分，暗黑的血漬就浸染在上面。少年的指尖慢慢地如舔舐般向上移動，似乎聽得見手指與血漬摩擦的聲音。我覺得自己彷彿被觸摸著似的，全身不寒而慄。

「剛才博子不是說過了嗎？我想看看妳聽到錄音帶內容時的反應，我只是對這個感興趣而已。」

少年說完便牢牢地盯著我，他那隻手再一次輕輕撫摸手術台，默默地盡情地撫摸著……但他的眼睛卻在叫我到他那裡去。

我的背緊靠在牆壁上，緩慢地搖了搖頭。如果我走過去靠近他的話，一定會被他殺死。他一定會像殺害姊姊一樣殺死我，但我之所以沒有順從他的意思，並非出於恐懼。

在燈光照射下，靜靜地佇立在手術台旁的少年彷彿是飄浮於黑暗中的黑影。少年的側面映著白色的光，看起來甚至有些神聖。此時，我心裡的感受與其說是恐怖，倒不如說是敬畏更為貼切。在我的心裡，他已經變成高人一等的存在，不帶任何感情色彩，無條件、無理由地給人帶來死亡。

想必妳還記得我常常說些傷害妳的話，讓妳很難堪吧……

「夏海小姐，請到這裡來……」

少年平靜地說道。他是命令我爬上手術台。我離手術台只有兩、三步之距，如果他迅速撲過來，很容易就可以抓住我，立刻讓我動彈不得。然而，他卻沒有任何動靜，他是在等我，等我主動靠近手術台。

剎那間，我的雙腳已經朝他期望的方向邁出去，就連我自己也覺得很不可思議，但又覺得必須過去。我的心猶豫不決。

讓我自己慢慢靠近手術台，你到底想做什麼？我的背緊靠著牆壁，困惑地盯著少年。

他如同宣讀判決般說道：

「夏海小姐，恐怕妳已經有所察覺了吧？……」

「什麼？」我不解地問他。

「妳馬上就會被我殺死……這是在妳命運中早就安排好的定數……」

姊姊的顫抖聲、喘息聲在我和少年之間迴盪著。他的眼睛緊盯著我的瞳孔，眨也不眨一下，那穿透性極高的眼神，彷彿快要看穿我的思想。

「妳已經徹底被死亡纏住了……更何況妳是自己找上門來的……」

「……我沒有。」

我否認道。少年瞇著眼睛，繼續說道：

「我把死亡看作是『失去』……」

依然是那種非常平和的口吻。

「就在死亡的那一瞬間，這個人與他周圍的一切關係都會自動結束……不管是與自己曾經深愛的人，還是與自己過去癡迷過的東西，所有的關聯都會消失……再也不會看到太陽、風，再也不會有黑暗與沉默……高興、悲傷、幸福、絕望，一切都不再和自己有任何瓜葛，所有一切都將逝去……夏海小姐，妳是下了多大的決心才來到這裡的，對此我可瞭如指掌……」

我用手摸了摸額頭，握在手中的手電筒不知何時已經滾到了地上。我的腦海裡浮現出父親和母親、阿樹、同班同學以及赤木的臉。

「妳決定來這裡之前，一定很痛苦吧？但是，妳已經下了決心……妳雖然清楚知道自己要是不能回去的話，父母會多麼悲傷，但妳還是來了。妳在心裡默默地切斷和他們之間的關係，並悄悄地與他們一一道別，來到這裡尋找一個已經死去的人的聲音……」

少年的話，切中了足以使我動搖的要害。從我口中冒出一些不成話語的聲音，但既不是呼叫，也不是呻吟。我用雙手捂住額頭，竭力控制著。

……夏海，我平日對妳的傷害真的只是因為一些小事而已。這些事與赤木有關……

我所做的事，等於背棄了失去長女的父母，極大的罪惡感吞噬著我的心。

「從妳拿到第二卷錄音帶到今天，差不多有兩天的時間吧？在那兩天裡，妳在心裡和哪些人默默地道別了呢？每當妳向和自己人生有過關聯的東西逐件告別時，也正是妳自己一步一步地主動向死亡靠近啊……」

我終於覺悟了，原來自從與少年第一次碰面以後，我所做的一切都等於慢性自殺。當我狠心丟下父母走出家門的那一刻，我也正與可以回頭的最後時機擦肩而過。是我割捨自己與這個世界的最大牽掛，是我自己砍斷挽留我的最大鎖鏈，是我自己選擇來到這裡。

夏海，我從來沒有跟妳提過，我和赤木是怎麼認識的吧？

「我……」

我放下了捂住頭的手，環視一下四周。在冰冷的水泥房間裡，只有無窮無盡的空洞與黑暗。除了沾滿血漬的手術台和少年以外，空寂的房間裡再也沒有其他東西。

我的腿不由自主地向前邁了出去。背部已經離開了冰涼的牆壁，我正一步一步朝著手術台靠近。

我主動放棄了自己人生中所擁有的一切。除了姊姊的聲音以外，我對其他事物都沒有興趣。像我這樣的人難道還可以說得上是活著嗎？想必只是肉體在維持著一些必要的生存動作而已，其他大部分恐怕早已踏進了死亡的世界。

有一天，他在街上主動和我打招呼。他和我念同一所大學也是我後來才知道的事……

當我回過神來時，已經走到離手術台對面的少年很近的位置了。他根本沒有做任何威嚇的動作，只是說了幾句話，就徹底消除了我心底的猶豫。

少年在我面前全神貫注地盯著我的臉。我們相差不多的高度使他正好微微地俯視著我。

「我是聽了博子在這裡的錄音後，才第一次知道『夏海』這個名字。從那以後，我總是想著何時可以看見妳的廬山真面目。」

他喃喃地輕聲說：

「妳們姊妹倆長得可真像……」

姊姊的聲音從收錄音機裡傳出，迴盪在寂靜的廢墟裡，然後漸漸消失。

「我終於明白你為什麼要把我叫到這裡，才肯給我錄音帶……」

聽我這麼說，他臉上頓時顯露出一副很感興趣的表情。

「你並不是為了好玩才把我叫出來的吧。你並非要追求遊戲的刺激……在餐廳裡，你曾經說過，在生活中與身邊人的交流就如同背誦劇本一樣，所說的、所做的都是假裝出來的……還說只有死亡才能讓你感覺到這個世界的存在……」

……但是，當我和赤木開始交往後，他的言行告訴了我一切。他說他很早以前就喜歡我了，因為他常常在書店裡看到我……還說看見我喜歡站在歷史類的書架前。赤木還問起我平日常常穿的那件白色毛衣最近怎麼不穿了……

這少年是個殺人犯，想必他不會對自己的行為感到絲毫懺悔。我絕不能同情他。然而，我仍然覺得他有些可憐。

「你想考驗我是否甘願用死來換回我與姊姊的感情吧？看來你想弄清楚自己根本無法理解的東西……」

他面無表情，呆呆地盯著我的臉。過了很久，我們都沒有說話，只有姊姊的聲音在四周迴盪。我根本無法揣摩他心裡究竟有著怎樣的情感。

……我想妳已經明白了吧，赤木最初喜歡的是妳。

過了一會兒，他把雙手放在手術台上。

「夏海小姐，坐到這上面來吧……」

我毫不畏懼地在沾滿血漬的手術台上坐了下來，背對著少年，但我依然能夠清楚地感覺到他站在身後。

手術台的冰冷透過牛仔褲直接刺激著我的心房。雖然我馬上就會被殺死，但我卻如風平浪靜的大海般平和而冷靜。

我兩隻手緊握著手術台邊緣，一動也不動地坐在姊姊早已凝固的厚重血塊上——或是自己根本沒有打算要動。冰涼的感覺頓時從手指指尖傳到全身上下，身體開始漸漸地僵硬。

手電筒的光從我背後照了過來，坐在手術台上我的背影被大大地投影在水泥牆上，上面還重疊著半個少年站著的影子。

妳還記得嗎？那時候，我們姊妹倆的打扮十分相似，其他人也常說我們長得很像……所以赤木那天把我誤認為是妳，才主動跟我打招呼……

少年的影子開始動起來。他挽起袖子，正朝我坐的方向從容地撲過來。

我的眼睛被他的手蒙住了，眼前漆黑一片，什麼也看不見。他從背後環抱住我，一隻手纏住我的脖子，另一隻手捂住我的臉。要是他稍微再用點力的話，我的脖子可能會隨著咔嚓的聲響而被扭得粉碎。嘴裡吐出的白氣正好被他那隻捂著我臉的手擋了回來，所以我還可以清楚感覺到自己氣息的溫度。少年的胸膛緊貼著我的背部，他的體溫透過衣服傳到我的身上。

「求求你……讓我把姊姊的錄音聽完……」

隔著少年的手臂，我再次聽到姊姊的聲音。這是我第一次聽到有關赤木的事，正如一團亂麻正漸漸被解開一樣，我也漸漸開始明白姊姊為什麼會那樣對待我。

少年那隻纏住我脖子的手的關節反覆不停地一縮一緊，彷彿在檢測我頸部的運作狀況，捂住我臉龐的另一隻手也時刻準備著把我的骨頭捏得粉碎，就如一名短跑運動員正活動著手腳暖身般，他緩慢地左右搖動著我的脖子。

這時，我覺得自己的脖子就像纖細花草的莖幹。花朵被人採摘時，細線一般的莖很容易被折斷。

……雖然我知道他起初注意的是妳而不是我，但是我和他之間的關係並沒有因此而受到影響。那只不過是我們故事開端的一個小插曲而已，結果依然是我和赤木雙雙墜入愛河，赤木也喜歡上了我。

……然而，我還是隱隱覺得不安。

姊姊的聲音很平靜，卻一次又一次地刺痛著我。

「或許正和妳曾說過的一樣……」

少年小聲說道。他仍雙手緊擁著我，那聲音從好近的地方傳入我耳中，緊靠在他胸膛的背部也感覺到他說話時的心跳。我的心跳突然加快起來。

「在博子之後的下一個受害者的確有兩個候補人選……一個是妳，北澤夏海；另一個就是與我上同一所高中的女同學……」

「……姓森野吧？就是和你走在一起的那個女生……」

我的聲音被他那隻捂在我臉上的手擋住了，似乎有些含糊不清。隨著心跳的逐漸加速，血管也因大量血液的快速流動在不斷地膨脹，被纏住的頸部脈搏不停敲打著血管，頭也漸漸發熱。

「妳是從神山樹那裡打聽到森野的名字吧？……在兩個候補人選當中，我最終選擇了妳，也許正是因為妳所說的那個理由藏在我內心深處的緣故……」

在我耳邊低語的他，與其說是向我訴說，倒不如說是自問自答。難道連他自己也不了解自己的內心世界嗎？我這麼想著。不可思議的是，此時的我彷彿成了他的朋友。

我也從未對赤木提過這件事……我從來沒對他說過當初他看到的根本不是我，而是妳……我無論如何都開不了口……

少年仍舊緊緊地纏住我的脖子，我靠在他的手臂上，靜靜地聽著姊姊的錄音。這時，我不禁反問自己：我到底了解姊姊多少呢？這個疑問在我的腦海裡漸漸膨脹起來。

以前，我總是覺得姊姊和我不一樣，她總是充滿自信。她活潑、開朗，擁有一切人見人愛的條件，是一個很了不起的人。

然而，事實卻並非如此……

我無法面對妳……我老是覺得赤木是因為我和妳長得很像才……於是我變得非常刻薄，甚至故意刁難妳……為了讓赤木擺脫妳的陰影，我故意改變髮型及服飾……

因為我發現妳也對赤木產生了好感……

事實上，姊姊一直忍受著不安與寂寞。她從沒有對赤木、也從未向我吐露過心聲，那個秘密藏在她心裡，讓她一直耿耿於懷。放在口袋裡的那支鮮紅色口紅……也是她為了在別人面前掩飾自己的恐慌與膽怯，才濃濃地塗在嘴唇上的。

為什麼我沒有在姊姊在世的時候意識到這一點呢？要是我以前就體會到姊姊的心情的話，我一定會緊緊地抱住她，並告訴她這個世上沒有任何可讓她擔心的事。

少年手腕的關節勒緊了我的脖子。準備活動似乎結束了，我的頭被他緊緊地鎖在手臂之中，我即將在這漆黑的房間裡被殺死，但我覺得現在的我正被簇擁在愛河之中。

我想，在姊姊的錄音完畢的那一瞬間，我的脖子可能就會被他扭斷吧？或許脖子的骨頭終究無法承受那擠壓頭部的強力以及扭轉腦袋的蠻勁，隨著咔嚓一聲悶響就會斷裂了吧？我很清楚知道他為什麼會選擇在那一瞬間結束我的生命。

現在我已經無法挽回了，在這裡才把自己的心裡話說出來。我很後悔……要是我在幾個月前就對妳坦白的話，那該有多好呀……但是……

他的手臂正好擋住我的視線，只有我自己心跳的聲音在逐漸增強。輸送血液到全身上下的幫浦發出劇烈的聲響，雖然心跳聲混雜在姊姊的錄音聲中，但仍然聽得一清二楚。

我也感受到少年的心跳，他心臟的鼓動隔著我的後背傳了過來。現在的我有種想放聲大哭、揪心般的酸楚。我對他所做的一切並不抱有憤怒或怨氣，只是覺得他就像死亡一樣，是一種難以逃避的存在。

從姊姊聲調的高漲以及少年手臂突然緊張的程度來看，姊姊的錄音快要結束了。

聽到姊姊最後的錄音，我已經非常欣慰。

「你早就打算在這裡殺死我，所以你就潛入我家把錄音帶拿走，對吧？你擔心要是我回不了家，警方就會到我家搜出那卷帶子……」

我一邊留意不要漏聽姊姊吐出的每一個字，一邊小心翼翼地說道。因為這是姊姊在人生路程的最後關頭為我錄下的遺言，所以我必須仔細聆聽錄音的每個字。

……但是，時間卻無法回到從前。夏海，姊姊是愛妳的……

「夏海小姐……」

少年開口說道，同時他那隻纏住我頸子的手鬆開了，肌肉的緊張也消失了，漸漸地鬆緩下來。我很意外，不知道他為什麼會這樣。

「我沒有到過妳家……」

他繼續說。我一下子還沒有反應過來。拿走錄音帶的不是你？——我正打算這麼問他時，突然聽到手術室門口傳來關門的咯吱聲。

似乎有人進來了。

少年的手雖然已經鬆開，但仍舊遮住我的臉，擋住了我的視線，我什麼也看不見。因此，我無法看到是否還有第三個人在這裡出現，也無法挪開他擋住我的手臂，只能在黑暗中默默傾聽進入房間的那個人移動的腳步聲。

「誰……？」

我嘶啞的聲音終於擠了出來。

腳步聲穿過了手術室入口，然後經過我和少年所在的手術台。鞋跟落在沾滿厚厚灰塵的地板上，發出厚重的聲響。

少年完全鬆開了掐住我脖子的手，我自由了。被他手臂擋住的視線恢復了光明，我看到眼前的牆上的確有三個人影。

我故意讓妳痛苦，並不是因為妳不好……

有人彎下腰去，不是我，也不是少年，而是第三個人影。隨後我聽到關掉收錄音機的聲響。姊姊的聲音也消失了，手術室頓時安靜下來。

我坐在手術台上回頭看了看，站在身後的少年也正轉過頭來。在少年對面牆角站著的是阿樹，這時，他正好從放在地上的收錄音機停止鍵上縮回他的食指。

「學姐，拿走錄音帶的是我……」

那是我以為再也聽不到的聲音。阿樹為什麼會站在這裡呢？我想這一定是幻覺。但是，他現在的確站在我的面前，並且在燈光的照射下，牆壁上也清楚映出他的影子。這絕對不是幻覺。

「這座醫院太大了，找你們可真是不容易呀……要不是聽到博子姊姊的聲音，恐怕我還找不到你們呢……」

我想起傍晚他曾經打電話給我，在電話中，我告訴他我在學校裡，因為他在電話的另一端問我到底在什麼地方。他潛入我家，也許是想確認一下我回到家了沒。

我在餐廳裡也告訴過他，父親和母親常常忘記鎖大門，所以他很順利地就溜進我家，然後在我房裡偶然發現了寫有奇怪標籤的錄音帶。這麼一想，我就明白他怎麼會到這裡來了，因為第二卷錄音帶的最後，詳細地說明了時間與地點。

「神山同學，好久不見了……」

站在身後的少年這麼說，並把手搭在我的肩膀上，他的掌心滾燙。然後，他離開了手術台，朝阿樹的方向走去。搭在我肩上的手挪開了，但我的身體依然無法動彈，依舊保持著回頭望著阿樹的姿勢。

「晚安，××同學。」

阿樹對少年說，眼睛卻牢牢地盯著他，似乎已經忘了我的存在。

兩人默默地站在屋子的兩端，相互對視著。手術室裡充滿緊張的氣氛，安靜得讓人無法忍受。

我想繼續聽姊姊的錄音。我仍然一動也不動地坐在手術台上，只是視線轉向阿樹的腳下，望著已經停止轉動的收錄音機。

我試圖動一動緊扶著手術台邊緣，已變得冰涼的手指，但手指似乎麻木了，完全使不上力。

「你是為了救她才跑到這裡來？」

少年打破了沉寂，質問道。房間裡那種令人窒息的緊張氣氛也愈來愈濃烈。

我再次命令自己的肌肉動起來，但不管是手指還是腳，一點都不聽使喚。心臟雖然像打鼓似的怦怦直響，但全身卻像被注射了麻醉藥似的，無法動彈。

我閉上眼睛，屏住呼吸，開始祈禱。

求求你，讓我動起來，讓我走到收錄音機前面……

我的手指開始痙攣般地發抖了。

「不能打擾一下嗎？」

這是阿樹的聲音。

我的手指似乎稍稍動了一下，之後手腕、腳也終於從沉睡中醒來，但肌肉仍然很僵硬，身體可以動了，但使不上力。我只好把手撐在沾滿黑色血漬的手術台上，身體吃力地往下挪動──終於，我的身體離開了姊姊被殺害的手術台，這才感覺到原來自己還活在這個世上。

由於雙腿抖得厲害，我站不起來，只好在地板上爬行，手腕支撐著全身的重量，並拖著沉重的雙腿緩慢地往前爬。地板上沉積的灰塵沾滿我全身。我繞過手術台，艱難地朝著阿樹的方向爬去。

阿樹和少年在談著什麼，但我卻什麼也聽不見。我在地面上如蠕動的蟲般挪動著身子，滿腦子淨想著錄音帶的事。

散落在地上的尖利水泥土塊刺進支撐著整個身體重量的手腕，但我已經顧不了了。

少年剛才把死亡看作是「失去」。他說我是自己丟棄身邊的一切，主動選擇死亡的。

但是，我現在還沒有死，也沒有放棄生存。我來到廢墟裡，是為了取回我所失去的東西。

姊姊……我一邊朝著收錄音機的方向艱難地爬著，一邊回想起姊姊。

放在收錄音機旁邊的手電筒正發出耀眼的光芒，照得我眼花撩亂。阿樹的腳跟抬了起來，在手電筒前晃了一下。腳跟的影子照在我身上，然後消失到我的視野外，但我的視線並沒有隨著他的腳跟而移動。

我終於爬到伸手就可以觸到它的地方。我匍匐在地，拚命伸長手指，並盡力勾住少年帶來的那台黑色收錄音機，然後迅速將它拉到懷裡，不停顫抖的食指慌亂地按下播放鍵。

收錄音機開始運轉了，內部機械的細小聲響及微微的震動都震撼著我每一根神經。從金屬網製成的喇叭裡終於再次傳出姊姊的聲音，空氣並沒有震動，是姊姊聲音的震動直接傳到我抱著收錄音機的手上。

……夏海，其實姊姊一直都很在乎妳。每當我故意說了些傷害妳的話時，我自己都非常難過、後悔……每次都讓妳感到不安與恐慌，真的很對不起……

在姊姊生前的最後幾年裡，我和姊姊的關係的確不是很融洽。雖然生活在同一個家庭裡，但平日卻形同陌路，我們之間的距離也不斷地疏遠。在那段日子裡，我覺得自己總是被姊姊所厭惡……

不知道我給妳留下這樣的遺言會不會給妳帶來麻煩……一定讓妳很為難吧……要是換作是我的話，我也會覺得很麻煩……但是，最後可以向妳道歉，我已經很滿足了……要是妳因為我而不再開心的話，我會非常內疚……

姊姊……我把收錄音機緊緊抱在胸前，坐在地上，身體蜷縮成一團。從捧著收錄音機的手中傳出姊姊溫柔的聲音，我的心裡又浮現出以前那個和我一起嬉戲打鬧的姊姊。

現在浮現在姊姊眼前的，全是小時候和妳一起玩耍時的情景……

我閉上眼睛，仔細地側耳傾聽著。

以前我們姊妹倆一起爬過一道斜坡，看到一片大樹林，妳還記得吧……

幼年時代看到的美麗風景，在腦海裡又依稀可見。

這時，手術室的無盡黑暗，冰冷的水泥牆……現實中的一切都已消失、遠去。我正站在被溫暖的陽光沐浴著的柏油斜坡上。

路旁的防護欄、紅色的郵箱，在我眼裡一切都是那麼高大。我穿著兒童鞋，正抬頭遠望著那高高的斜坡。斜坡的一邊坐落著無數戶人家，而另一邊則只有防護欄不斷地向上延伸。

妳還記得我們手牽著手一起走在斜坡上嗎？

身後那個令人懷念的聲音正叫著我的名字，我回過頭去，姊姊正站在那裡，她的個子和我差不多，每次遇到熟人，他們都會說我們姊妹倆長得很像。

姊姊的小手拉住我的手，我們要一起爬到斜坡的盡頭。

我非常興奮，手放在姊姊的手裡，向前邁出歡欣的步子。溫暖的陽光把我們姊妹倆矮小的影子投射在柏油路上。我們望著斜坡盡頭那片露出枝葉的樹林，大步地向前走去。

還記得嗎？我們爬到了斜坡的盡頭，呈現在眼前的是一片茂密的綠林。走進樹林裡，涼風迎面而來，吹散了滿臉的汗水……我們穿過樹林，來到懸崖上，站在那兒眺望腳底下的小鎮……當時我們姊妹倆手牽著手，並肩站著……

頓時，我感覺到姊姊那溫暖的小手。

站在身旁的姊姊望著我笑了，從嘴邊露出可愛的犬齒。

在小鎮的上空，還有小鳥在飛翔……

那是一種筆直地展開雙翅的白色小鳥，我還曾固執地認為，牠們就住在小鎮的那條河裡。小鳥幾乎沒有刻意地搧動翅膀，就自如地在沒有邊際的蔚藍天空中飛翔。

夏海，姊姊馬上就要死在這裡了，但是，妳要好好地活下去，一定要好好地活下去……並且要笑著活下去，否則姊姊是不會原諒妳的。再見，夏海……

姊姊的聲音慢慢遠去、消失。再也聽不到姊姊的聲音了，連呼吸、嘈雜聲都沒有了。喇叭沉默了，它告訴我，錄音已經結束了。抱在懷中的收錄音機塑膠外殼裡，錄音帶依然在轉動，但沒有傳出任何聲響。一串晶瑩的水珠灑落在塑膠外殼上，那是滑過我面頰、再散落下去的淚水。

對不起，謝謝……

我在心中反覆地叨念著這句話。我的確是坐在黑暗又寂靜的醫院廢墟裡，但我又是和姊姊一起手牽著手，走在斜坡上。

我蜷縮著身子，坐在手術室裡傷心地哭了，也不知道過了多久……

不知不覺中，廢墟裡只剩下我一個人，只有手術台和發出光亮的手電筒還在我身旁。房間裡早已沒有他們兩人的影子。

手電筒的光反射在地板上，也只有那被反射的地方格外耀眼。我再仔細一看，發現有一處地面是濕漉漉的，上面沾有一攤濕潤的鮮血，血是新留下的，還沒有乾。我在心裡默默地祈禱著，千萬別是阿樹留下的血。

我抱著收錄音機想站起來，然而，我的腿卻使不上力，我慢慢地掙扎了很久，總算搖搖晃晃地站了起來。

我蹣跚著走出手術室，並不停地呼喚阿樹的名字。我的呼喊聲迴盪到空盪盪的牆壁上，然後消失在無窮的黑暗深處。

我在醫院門口靜靜地等待阿樹的歸來。寂靜的冷空氣穿透衣服，直接襲入我的身體，全身不停地打著冷顫。我只好蜷縮著身子，蹲在廢墟的黑暗中等待阿樹回來。不一會兒，我便半睡半醒地迎接清晨。最終，阿樹和少年誰也沒有回來。

尾聲

「這點小傷不要緊的……這是我和我家的狗玩的時候，不小心弄的……」

我對單手提著黑色書包正在下樓的森野解釋道。

十二月四日放學後，我和森野一同走出教室，一邊走一邊閒聊。路過樓梯的平台時，她指著我脖子上的紅色劃痕問那傷口是怎麼回事。

「啊？原來是這樣呀。當時牠一定是想殺死你了。」

「狗想殺死我？」

「沒錯。」

她確信地點了點頭。事實上，這是昨晚在醫院廢墟裡留下的傷痕，我身上其他部位還有好幾處打鬥時留下的傷口，只是被穿著的制服遮住了而看不見。

「對了，為了做北澤博子被害事件的剪貼簿，這幾天我一直都在蒐集相關情報。」

她不斷從在圖書館裡認識的人那裡得到各種情報。我在幾天前問過她那個人的名字，但她沒有告訴我。我曾打算調查一下那人的底細，可是後來也作罷了。

「情報都蒐齊了嗎？」

「還差一點，只要再親自訪問一下兇手的話，我想就非常完美了。」

我們走出校舍，朝著學校大門走去，她一邊走，一邊向我說明案件實際上遠遠比警方公布的更為離奇和怪異。太陽已經西下，冷風不停地颳著我們的臉。從校舍到校門之間有一條兩側種滿樹木的寬敞林蔭大道，現在只有幾個人零星地走在路上。四周一片寂靜，只有白色的塑膠袋在風中盡情地飛舞。

我們走出校門，正準備穿過馬路時，我瞄到在馬路對面便利商店裡的北澤夏海。就像我們前幾天相遇時一樣，她站在便利商店的雜誌前，正隔著商店的玻璃窗看著我。

我在便利商店的門前停下來，與我並排而行的森野也跟著停下了腳步。

站在店裡的北澤夏海放下手中的書，即使在放書時，目光也沒從我身上移開。她穿過店門，來到外面。

店前方有一處勉強可以停放幾輛汽車的小型停車場，我和她就各自站在停車場的對面。店裡的日光燈透出幾縷光線，正好照亮我們兩人。

昨晚，我在她身旁殺了一個人——那時，她正抱著收錄音機蹲坐在地上。刀也不再因為乾渴而發出惱人的聲響。

但是，當時我根本沒有時間理會她，最後把她一個人丟在那裡，然後獨自離開了廢墟。當時她沒有留意發生在她身旁的那場惡鬥，要不是現在看到我從學校走出來，我想她應該還不曉得昨晚究竟是誰丟了性命。

我正打算和北澤夏海打招呼時，站在身旁的森野卻先開口了。她一直盯著北澤夏海的臉。

「妳就是北澤夏海小姐吧？」

「……是的。」

「果然不出我所料，妳和妳姊姊登在報上的照片長得可真像。」

「是髮型還沒有改變時的照片吧……」

「是的。我出於好奇，正在調查有關妳姊姊的事件。我沒有見過妳的照片，所以前兩天看到妳站在這裡時，我只是覺得妳們長得太像了。」

「你在調查我姊姊的事嗎？」

北澤夏海一副疲憊不堪的樣子，把疑惑的目光投向我。

「似乎有人透露相關情報給她，不過她沒有詳細地告訴我……」

我補充說明。頓時，北澤夏海的臉上露出了複雜的表情。

森野轉過頭來看著我。雖然她仍是那副面無表情的樣子，但她的聲音裡卻夾雜著好奇與興奮。

「你和北澤小姐究竟是什麼關係？……」

我沒作任何回答，只是從口袋裡拿出零錢遞給森野。她看著硬幣問我：「這是什麼？」我輕聲地告訴她：「在前面一百公尺左右的地方，有一個汽水販賣機，麻煩去幫我買瓶果汁來。」

「雖然我們面前就有一家便利商店，但我只想喝汽水販賣機賣的果汁，所以……當然，我並不是為了不讓妳聽到我們之間的談話才把妳支開的。」

森野看了看我，又看了看北澤夏海，猶豫了片刻，但是她仍然轉過身，朝汽水販賣機的方向走去。

「看來她什麼也沒有發現，包括她自己曾經被當作下一個目標的事……」

聽了北澤夏海的話，我微微地點了點頭。

我和北澤夏海定定地望著森野漸漸變小的背影。天色漸漸暗下來了，森野的背影似乎已經被黑暗吞沒了大半。每當有車輛經過時，在一閃而過的車燈照射下，她那矮小的背影便在夜幕中浮現。

「……幾天前，有人曾把博子屍體的照片塞給森野。」

「屍體的照片？」

「是的。不知道誰塞給她那張其他地方都從未公開過的照片，照片上的確是博子，那髮型與喪禮上掛的那張照片一樣……」

「於是你知道之後就……」

「那張照片可能就是兇手拍的，連我自己也半信半疑，但若真是這樣的話，那麼殺害了博子的兇手正故意接近她，也就是說，兇手可能選中她作為下一個襲擊目標……」

「看來，你猜對了一半……但是兇手最後選定的不是森野，而是我……」

「自從上次看到學姐站在這家便利商店裡時，我就有預感兇手也許又開始行動了，因為妳當時的表情真的很奇怪，所以我就猜想妳是不是遇見了兇手……」

「哦……原來如此……所以你才偷偷溜進我家，想找相關的證據……」

「如果不這樣的話，恐怕就算我直接問學姐，妳也不會告訴我吧？」

從便利商店裡灑出的幾縷光線，把我和北澤夏海的影子投到停車場的柏油路上，就像兩個人的剪影。她望著地面上的影子，輕輕地點了點頭，小聲地說：「是的。」

「但是，阿樹，我真的沒想到你也是一個這麼不尋常的人……」

「學姐的異於常人也不亞於我啊。」

「昨晚我很擔心你……你突然不見了……天亮了之後我打過電話給你，但是沒有接通。」

「昨晚和那個傢伙搏鬥時，我的手機摔壞了。」

我曾經與那個殺害北澤博子的兇手是同班同學。我們之間並不要好，要是我當時再多了解他一點的話，或許就可以發現他的與眾不同。

「後來……你們之間究竟發生了什麼事？」

我把他的屍體埋藏在廢墟旁的雜草叢裡。他那殘暴的靈魂已經被那把閃著銀光的刀降服了。當然，這只是我自己的平空想像而已。當刀深深地刺進他的胸膛，看到他口裡吐出鮮血並輕聲呻吟時，我緊握著刀柄的手立刻感覺到一陣滿足。

「他逃走了。我追過去，但沒抓到……」

他似乎預料到自己會有今天。他始終是那認命的樣子，直直盯著自己淌在地上的血漬，雙膝跪倒在地，想必他如輕易地奪去北澤博子的生命般，簡單地接受了自己的死吧。過了一會兒，他抬起頭望著我說：「這把刀還不錯呢。」然後就不再動了。

「是嗎？……要不要報警？」

「隨便學姐怎麼做都行，但我不喜歡麻煩，妳可以對我的事保密嗎？雖然我也曾經非法闖入妳家。」

我轉身去看了看人行道。一個小黑點正在遠處路燈的照射下緩緩而來，一會兒出現在明亮的路燈下，一會兒又消失在黑暗中，不久，它便來到離我較近的路燈下。仔細一看，原來那並不是什麼小黑點，而是正回來的森野。

「……今天早上，我回家時被父親罵了一頓。」

北澤夏海一邊用腳尖不停地輕輕踢著「禁止車輛通行」的交通路牌，一邊瞇著眼睛說，並且露出淡淡的笑容。她說她是今天早上才騎著自行車從廢墟回到家的，她的父親和母親發現她沒有在房間裡後，非常驚慌失措。當他們打開大門看到自己的女兒一副疲憊不堪的樣子時，狠狠地罵了幾句，然後緊緊地抱住她。

「媽媽看到我以後哭了。也許這本來就是理所當然的事吧？因為姊姊剛出了事……那時我才意識到我和父親，還有母親，我們都還活著……對了，我們決定明年年初就搬家，可能會搬到一個很遠的地方去……」

北澤夏海抬頭看了看人行道。從便利商店裡悄悄溜出來的那幾縷燈光，照射著她那張眺望遠處的臉，發出了白色的光芒。

「到時也會和你分別……」

拿著果汁回來的森野在離我們不遠的地方停了下來。她微微靠在電線杆上，靜靜地望著我和北澤夏海。汽車從路旁的公路上飛馳而過，揚起一陣風，她的頭髮在風的吹拂下飄舞起來。總讓人覺得她如同一根火柴，一副弱不禁風的樣子。

「你們談完了嗎……？」
森野不耐煩地問道。我回答說還有一會兒，森野垂頭喪氣地嘀咕了些什麼，便轉過身去，背對著我和北澤夏海。我們之間隔有一定的距離，所以我沒聽清楚她到底在嘀咕什麼，但我卻可以清楚看到她那狹窄而弱小的肩膀。
「森野會不會……」
北澤夏海看了看森野，然後又看了看我，吞吞吐吐地說。
「怎麼了？」
「不，沒什麼……但是森野會不會誤會你和我……那件事你還是不打算告訴她嗎？」
「不到萬不得已的話，我是不會告訴她的。以前她被殺人魔捉去時，我也是這樣的。」
「但是，這樣一來她不就不知道你一直在保護著她了？……阿樹，你來廢墟是為了救我嗎？還是想要徹底排除可能會降臨到她身上的危險？」
北澤夏海緊盯著我的瞳孔繼續說道。
「果然是這樣。你是因為深愛著森野，所以才來廢墟的。」
其實，那並不是愛情，而是一種執著……
我並沒有說出口，卻在心裡這樣解釋。
北澤夏海把視線從我身上移開，若有所思地望著遠方，並用右手撫摸著左肩。
「妳的肩膀受傷了嗎？」
我問她。只見她搖了搖頭，微笑著說：

「沒有，只是他在離別之際，把手放在我這裡而已……」
「他？」
「不、不，沒什麼。對了，你打算讓森野等多久？」
我對著斜靠在電線杆上的森野的背影說，我們已經談完了。
森野陰沉著臉，默默地走了過來。仔細一看，她手裡只拿著一瓶橘子汁，於是我便對她說：「這裡有三個人，不是應該買三瓶嗎？」她回答道：「我在那邊等得太久，就把那兩瓶喝光了。」看來，她也不會把手裡剩下的那瓶遞給我們兩人任何一個了。雖然她臉上沒怎麼顯露出來，不過她似乎真的有些不高興。
我們三人一起朝著車站的方向走去，我和北澤夏海並排走在前面閒聊，暢談著搬家及上大學後的事。雖然這些都不是什麼有趣的話題，我卻習慣了應和別人。北澤夏海似乎很高興，偶爾還夾雜著燦爛的笑容。
森野緊跟在我們身後兩、三步的地方。在和北澤夏海閒聊時，我也會不時回頭看看，只見她盯著自己的腳尖默默地往前走，單手提著書包，而另一隻手無奈地拿著果汁瓶。長髮垂了下來，遮住了她的臉。
她一直保持著沉默，從未試圖打擾我和北澤夏海的對話。她在教室裡也是這樣，在我和別人閒聊時，她絕不會主動插入，雖然總是用斜眼瞟著我，然後裝作一副滿不在乎的樣子從我的身邊走過。
不一會兒，我們便來到車站前的廣場。天色已經完全暗了下來，四周的商店吵吵嚷嚷好不熱鬧，店前的彩色廣告招牌以及店裡的霓虹燈把道路照得通亮。

現在正是放學與下班的尖峰時間，歸心似箭的行人使車站變得格外擁擠。巨型車站的一樓被建造成四方形的隧道，作為車站入口。車站就像用入口呼吸似的，大量的人群不斷地進進出出。

我和北澤夏海在車站的入口告別，她說了聲再見，揮了揮手便離我和森野而去。她似乎要買票，正朝著自動售票機走去。猶如科幻電影裡的太空船躲避流星群般，她不停地閃躲來往的行人，並漸漸地遠去。在自動售票機前排列著一條長長的隊伍，她站在隊伍的最後面。

為了不擋住匆忙的行人，我和森野站在車站的牆邊。我和她都不喜歡吵鬧及人群擁擠的地方，要是在那些地方待久了的話，頭也會變得疼痛難忍。

車站的牆壁是用很光滑的大理石砌成的，牆上每隔一定的距離就貼有一張女模特兒的巨幅化妝品廣告，森野將身子斜靠在其中一張上。我對森野說：

「親眼看到北澤夏海和她被殺死的姊姊長得一模一樣，妳一定很吃驚吧。」

「我倒是覺得，你可以在不同的人面前用不同的態度，難道不累嗎？」

森野把雙手交叉在胸前說。她右手握著的果汁瓶，從她的左手下方探出頭來，果汁應該已經被她的體溫溫溫熱了。

森野用眼睛指了指站在隊伍中的北澤夏海說：

「無論是她還是你，都可以很自然地露出笑臉，我覺得太不可思議了。」

「我可不是覺得好笑才笑的啊。」

無論和誰交談，我從來都沒有發自內心地愉快過，總是覺得自己處在一個深不見底的黑暗深淵裡。但是，我卻依舊毫無意識地繼續展現我的演技，只為了避免和別人交談時產生摩擦。

「更何況，最近也很少見她笑過。雖然妳剛才看到她和我閒聊時偶爾會露出笑容，但之前的她並不是這樣。」

聽我這麼一說，森野有些不解。

「平常的她不怎麼愛笑嗎？這可真有些想不到，她看上去很開朗的呀……」

於是我簡單地跟她解釋北澤夏海與她姊姊之間發生的那些不愉快的事。

兩個長得相似的姊妹，卻長期關係疏遠，於是她總覺得自己被姊姊厭惡，漸漸失去了笑容。

森野默默地仔細聽著我的描述，沒有打斷我的話。

「我因為好奇，也參加了北澤博子的喪禮，所以我看過她燙頭髮以後的相片。在喪禮上，夏海告訴了我這一切。然而就在幾天前，她發現了錄有北澤博子生前遺言的錄音帶……」

北澤夏海終於和已經去世、永遠無法見面的姊姊再次相聚了……

為了避免事情會愈來愈複雜，我沒有告訴森野關於兇手以及昨晚所發生的事情，只是告訴她錄音帶的內容，並解釋可能是因為錄音才使北澤夏海的心理產生了變化。

我突然回想起昨晚看到那個懷裡緊抱著收錄音機、蜷縮著身體坐在廢墟地面上的北澤夏海。那個時候的我正單手拿著刀，在那個少年的衣服上擦拭刀上的血漬，聽著北澤博子的獨白，我的腦海裡也浮現出她們姊妹小時候一起玩耍的情景。

直到我把她們姊妹的回憶等事情講完了，森野還是保持著雙手抱在胸前、斜靠在巨幅廣告上的姿勢，只是眼睛微微凝視著下方，似乎在默默地思考著什麼。在車站白色燈光的照射下，她的下眼皮清晰地映出睫毛的影子。

「……我整理的剪貼簿資料裡，沒有發現你所說的這些情況。」

不久，她用幾乎聽不見的微弱聲音這麼說，然後慢慢轉過頭，看著正在自動售票機前排隊的北澤夏海。

排列的隊伍漸漸往前移動，終於輪到北澤夏海，她把硬幣投入自動售票機裡，並按下機器的選擇鍵，買了一張到最近的車站的票。來來往往的人群幾乎淹沒了她，勉強可以看到她那忽隱忽現的背影。

森野鬆開了交叉在胸前的雙手，並瞄了一眼握在右手的果汁。

原本斜靠在牆壁廣告上的背挺直起來了，一頭長髮也隨之移動著。宛如停止流動的河水再次靜悄悄地流動似的，森野輕盈地走了出去。

由於這一舉動過於安靜，直到她開始走動的那一瞬間，我都沒有回過神來。起初我不知道她到底想做什麼，只是目光跟隨著她遠去，當她的背影快被擁擠的人群淹沒時，我終於反應過來，並追了上去。

北澤夏海就在她視線的前方，已經買好了票，正朝驗票口走去。森野夜就像個夢遊者，踏著看似漫不經心的步伐朝北澤夏海走去。然而，她似乎還沒有習慣在人群中穿梭，不斷撞到來往的行人。無論是身穿西裝趕路的男士，還是年輕的女士都在躲避著她，但她卻像故意瞄準似的，逐個衝撞著他們。每撞一次，她都會被反彈得倒退幾步，然後捂住鼻子繼續往前走。從我來到這個世上那天起，就從沒見過像她那樣笨拙地穿梭在人群中的人，因此，我輕而易舉就追上了她。

就在此時，北澤夏海已經穿過被紛雜的人群簇擁著的驗票口。驗票口的數量比來往的行人要少得多，所以大量的人都匯集在幾個驗票口前。在我和森野面前有無數張臉以及無數個背影擋住了我們的視線。不一會兒，北澤夏海就消失在我們視野之中，看來她並沒有注意到森野，所以直接進了月台。

森野又撞上了一個行人，那是個體格非常高大的中年男子，就像三輪車撞到卡車上一樣，她被反彈了回來，向後踉蹌了幾步，因為我跟在後面，所以正好倒在我身上。她的頭正撞到我的下巴，這是近幾個月來我所發生的事件中受傷最嚴重的一次。但森野似乎沒有注意到我，只顧一個勁地望著北澤夏海消失的方向。她重新端正了姿勢，稍稍有些躊躇地拉長了下巴，聳了聳肩，然後大聲叫了出來。

「夏海同學！」

實在無法想像她可以發出這麼大的聲音，不禁讓我覺得在她那纖細身體裡的某個地方，安裝了一個擴音器。周圍頓時安靜下來，嘈雜的腳步聲、說話聲等，所有的聲音，都在一瞬間消失了。來往的行人們吃驚地停下了腳步，默默地注視著她。

森野繼續朝著北澤夏海消失的驗票口走去，停下腳步的行人都躲閃開，為她讓出一條路來。我也緊跟了上去。

不一會兒，本是嘈雜的四周又再次恢復先前的喧嘩，行人又開始繼續行走。此時，森野已經跑到了驗票口。她平常並不是乘電車上學，所以沒有車票，也沒有月票，因此她過不了自動驗票口，只好在票口前停了下來。

「森野同學？」

北澤夏海的聲音傳了過來，她的身影從驗票口對面的人群裡鑽了出來，也許是聽到有人叫自己名字才回來的吧。她一副吃驚的樣子跑了過來，站在森野的正對面。森野擋住正湧向驗票口的行人，周圍突然變得更加混亂起來，但森野卻滿不在乎。

「夏海同學，這個給妳。」

森野越過驗票口，把握在手裡的果汁遞了過去。

「啊，謝謝……」

北澤夏海不解地接過果汁。

「剛才我對妳有點生氣，真是對不起，本來應該好好和妳聊一聊的……聽說妳和妳姊姊和好了，是吧？」

無法通過驗票口的行人愈聚愈多，他們都不耐煩地盯著我和森野。車站工作人員看到這邊的混亂，正朝著我們這裡跑來，於是我急忙拉著森野的左手想要帶她離開，但她只是扭著身子反抗著我，卻沒有離開北澤夏海。

「我和姊姊也在吵架……有點不對……不管怎麼說，我只是想對妳說，恭喜妳們重新和好。只是這樣而已。」

森野說完，就被我拉著退到驗票口旁邊。她非常輕巧，彷彿沒有受到地心引力似的。人潮開始湧動起來，如同洪水般在我和森野面前湧了過去，不一會兒，北澤夏海便被人潮所淹沒，消失得無影無蹤。就在剛才，我還聽見她對森野說了聲謝謝。

森野這才放下心來，全身的力氣都從身上溜走似的，被我輕易地牽著離開驗票口。我突然發現她手裡的書包不見了，眼睛四處搜尋之後，發現書包就放在剛才她站著的牆邊上。

我牽著森野的手走回那幅巨型外國女人的廣告前。拉著她在擠攘的人群中穿梭並不是一件容易的事，必須照顧她免得被來往的人潮沖走，她根本不看前面，只是低著頭，呆呆地盯著地上，嘴巴不停地抖動著，似乎在嘀咕著什麼，但在嘈雜的人群中我什麼也聽不到。

我們終於從人潮中走了出來，擠到書包所在的地方，這時我才聽清楚她嘴裡的嘀咕聲。

「神山和我完全不同……」

她似乎已經反覆地叨念了這句話好幾遍。

現在她得獨自從車站走回家去，而我也要搭電車回家了，這樣她只能一個人上路。森野的精神狀態似乎有些不佳，我無法肯定她一個人是否能夠平安回家。

「起初，我覺得你和我有些地方很相似，跟你在一起時，有一種和姊姊在一起的感覺。但是我錯了，我們並不一樣……」

森野的書包是純黑色的。我把書包撿起來，放在她的手上，但我立刻聽到書包掉在地上的聲音。

我又把書包撿起來，並再一次放在她的手上，然而依舊沒有任何反應。她似乎已經沒有抓住書包的力氣，手指禁不起書包的重壓，書包提帶從她手上滑了下去。

「神山，我覺得你常常在違背內心地傻笑。我這麼說要是讓你不高興的話，我向你道歉……也許是因為我所認識的你，和那個在別人面前強顏歡笑的你完全不同，我才會有這樣的感覺吧……有時我覺得你真的很可憐……」

森野低著頭這麼說著，聲音有些發抖，就像快要哭出聲的孩子。

「我先聲明一下，我可不是這樣子的……」

她抬頭望著我的眼睛。由於我的個子比她高，所以她站在我身旁時，要抬著頭才能看到我的臉。她的臉上雖然沒有任何表情，但眼睛卻有些泛紅，水汪汪的。

「妳想說的我早就知道了。」

她雖然聽到了我的聲明，但依舊沉默了一會兒，接著又低下頭說：

「是嗎？那就好了……我剛才說了些奇怪的話，真是對不起……」

我把撿起來的書包又一次遞給她，她卻像什麼也沒發生過似的接了過去，牢牢地抓住了提帶，這次書包沒有掉下去。

她把視線轉向來往的人潮。左邊有來往的行人，右邊也有來往的行人，我不知道她究竟在看什麼，只知道有川流不息的人群從我們面前經過。這時，她靜靜地說：

「我覺得夏海的故事真的很動聽，我很羨慕她……」

我沒有再扶著她，她又恢復以前的樣子，並轉身往回家的路上走去。我們連告別的話也沒說，各自朝著相反的方向離去。

森野前往拍紀念照之卷

0

舊約聖經裡提到的形像禁止，說得更準確一點，其實是指「偶像崇拜」。為了避免這樣的批判，在聖像擁護方面引進了「崇拜」與「崇敬」的差異。

換言之，聖像的使用並非崇拜聖像，而是為了想起聖像所呈現的意義，對聖像該抱持敬意來對待，但它自始至終都不是崇拜的對象。在聖像擁護論中，聖像常被比喻成「愛人的圖像」。愛人的圖畫或照片，並不是愛人本身，但如果思念分隔兩地的愛人，就會很珍惜這樣的圖像。同理，聖像是透過其形像來讓人想起上帝或聖人的存在，以及祂們的事蹟。此乃其主張。

1

因工作的緣故，我在看照片時會將裡頭拍攝的景物分解成各種資訊。以構圖、陰影、鏡頭，以及其他要素來加以掌握。思考這些要素要如何調配、引發化學反應，來為觀看者帶來感動。

我很難不去注意到「記號」這個語詞。我認為拍照這種行為，是將記號塞進方形的框架裡，或是發現這樣的記號。就算在沒有明確意圖下按下快門，就大部分情況來說，也會拍出資訊量相當高的風景。各種的資訊散布在照片裡，不清楚眼球該望向哪裡，視線該定向何方。於是攝影者要掌控各種要素。看是要加強照明，讓陰影加深，還是要在鏡頭和光圈上多加巧思，製造景深效果，這都視個人美感而定。像這樣擷取自然界，就會從中產生某種記號。記號性會清楚明瞭地告訴照片的鑑賞者，這是一張怎樣的照片。

另一方面，漫畫或動畫不正是以相反的步驟構成的嗎？它們原本就是從記號出發。圓和方的組合逐漸複雜多樣化，往自然界的樣貌靠攏。從記號轉往自然界的這種向量，與擷取自然界轉化為記號的照片完全相反。

在我的想像中，記號是一種語言。人活在世上，為了要與他人溝通，非得加以運用不可。當人們要創作作品時，也非仰賴它不可。

有件事絕不能忘。那就是記號本身沒有含意。人們不會對圓形或方形產生感動。那只不過是記號罷了，沒其他含意。崇信記號，即是偶像崇拜。

有些宗教禁止偶像崇拜。根據多年的經驗，人們應該明白，我們人無法畫出神的形體，也無法做成雕像。在畫成圖畫的那一刻，那就已不是神，在刻成雕像的瞬間，那就是冒牌貨。在呈現出的瞬間，其神性便已剝落，遠離其本質。所以畫成圖畫的，都是神所接近的人物，例如耶穌和瑪利亞，就連耶穌的父親上帝，也很少看到相關的畫像。耶穌和瑪利亞之所以能夠呈現，就只是因為他們本身就是記號，用來表示神的居所。

我一位編輯朋友曾在另一種觀點下說過類似的話。他是一名小說編輯，不過他說，在戀愛小說裡，最重要的就是避免使用「我愛你」這句台詞。不是直接說出「我愛你」這句話，而是得透過文脈來向讀者傳達這份情感。「我愛你」這句台詞始終都是記號，它不包含登場人物的心情。應該描繪的核心先保持空白，描寫時就像在填滿周邊一樣，在文脈中讓讀者自行想起。說起來還真是奇怪，小說家最想寫的事，偏偏不能寫。

還有另一個個人經驗。這是關於少年漫畫裡最終大魔王的樣貌。主角最後面對的敵人，往往都會籠罩在身分不明的暗影下。處在這種狀態時，看起來最為詭異。不過，當來到最終回時，就會直接描寫出最終大魔王的樣貌。這時原本的詭異瞬間消失，感覺層級驟降，變得和其他登場人物差不多水準。這難道就不能想想辦法嗎？要是有從頭到尾都不現身的最終大魔王，那可能就是支配整個故事的神了。

回到原本的話題。記號給人固定的印象。但真正有份量的，是處在記號與記號夾縫間的文脈，以及位於記號背面的世界。記號本身不具感動。所以我在拍照片時，都會盡可能將記號性排除。但我能操控的範圍終究有限，結果往往無法盡如我意。而最令我傷腦筋的，就是拍攝對象。

十二月六日晚上，我殺了一名少女。

這並不是我第一次行兇。

她是第四個人。

一名我才剛邂逅的黑髮少女。

普世歡騰！救主下降。
大地迎接君王；惟願眾心預備地方，
諸天萬物歌唱，諸天萬物歌唱，
諸天，諸天萬物歌唱。

便利商店裡傳來讚美歌的樂聲。是少年少女聖潔的歌聲。似乎是以聖誕歌當背景音樂。我買了熱咖啡和礦泉水，返回車內。發動引擎後，隔著玻璃望向車外。一長排的住宅大樓，中間適度的夾雜幾分綠意。明明是大白天，路上卻不見人蹤。車窗因為咖啡的熱氣和我呼出的氣息而變得迷濛。

我從便利商店的停車場出發，駛向郊外後，住家逐漸變得稀稀落落。越過河川後，遠方的山形輪廓愈來愈清晰。駛進山路後，道路開始變得狹窄蜿蜒。雜草緊纏著滿是鐵銹的路旁護欄。車身搖晃，放在行李箱內的相機、三角架，以及其他物品，發出碰撞的聲響。出遠門時，為了謹慎起見，我會將攝影所需的器材全部帶著走。汽車的前座手套箱裡放有攝影會用的藥物。

最近我暫停一切活動。我正為了該繼續下去還是就此抽手而苦惱。望著以前我所拍的照片，努力想憶起當時那份純真的感覺，但還是提不起幹勁，就此過了一天。再這樣繼續下去，有什麼意義呢？只要我有心，就能過著更豐足、安穩的人生。但我心中仍懷有一份眷戀。所以今天我才會想去那個地方看看。

馬路在途中與鐵路交會。最近如果上網搜尋這處地名，能查出許多鬧鬼的傳聞，變得相當熱門。不知從什麼時候起，這條山路變成拍靈異照片的熱點。

世人都相信，那是七年前在此遭殺害的那名女高中生的鬼魂。網路留言版上似乎寫有許多目擊經驗和靈異體驗，也陸續有人打電話到鎮公所詢問相關消息。而鄰近的小學，也因為學生們對這項傳聞感到害怕，而召開教職員會議。

這都和我無關。

不，也不能說完全無關。

怎麼說都行。

下午兩點半。不知不覺，道路已來到山嶺。這種地方也設有公車站牌。會在這裡下車的人，到底是懷有什麼目的呢？

我在一處空地停好車。走出駕駛座後，冷冽的寒風令我不自主地縮起脖子。這一帶是落葉林。每到冬天的某個時期，森林的樹葉凋零，只剩形狀扭曲交纏的樹枝。枯葉覆滿地面，很快就會化為腐葉土。

緊鄰道路旁，枯樹叢生的地帶，途中有數公尺寬的間斷處。那裡有一條通往落葉林深處的小徑。地面沒鋪柏油，車輛無法進入。一股懷念之情油然而生。不過有一點和我的記憶有所出入。小徑的入口處架起有刺鐵絲網，並設置了寫有「垃圾處理廠興建預定地」的看板。

有刺鐵絲網就只架設在小徑入口處，不具任何阻擋效用。從馬路穿過枯樹中間，就能走進小徑。我朝落葉林深處而行。如果天氣暖和，眼前的景致倒是很適合健行。不過現在因為寒風刺骨，只會讓人感受一股肅殺之氣。彷彿只要輕輕一捏就會斷折的纖細樹枝，以宛如鋼筆畫中陰影部分的筆觸相互重疊，遮蔽了小徑的頭頂以及兩端。

很快便來到一處開闊之地。這裡和小學操場一樣寬闊。地上一整面都是枯草。也沒什麼特別的景物。可能最近就會動工興建垃圾處理廠吧，單純只是一片荒地。這裡就是我的目的地。

但我沒料到會在這裡遇上別人。

我停步，保持警戒。在這片寬敞的枯草荒地中央，有一道人影。對方的身分要是對我不利，那我非逃不可。今天如果有人會來這裡，那應該就是警察了吧。要不就是七年前喪命的那名少女的親人。

那道人影發現了我，就此回頭。她一頭披肩長髮，身上穿著制服，外面披著大衣，清一色的黑。右手拎著書包，左手插在大衣口袋裡。她的站姿帶有一股物理性的壓力，深深刻印在我腦中。

我們兩人視線交會。明明只是短暫的瞬間，卻感覺像是凝望良久。少女朝我走近。她的腳步不帶半點畏怯。她從大衣口袋裡抽出左手。手中握著一台小型數位相機。

「可以幫我拍照嗎？」

如果這裡是觀光景點，她臉上掛著微笑，那就很容易理解了。但這裡是景致單調、不這少女的長相給人的感覺就是如此。

值一看的荒地。

「拍照？」

少女來到與我間隔幾步的距離後駐足。

「我要在這裡拍幾張紀念照。」

就近細看後，益發覺得欠缺現實感。這少女的長相給人的感覺就是如此。

「在這裡拍紀念照？」

她不發一語地點頭。

「妳知道這裡是什麼地方嗎？」

她再次點頭，轉頭望向身後。四周受落葉林環繞的這處場所，觸目所及只有枯樹和荒草，看不到任何生物。雪白的氣息從少女的唇際呼出，融入空氣中。我很驚訝。她知道這裡是棄屍現場。

七年前的十二月中旬，在這裡發現了女高中生的遺體。發現者是到這裡非法丟棄垃圾的一對中年夫婦，如果當時他們沒發現屍體的話，或許要等到春天才會有人發現。透過女高中生身上的物品，很快便查出她的身分。她是在發現遺體的一週前，亦即十二月六日晚上便下落不明的少女。

驗屍的結果得知是他殺，不是自殺。死因是遭人注射高濃度的氯化鉀，造成心跳停止。少女被人發現時，身上穿著制服，沒有遭人侵犯的痕跡。據說少女橫躺的模樣，就像在樹下休息一般。而更受世人矚目的，是少女的遺體旁有架設三腳架的痕跡。地面形成三個凹陷點，而且在多處都留下了痕跡。從三個凹陷點的距離和深度研判，這些是相機用的三腳架，推測兇手似乎對少女的遺體進行拍攝。

「呃，妳……」

「我姓森野。」

少女如此說道，遞出相機。我雖然有點不知所措，但還是接下了相機。

「為什麼要在這種地方拍紀念照……」

那位姓森野的少女沒回答，她朝荒地上唯一的一棵樹走去。靠向樹旁後，轉頭看我，以死氣沉沉的語氣說話，感覺就像是剛替死者上完香回來一樣。

「就在這一帶拍攝，麻煩您了。」

她就站在七年前那名少女的屍體所躺的位置旁。看來，她已經調查過哪裡是棄屍地點。這是現實發生的事嗎？還是有人設下陷阱想引我往裡跳？我拿起照相機對準她。這名姓森野的少女，並沒有比出YA的手勢，或是面露微笑，她就只是面無表情地站著。我按下快門。拍下的照片顯示在液晶螢幕上。真令人驚訝。活像是靈異照片。在背景的枯樹所造成的相乘效果下，這名直挺挺站著的少女宛如輪廓清晰的鬼魂。或許重拍會比較好。

「嗯，感覺不錯呢。」

看過我拍的照片後，森野如此說道。她似乎很滿意。

「這會是很好的紀念。」

宛如事前備好稿子一樣，她說起話來就像照本宣科。

「可以請你順便再多拍幾張嗎？」

森野說完後，直接朝樹下躺下。她的頭髮在地面上擴散開來，大衣整個敞開。

「妳想做什麼？」

「想當一具屍體。」

我等了幾秒，但她都沒補充說明。簡言之，這名姓森野的少女擺出七年前遭殺害的那名少女的模樣，希望我幫她拍紀念照是嗎？我發揮想像力，這才明白是怎麼回事。

我感到不知所措，將手中相機的鏡頭對準躺在腳下的這名少女。

「稍微左邊一點。」

我下達指示。這名姓森野的少女將身子往左移。這就對了。

正好與七年前那名少女所躺的位置重疊。

2

之前我拍過三個人的照片。第一位是七年前那名少女。因為直接將她擱置在拍攝現場，所以她深受世人矚目。之後的第二位、第三位拍攝對象，我小心翼翼地藏好，並撤離拍攝現場。拜此之賜，她們至今仍未被人發現。這兩名拍攝對象掩埋的地方，我上網搜尋，都沒傳出有身分不明的屍體被人發現的新聞，或是有鬼魂出沒的傳聞。她們肯定是被當作失蹤人口處理，遭家人或朋友以外的人們遺忘。

我第一次深深受照片所吸引，是我上小學前的事。家父是一位開業醫師，他桌上擺著X光照。透過X光顯影在底片上的陰影藝術，實在令人百看不厭。父親買來送我當小學入學禮物的相機，對小孩子來說，是很昂貴的高級品。

對了，我從那時候起就具有某種才能。我能看穿對方是否說謊。這並不是什麼超越常人智能的超能力。我只是觀察力比常人更敏銳罷了。只要看過對方眼睛的動態、臉部肌肉的狀況、手擺放的位置、身體的彎曲程度，我便能以很高的準確率判斷出對方說話是否屬實。與朋友玩卡片遊戲，我都一路連勝。誰討厭我，誰喜歡我，我一看便知。

在大學攝影系的課堂中，規定必須以人物當對象拍攝時，我感到很頭疼。拍攝對象的笑臉、冷酷的表情，看在我眼裡都覺得都很虛假。簡單來說，這些拍攝對象的表情就只有虛偽。雖然我和他們交談，想讓他們顯得自然一點，卻還是不管用。不過，說來也真不可思議，我所拍的人物照片頗獲好評。這應該是我努力想排除攝影對象的虛假所帶來的結果吧。透過別人的眼睛來欣賞我的作品時，照片中似乎會帶有一股逼真感。於是我開始以人像攝影師的身分投入工作，並得到不錯的評價。但每次拍照時，我心中總帶有莫大的絕望。

每當鏡頭面對自己，人們總會想要扮演好自己。這是無可奈何的事。可說是出於人類的一種防衛本能。拍攝的一方和被拍攝的一方，他們的關係就像持槍的一方和被瞄準的一方。面對昏暗的槍口，沒有人可以完全不當一回事。而在拍照時，那就是以扮演自己的形式來呈現。以此展開防衛，避免自己的內心毫不掩飾的被人拍下。

是拍攝對象的自我意識，以及被人盯著看的感覺，讓人這麼做。只因為相機的鏡頭就在眼前，拍攝對象會無意識地做出虛假的表情。這時候做出的表情或動作，全都帶有記號性。是為了讓身為拍照者的我，或是欣賞照片的人能夠接受，而特別安排的演出。

記號就是記號，沒其他價值。它的存在，理應是為了讓人想起應該描繪出的本質。

作品中真正重要的，就是要讓人回想起，由接觸作品的人們去想像，一定要有可讓人想像的空白。然而，拍攝對象的意識開始在鏡頭前扮演自我時，自然純真就會從照片中消失，變得索然無味。理應是促成人們想像的記號，變得過度肥大，壓垮了空白的部分。這種行為就如同是一味地稱頌十字架，卻藐視上帝。

我在拍照方面非做不可的一件事，就是抗拒拍照對象的自我意識。我就如同要從自我意識所打造出的高牆中找出縫隙，從中開槍般，按下了快門。但到頭來，我從未對自己所拍攝的照片感到滿意過。

要怎麼做才能拍出我所追求的照片呢？在拍攝風景或靜物的照片時，我會感到內心祥和。但從小就常仔細端詳人們面容的我，還是很喜歡人們的臉。想以人們當拍攝對象，拍出我所追求的照片，而拍攝對象的刻意演出是一大阻礙。

當時我一位編輯朋友讓我看一張照片，給了我答案。

照片中是一名少女。

儘管鏡頭對著她，她也沒刻意演出，一個沒有自我意識的拍攝對象。

具有激起人們想像力的空白

只要我自己做出這樣的拍攝對象就行了。

當時我恍然大悟。

七年前，我讓那具屍體躺下的地方，現在躺著另一名少女。這名自稱姓森野的少女，儘管頭髮和衣服沾染了泥土，似乎也不以為意。我手裡握著她交給我的小型數位相機，在她的視線範圍內移動。我的影子映照在她的眼球表面上。但她的眼瞳仍舊望著天空，一動也不動，視線未跟著鏡頭走。我不斷按下快門。少女的皮膚白皙透亮，可以看見藍色的血管。她的左眼下方有顆小小的黑痣，宛如淚痕一般。她手腕有傷疤，似乎曾經割腕。黑色的水手服前方繫著紅色的緞帶結，制服上繡著校徽。我窺望女子的眼睛。她的瞳孔緊縮。這表示她還活著。但就算我為了看她的眼睛而把臉湊近，她也不顯半點驚慌，臉也沒往後縮，我對她的精神狀態感到興趣濃厚。

她所聲稱的紀念照，我一共拍了十張左右。少女站起身，默默拂去頭髮沾惹的枯草碎片。我心頭感到遺憾。我所拍的這些照片只算是暖身運動。我就此對這位拍攝對象產生興趣。我想將她收進我的底片裡。不是用這種小台的數位相機，而是用我放在車上的器材來拍攝。這可不像我在工作上承包的那種和電影合作的偶像寫真集。

我想將這位美少女的遺容拍成照片，隨身攜帶。要是能坐在星巴克邊喝咖啡邊欣賞照片，那可是一大享受呢。

「拍得很好。」

那名姓森野的少女用數位相機的液晶螢幕確認我拍的照片後，點頭表示讚許。照片裡的她，眼中不帶半點光芒，眼瞳宛如黑洞。拍得就像屍體一樣。她似乎就是中意這點。

森野將數位相機收進書包裡。有個紅色之物從我野線角落掠過。她的右手手背因刮傷而泛紅。我仔細望向她剛才躺的位置，發現地上有許多突尖的石頭。眼看她的傷口已開始滲血。

「妳不要緊吧？」

她沒回答，面無表情地注視著自己的右手手背。我暗自想像，這名少女就算是被人用小刀刺中，應該也一樣面無表情吧。

她從書包裡取出繃帶。是醫院裡使用的繃帶。她的書包裡隨時都備有這種物品，著實令人吃驚。她動作笨拙地用單手纏起了繃帶。

「我來幫妳吧。」

她沒回答。她的右手雖然纏了白色繃帶，但纏得鬆鬆垮垮，似乎很快便會脫落。雖說她是靠單手處理，但就算不去計較這個因素，她還是纏得很糟。

「現在的女孩子都會隨身攜帶繃帶嗎？」

「因為我喜歡纏繃帶。」

那她應該可以纏得更好才對，難道她天生就手拙嗎？

森野這名少女左手拎著書包，纏著繃帶的右手則是插在大衣口袋裡。長髮就像流水般，垂掛在她纖瘦的雙肩上。她完全沒看我，視線投向昔日那名少女躺臥的地方。我也不發一語地朝那裡凝望了半晌。

「那麼，我先告辭了。」

森野呼出雪白的氣息，往後轉身，邁步朝通往馬路的小徑走去。

我雙腳很自然地追循她的腳步。

「妳待會兒要怎麼回去？」

「坐公車。」

我原本一直很納悶，不懂有誰會在深山野嶺的公車站牌等車，結果眼前就有這麼一位。

我們走進小徑。形成她走前方，我跟在後頭的態勢。由於小徑路窄，無法併肩而行。每往前踏出一步，乾癟的落葉就會發出碎裂聲。這條未鋪柏油的道路，處處都有樹根裸露，橫陳眼前，但因為被樹葉掩埋，不易看出。我一直很擔心她那黑色小鞋會被樹根絆倒。

太陽逐漸傾沉，十二月寒冷的天空正逐漸轉為黃昏的色調。通往外界的山路走完一半時，森野轉頭斜眼瞄了我一眼。她那白皙挺直的鼻梁，就像X光照片裡的肋骨一樣，令觀看的我深受著迷。

「對了，你會路過那樣的地方，還真巧呢。」

「咦？」

「因為那裡禁止通行。」

她似乎滿心以為我是碰巧路過那個地方。

「不可能那麼湊巧吧。」

「不然是為什麼？」

「我是來勘查建設工地。」

雖然不喜歡說謊，但我還是說了。少女心領神會地頷首。

宣布要在剛才那塊荒地上興建垃圾處理廠，已是半年前的事。過不了幾個月，這片四處被枯木包圍的場所，就會開始翻土、灌漿，景致整個變貌。反對這項垃圾處理廠興建計畫的人也不少。最近在這個地區蔚為話題的鬧鬼傳聞，恐怕是反對計畫的那群人刻意散播的消息。如果在發現屍體的命案現場蓋那種東西，會帶來災厄哦，這是他們做出的抵抗。當然沒有任何證據。

「對了，今天是忌日。是發現屍體的命案現場保有原來樣貌的最後一次忌日。」

七年前的今天，十二月六日，少女命喪於此，就死在我的臂彎中。這名姓森野的少女為什麼會選在這天造訪這個地方呢？而我又為什麼選在今天來到這裡？如果這兩個問題都有原因的話，今天肯定就是十二月六日。

「剛才的照片真像羅沙麗亞·倫巴多。」

我此話一出，少女邊走邊轉頭看我。不知道她那輪廓漂亮的頭蓋骨內，正展開什麼樣的思考。很快地，少女的柔唇傳來回應。

「你呈現出的氣質，跟我朋友很像。或許就是這樣，我們才談得來。」

我不記得我們有過什麼熱絡的對話，但是對她來說，今天似乎就已經算話多了。

「妳那位朋友和我哪裡像？」

「他也知道羅沙麗亞。」

羅沙麗亞。我在心中默念了一遍，心情轉為嚴肅，有股類似接觸偉大藝術時的感動。但她不是藝術品。她是一具屍體。

小徑來到盡頭，我們避開有刺鐵絲網，來到馬路上。鋪柏油的路面橫亙眼前，心中湧現一種回到人間的感慨。站在寫有「垃圾處理廠興建預定地」的看板前，可以望見我停在路旁空地上的轎車。

「謝謝你拍的照片。」

森野打算一路用走的。我們就此簡單且灑脫的道別，但接著她就像想起自己忘了什麼似的，陡然停步，轉頭望向我。

「對了，你看到我沒嚇一跳對吧？」

「咦？」

「我從公車站牌走到這裡的途中，有幾輛車和我擦身而過，但駕駛一看到我，個個嚇得臉色發白。」

我差點不自主地笑了起來。

「應該是他們全都誤以為妳是鬼魂吧。」

經這麼一提才想到，傳聞中那個鬼魂的樣貌，像極了這名少女。烏黑的長髮，黑色的水手服。

「你看到我，卻沒嚇著。」

「因為我是無神論者。」

「意思是你認為神並不存在嗎？」

「沒錯，根本沒有神。」

森野的視線從我身上移開，朝自己腳尖注視了約五秒之久。很難理解她這個動作有何含意。她猛然轉身背對我，從書包裡取出手機，一面向某人傳簡訊，一面朝公車站牌走去。

我打開車子的後車箱，確認攝影道具全都放在裡頭。有相機、三腳架、反光板、小刀、繩索、手銬。我坐上駕駛座，打開前座手套箱。裡頭有裝著氯化鉀的小瓶子、醫療用安眠藥的藥錠、針筒。

我發動引擎，駕車前行，行駛了約三百公尺後，前方便是那滿是鐵銹的公車站牌。

那一身黑的少女拎著書包站在那兒。

我在森野面前停下車，打開駕駛座的車窗。

「下一班公車要等多久才會來？」

她朝我瞄了一眼，應道：

「九十分鐘。」

「那妳要不要坐我的車？」

森野搖頭。那是提防的眼神。

「天就快黑了，這一帶會變得黑漆漆一片。因為這裡沒設路燈。」

「我不怕黑。」

照啊。

她的聲音中帶有一股排斥感。她似乎誤以為我是在跟她搭訕，我明明只是想殺了她拍照啊。

「可是，或許會有熊出沒哦。」

「才不會有呢。」

「會被蟲子叮哦。」

「才不會呢。」

「也許殺人犯就躲在這一帶。」

「不會那麼湊巧。」

她把臉轉向一旁，沒看我。交涉結束。她全身散發出不耐煩的氣息，對我百般嫌棄。除了強行將她押上車外，再也想不出其他辦法了。我得小心，別在她臉上留下傷痕。要是讓她受傷，漂亮的遺容就泡湯了。為了展開行動，我打開駕駛座的車門。

就在這時，遠處傳來狗吠聲。

「可能是野狗吧。」

我轉頭望向遠方，如此喃喃低語。最近在都市裡已經看不到野狗，但這一帶似乎還有。

傳來打開後座車門的聲音。

森野不發一語地坐進車內，關上車門。

好了，我們走吧。她隔著後視鏡，以眼神朝我示意。

3

有人可以透過殺人得到快感。這我完全無法苟同，我和這種變態不一樣。如果可以，我也不想殺人。我甚至覺得可怕，但我需要面對鏡頭不會刻意做出虛偽表情的拍攝對象。

七年前的十二月六日，我在街角向一名年輕女子搭訕。起初我以為她和大學生差不多年紀。因為她有成熟的臉蛋、高眺的身材，而且穿著便服。但她其實是年僅十八的高中生，在放學回家的途中換上便服，直接來到街上。我問她制服怎麼處理，她說直接塞進背包裡。我們在電子遊樂廠一起玩，聊開了之後，共進晚餐。我將醫療用安眠藥的藥錠搗碎，溶入酒中讓她喝下。在車上和她聊些無聊的話題後，少女沉沉入睡。我把車停向路肩，從手套箱裡取出針筒和裝有氯化鉀的小瓶子，這些都是從我老爸的醫院裡偷來的。我以針筒抽出氯化鉀原液，針頭刺進少女的靜脈裡。少女醒來，想要抵抗。少女的手肘打中我的臉，我鼻血直流，血還滴到她的便服上，但少女似乎因藥效而昏昏沉沉，意識不太清楚，她的抵抗並未持續太久。幸好針頭沒斷，深黃色的液體透過針孔注入她體內。我緊摟著她的身軀，她的心臟很快便停止跳動。

我以手電筒照向腳下的地面，背著那冰冷的身軀，走在滿是落葉樹的小徑上。那天早上，我已事先將攝影器材搬來此處。我讓少女躺在那四面為枯黃森林包圍的荒地上，替我的攝影對象換衣服。因為她的便服上沾有我的鼻血，我打開她的背包，果真如她生前所說，她的制服就塞在裡頭。

事件爆發後，我看過相關報導。我替她拍照的事，以及幫她換上制服，帶走便服的事，警方已全都準確的掌握。現場留有腳印，而且有目擊情報指出，深夜時有輛轎車停在命案現場附近。我原本已做好心理準備，以為自己近日內就會被逮捕。但也不知我為何這麼走運，竟然沒落網，而且還接二連三又拍攝了兩個人。

我不論去哪裡，都會隨身攜帶她們的照片，在工作地點、公園，或是街角，獨自欣賞。當我突然感到孤獨，覺得呼吸困難時，只要看了照片就會覺得舒暢許多。當我有想哭的衝動，因沮喪而蹲坐在地時，是她們的照片拯救了我。她們沖洗出的遺容照，讓我聯想到其背後深遠的宇宙。那是神話，是慈愛。沒有血色的雙頰，散發出聖潔的光輝，什麼都看不見的眼瞳，反而像是注視著眼前的一切。

我從人們的表情中發現謊言和欺瞞。如果對方在演戲，我一看便知。不論對方以多和藹的神情靠近我，我也能看穿他的心思。人們都在扮演自己。父母、摯友、愛人，不管愛得有多深，謊言依舊蔓延。就像瘟疫般侵蝕周遭，滿不在乎地四處橫行，無法逃離。我自己也說謊，為了不被人討厭，口吐違心之言；因為害怕對方離開自己，而擺出討好的媚笑；因為懼怕與社會脫節，而偽裝自己。人們都不去正視這些偏差，似乎只有我，只有我的眼球，會對別人表情中的演出有所反應。我的內心片刻都無法休息。每次從自己所愛的人臉上看出謊言時，總會令我心寒。在這樣的世界裡，它是唯一值得我信賴之物。它能坦率與我相對，在我的視線注視下，它能完全接納我，不會架起高牆。讓我覺得可以倚賴它，完全委身於它。它就是存在於方形的相片裡，沒半點虛偽表情的女孩們。

我握著方向盤，行駛在蜿蜒的下坡山路。太陽已逼近西邊的地平線，天空染成一片赤紅。那是明亮的豔紅，宛如天空本身會發光一般。繞過彎道後，照進車內的陽光好似在流動般，變化萬千。那名坐在後座的少女，臉上形成的陰影也像軟體動物般移動著。天空的顏色猶如起火燃燒，但樹林卻已開始黑暗籠罩，兩者形成強烈對比。纖細的樹枝好像倒豎的女性長髮，塗上濃濃的黑影，無法看清裡頭細部的情形。車內正在播放FM頻道廣播，我原本猶豫著該不該改放音樂CD，但最後決定維持原樣。我開啟大燈，掃除前方的黑暗。

隔著後視鏡可以望見少女。這名姓森野的少女，拿起寶特瓶礦泉水喝了一口後，再度轉緊瓶蓋，默默的望向車窗外。那是我在去的路上買的水。我在開車時對她說「妳應該覺得渴吧」，遞給了她這瓶水。她在仔細確認過瓶蓋沒有開過的痕跡後，這才把嘴湊向瓶口。如果山嶺上有自動販賣機，有其他補充水分的方法，她應該就不會喝我遞給她的東西。

一想到她的遺容，我就按捺不住自己。我就像為愛痴狂般，心跳得又快又急。當這名少女的生命活動停止，失去體溫，成為沒有靈魂的空殼時，妙不可言的美麗空白一定就會降臨在她身上。

晚霞染紅了少女的側臉，不知從什麼時候起，她開始忙著操作手機，以沒纏繃帶的左手打簡訊。

「妳打簡訊給朋友，還是家人？」
我向她詢問。森野仍舊保持沉默。
「這麼說來，是男朋友嘍？」
「是朋友。」
她以不悅的表情回應。
「妳朋友多嗎？」
「只有他一個。」
她的話語中不帶半點虛假。經這麼一提才發現，與這名少女交談到現在，我還不曾因為她在我面前演戲或說謊而感到不愉快。雖然她對我抱持戒心，卻不會做出令人噁心作嘔的行為。例如明明不好笑，卻刻意以手摀口假笑。這女孩或許是那種不會為了交際應酬而和朋友一起玩樂，或是勉強配合別人話題的那種類型。她扮演屍體的演技一流，或許能成為我談戀愛的對象。不，說什麼蠢話。比起沉溺於戀愛這樣的行為中，我更應該讓她繼續留在照片裡才對。既然要她成為我的愛人，就要先讓她成為一具屍體。
更重要的是，少女稱呼她打簡訊的對象為「他」。性別是男性。是同學嗎？還是比她年長，像大學生這個年紀呢？雖然沒交往，彼此卻是朋友，這層關係耐人尋味。
「剛才妳打電話的對象也是他嗎？」
「……」
她沒回答。森野緊閉雙唇，望著窗外。她似乎無意繼續與我交談。我好像追問太多，惹惱了她。我很清楚自己不該問太多問題，但等她死後，就再也無法回答我的問題了，所以我只能把握現在盡量發問。

夕陽猶如熬煮過的血塊般，在窗外飛逝而過的樹木陰影遮蔽下，使得我們兩人所在的車內忽明忽暗。這是一條緩降坡路段。可能是這個緣故，車子就像要一頭鑽進黑暗中一般。

FM廣播正在播放耶誕歌曲特集，傳來〈平安夜〉這首歌的旋律。

「我第一次看到羅沙麗亞・倫巴多的照片時……」

我此話一出，後視鏡中的少女微微轉頭，以烏黑的眼瞳注視著我。

「不是有種叫陶瓷娃娃的人偶嗎？或者該稱之為球體關節人偶。我常在想，那類的人偶或許全都是羅沙麗亞的仿作。」

全世界最可愛的屍體，那就是羅沙麗亞・倫巴多。她來到人世後，只活了短短兩年的時光。她的父母悲慟欲絕，拜託醫生對少女的屍體進行防腐處理。那名醫師究竟是如何處理，長期以來一直無人知曉，因為那位醫生始終沒向任何人透露其做法。

羅沙麗亞的屍體一看就知道很與眾不同。她歷久不腐，始終保有鮮活的樣貌。人們對此感到既驚訝又畏懼，甚至從中感受到一股魔法的氣息，有些人則認為這是神蹟。死後至今已長達八十多年，少女仍是宛如沉睡般的安詳面容。如今她安放在義大利方濟嘉布遣會的修道院內，許多人湧入此地，想一睹她的遺容。根據現今的調查得知，她之所以沒腐壞，是因為變成屍蠟狀態。然而，儘管明白其科學方面的根據，但看到她容貌時所感受到的莊嚴氣氛依舊不變。那亮澤的頭髮和緞帶、就像要確認包裹身軀的棉布有多柔軟似的，縮在棉布裡的臉頰，這予人無限想像，彷彿她隨時都會睜開眼皮，露出惹人憐愛的眼瞳。我有預感，她會張開小小的嘴唇，以她剛學會的話語跟我說話。羅沙麗亞還活著，以屍體的姿態活著。

「我望著羅沙麗亞的睡臉，感覺彷彿自己也能看見她所作的夢。」

「……」

我試著等候了一會兒，但森野沒回答，她似乎還是無意和我交談。後視鏡中的少女，視線落向手中的手機，也許對方回她簡訊了。

我很想快點將氯化鉀注進她的靜脈，但在注射前，還是得像往常一樣，事先讓她服下其他藥物，使其昏迷。如果事先削弱她的力量，就算她反抗也沒什麼好怕的。運氣好的話，她或許會就此沉睡。我的前座手套箱裡放有醫療用安眠藥的藥錠，只要將它搗碎，放進她喝的寶特瓶礦泉水內就能搞定。如果是她自己打開瓶蓋的寶特瓶，肯定會毫無防備的喝下它。

此時坐在後座的她，將那瓶礦泉水擺在自己左側。我一定得偷偷朝寶特瓶裡下藥，不讓她察覺。這是一項難度很高的作業。

「果然很像。」

少女說。

「像什麼？」

「你看我的時候，眼神很像我朋友。」

「我？」

後視鏡裡的森野微微頷首。

「嗯，不管怎樣，妳現在心情變好了，真是太好了。」

「心情變好？」

森野側頭感到納悶。

「妳之前不是一直在生氣嗎？」

「沒有啊，我心情很一般。」

「可是我跟妳說話，妳不是都不回答嗎……」

「我在思考該怎麼回答時，花了點時間。後來覺得，現在的氣氛不適合回答，所以索性保持沉默。」

雖然她臉上沒什麼表情，但不像在說謊。重要的是，我甚至從中感覺到，她能一口氣說完這一長串話，沒中途卡住，似乎她自己也覺得鬆了口氣。她臉上的慍容，好像也不是在生氣，那是她的制式化表情。

「妳朋友和我真的長那麼像嗎？」

「臉長得不像，但氣質很像。」

「叫什麼名字？」

「我朋友嗎？」

「對。」

「他的名字……」

少女望向窗外飛逝的樹木。她映照在後視鏡中的側臉，令我看得入迷。就像水面蕩漾般，她情感的變化顯現在表情上。感覺孤單、微笑這類的情感瞬間交疊，淚水幾欲就此盈眶而出。不，也許實際上她幾乎沒任何表情變化，就只是我自己有這樣的感覺。

森野以她慣有的口吻說道：

「叫作××。」

「咦，妳說什麼？」

對向車道突然來了一輛車，與我們擦身而過，我沒聽清楚她說的話。

當我想再次問清楚時，已看到鐵軌和平交道出現在前方。柵欄剛好降下，警報機隨著閃爍的紅色警示燈一同響起。我踩下煞車，就此停車，電車似乎還沒那麼快來。

「我去外面打個電話。」

森野如此說道，一手拿著手機，打開車門走出車外。應該是不想讓我聽見通話內容吧。我沒攔阻，因為這正是我苦候多時的好機會。後座留有她的書包和喝到一半的寶特瓶礦泉水。

我以後視鏡確認森野的行蹤。她站在車子後方五公尺處，手機緊貼著耳朵。就算從她站的位置回頭看，應該也看不到我在做什麼。夕陽已開始下山，車內一片漆黑，就只有警報機的亮光瞬間染紅車內的景物。

我從前座手套箱裡取出醫療用安眠藥的藥錠，倒在幾乎和垃圾一樣的風景照片上，以裝藥的瓶子將它搗成粉末。我往後座伸長手臂，握住那瓶水，打開瓶蓋，把藥粉倒進裡面。

車廂數不多的電車從鐵軌上呼嘯而過。聲響就像巴士從面前駛過一般。我把礦泉水放回後座，重新面向前方。警報機停止運作，四周恢復成原本的昏暗。天空已不顯半點赤紅，是宛如置身深海中的藍色黑暗。

我等候森野返回車上，喝寶特瓶裡的水，但等了許久，都不見她返回。不久，太陽已完全隱沒山頭。我走出車外尋人，但始終遍尋不著她那美麗的輪廓。我取出放在後車廂的手電筒照向四周，在不遠處的馬路旁叢林中，浮現一個白色的東西。我撥開叢林走入其中，以手電筒照去，發現有一條繃帶掛在高度及胸的樹枝上，浮現在光圈中。那全新的雪白繃帶在黑暗中搖曳。在黃昏轉為黑夜的時刻，她失去了蹤影。

4

普世歡騰！救主下降。

大地迎接君王；惟願眾心預備地方，

諸天萬物歌唱，諸天萬物歌唱，

諸天，諸天萬物歌唱。

從敞開的駕駛座車門傳出歌聲，是FM廣播的耶誕歌曲特集。少年少女的神聖歌聲，對握著手電筒的我訴說著。

期盼已久的救主重回人世。

敞開雙臂迎接祂吧。

記得歌詞的含意大致是這樣。寒氣逼人。太陽下山後，氣溫驟降。還是回車內吧。看來，不管怎麼找，也找不到那名少女。枯樹的樹幹和樹枝浮現在手電筒的亮光中，呈現出宛如岩石般的灰色。車子的引擎持續發動，頭燈照向前方的空間。最好趁其他車子還沒到來前，先移車到路肩。

讓拍攝對象給溜了，我頗感後悔。我心中的想法被看穿了，所以少女才會躲進落葉林裡。儘管手上纏的繃帶因為卡在樹枝上而脫落，她也不在乎，就此跑遠。想必是我說過的話當中，有某句話激起了她的危機意識。是羅沙麗亞的話題嗎？總之，我肯定犯了什麼致命的錯誤。

不過我發現自己大可不必太過悲觀。原因有二。一，她的書包仍擱在我車子後座。我打開後座車門，將她的書包拿起來看。一個再普通不過的黑色書包，也許裡頭會有什麼可以得知這名少女身分的東西。我滿懷期待的檢查裡頭的物品，但幾乎什麼也沒放。一本文庫本，書名為《眼球的故事》。話說回來，她留下書包，或許純粹是一種障眼法。因為書包還留在車上，所以不會逃走。等她打完電話就會回來。這是她用來讓我這麼以為的小道具，我看不到理應放在書包裡的數位相機，這就是證據，她肯定只將重要的物品帶在身上。

不過這也無所謂。還有另一個不必太悲觀的原因，那就是她身上穿的黑色水手服。我清楚記得上頭的校徽刺繡，查查看她是哪個學校的學生吧。如果森野不是她謊報的姓氏，要找出她並非難事。就算是假的姓氏，只要知道是哪個學校，也早晚會找到。

這件事還沒完，我和那名姓森野的少女還有緣分。我想要她死亡時的表情，其他的一概不需要。將鏡頭對準斷氣的她，按下快門，世上還有比這更棒的體驗嗎？為了追求美的事物，我連犯法都不怕，讓我全心全意去愛這個拍攝對象吧。那股渴望又回來了，和七年前一樣，追求死者遺容的那股渴望。猶如在灼熱的沙漠上求水解渴一般，沒想到感覺還不錯呢。

我將少女的書包放回後座，準備坐進駕駛座。

這時，某處傳來手機的震動聲。不是我的手機，震動聲是從腳下傳來。我膝蓋和雙手撐向地面，朝車底下查看，發現後輪旁有燈光閃爍。森野的那支折疊式手機掉落在柏油路上，LED也隨著震動聲一起發光。

是她掉落的嗎？我拿起手機，觀看上頭的液晶螢幕。上頭有來電訊息，但對方似乎設定為未顯示來電，沒顯示姓名。有人打電話跟森野聯絡，可能是家人吧，或是她的朋友。

我握著手機，等候對方掛斷電話，但震動沒有停止的跡象。如果說森野突然從我車上逃走的舉動很不自然，那麼，她手機掉在車下也很不自然。我最後看到她時，她是站在我車子後方五公尺遠的地方講電話。如果之後她直接逃進落葉林的話，那麼手機就一定是掉在車子後方五公尺處的位置，或是落葉林的落葉上，但手機卻出現在車下。雖然不會馬上發現，但這是個絕妙的位置，只要手機一響，馬上便可以找到。那名少女是刻意將手機遺留在車下嗎？有何用意？

因為有人想和我說話。

我倚著車身，深吸幾口氣。感覺氣溫驟減許多，我極力讓因為寒冷而感覺變得遲鈍的手指活動，然後按下手機上的通話鈕。接著屏住呼吸，將手機靠向耳朵。

「喂？」

傳來一名少年的聲音。不像成人的嗓音那般低沉，也不像孩童那般尖細。可能和森野一樣，是高中生的年紀。

「你是誰？」

「我是森野的朋友。」

很沉穩的聲音。儘管手機裡傳出的不是少女的聲音，而是我的聲音，但他聽了之後也不顯一絲慌亂。也許他對目前的狀況早已掌握了幾分，我握手機的手微微冒汗。

「我現在很傷腦筋，森野小姐留下這支手機，人卻不見了蹤影……」

「這我知道。」

「你知道？」

「因為我剛才給她忠告，要她逃走。」

「逃走？遠離我嗎？」

我的心跳加速。

「也是我建議她將手機留在現場。」

「為什麼？」

「因為我想跟你談談。」

那是宛如輕聲細語般的聲音，感覺就像隔著手機，少年的呼氣碰觸到我的耳朵似的，有點噁心，我掛斷電話。

我坐進駕駛座，關上車門。ＦＭ廣播變得很礙耳，我將它關閉，現場只剩引擎聲。車子四周籠罩在黑暗下，眼前的黑暗，令人忍不住懷疑是有人用蠟筆將圖畫紙塗黑，貼在車窗上。喉嚨無比乾渴，就像剛起床似的，口水無比黏稠。難道我被捲入某個來路不明的事件中？一股莫名其妙的感覺向我襲來。因為來到這處寒冷的地方，我全身凍僵。

我操作森野的手機，打開各個選項，也許手機裡記錄了和少年有關的資訊。比起森野，我現在更想知道這名少年的一切。為了消除剛才和他說話時，深植我腦中的那股莫名其妙的恐懼感。我不認為森野逃走時，有足夠的時間可以刪除她收發簡訊的紀錄。經過一番調查，果然不出我所料，上頭留有一封簡訊。

十二月六日十六點二十分發送。

我已坐上剛才那個人的車！(^_^;)

是太陽下山前的時刻，肯定是她在車內發的簡訊。她竟然還用了表情符號，我頗感意外。表情符號的情感表現，比她臉上的表情還要豐富上百倍。

三分鐘後，收到一封簡訊。

車子停下後，馬上走出車外打電話。妳逃走時，要往夕陽的方向跑，那裡應該會有民宅。

應該是剛才那名少年發的簡訊。寄件者顯示出他的名字和電子信箱，我因此得知少年的名字和聯絡方式，今天他們彼此就只傳了這兩封簡訊。我順便查看了其他日期的簡訊，但只有看起來像是在聯絡事務的一行簡訊。森野會傳簡訊的對象，就只有少年一人。

接著我查看通話紀錄。已接紀錄裡全是未顯示來電，而撥出紀錄則只看到少年的名字。如果說這些未顯示來電全是由少年的手機撥打，那麼，這支手機便可說是某人的專線電話。今天少年與森野之間電話接通的次數有三次，第一次是攝影結束，穿過落葉林小路後，第二次是剛才車子在平交道前停車後，兩通都是森野撥出的電話。再加上幾分鐘前，少年主動打來的那通未顯示來電的電話。少年說，他是為了和我談談才打電話來。

少年為什麼叫少女逃走呢？我將手機丟向前座，身體靠向方向盤，採往前弓身的姿勢瞪視著車子前方。大燈照向的前方空間，橫越著一條鐵路。警報機沉默無聲，沒有電車靠近的跡象。我調整暖氣的溫度，為車內升溫。雖然還很冷，但指尖的感覺已經恢復，呼吸的次數和脈搏也變得和平時一樣。可能是因為我已知道少年名字的緣故，剛才感受到的那股恐懼已轉淡許多。

我拿起手機，透過撥出紀錄撥打少年的手機號碼。

撥打後，馬上傳來剛才那名少年的聲音。

「喂。」

「為什麼你要叫她逃走？」

我省略開場白，直接詢問。

「為了謹慎起見。你未必是個不正常的殺人狂。」

「我？我才不是什麼不正常的殺人狂呢。」

雖然我犯過幾起殺人案，但我很正常。

「那麼，我的擔心就算是杞人憂天了。」

「為什麼你會有這樣的擔心？」

「因為她以前遭遇過這樣的危機。也許她命中就是會遇上這種事。對了，屍體的照片拍好了嗎？」

「不懂你的意思。」

「這就奇怪了。森野在電話中提到，她假裝成屍體，拍下紀念照。」

雖然嘴巴上說奇怪，但少年不顯一絲困惑之色。不過，對於我支支吾吾的反應，他也沒擺出看熱鬧的態度。少年就只是語氣平淡地說著，他的聲音很平坦，如果用一句話來形容，那就是空洞。我手上這支手機所接通的，該不會是一個黑暗的無底洞吧。這不是人類所發出的聲音，它像是從漆黑的深邃洞中傳出的聲響。

「你究竟是什麼人？」

明明已掌握了他的姓名，卻依舊無法安心，不過少年並未回答我的提問。

「可以請問你的車牌號碼？」

「我怎麼可能告訴你。」

「那麼，我這就說出數字，請你確認一下。」
語畢，少年說出一串數字。確實是我的車牌號碼。
「不對。」
「你說謊對吧。」
「那你又何必問呢。」
「之所以要請你確認，只是表示我知道你的車牌號碼，想請你確認此事。」
「你什麼時候調查的？」
「剛才打電話給森野時。」
「我原本打算送她到車站前，但她卻自己跑了，真教人傷腦筋。要是她迷路，就此遇難的話……」
「請你暫時先留在原地別動。」
「我來猜猜看，你應該誤以為我是七年前那起案件的兇手吧。」
「這種事根本就無所謂。」
令人意外的答覆。
「如果你想採取這樣的立場，大可繼續保持曖昧不明的態度無妨，不必表明你是否為兇手。」
「我不滿意，你在懷疑我，我想問清楚這是為什麼。」
「可是就算問了，也沒什麼意思啊……」

少年嘆了口氣，他似乎懶得說。雖然我還是一樣覺得他有點可怕，但少年會嘆息，表示他有人的身體。這聲音的主人恢復了人的輪廓，在這短暫的瞬間，我鬆了口氣。

「不管有沒有意思，我想知道你懷疑我的原因。」

「你聽了之後，可別感到沮喪哦。我之所以建議森野逃離你身邊，是因為她打電話給我。」

電話？

「因為她按照我下達的指示，打電話給我，所以我吩咐她要逃離你身邊。」

不懂他的意思。

「今天是十二月六日，是七年前遭殺害的那名少女的忌日。」

沒錯。

「森野早在半年前就已計畫好要在這天到發現屍體的現場去，因為當時對外宣布了垃圾處理廠建設計畫。森野說，既然這樣，那就在少女的忌日這天去那裡拍紀念照吧。」

我也因為同樣的理由而去了那裡。要是不趁現在趕緊去，就再也看不到那個地方了。

「我原本也打算去，但因為有其他安排，所以只有她一個人前去。於是我向森野下達了指示。」

要是有人看到妳不顯一絲驚慌，妳得打電話給我。

因為對方可能不是一般人。

「……為什麼？」

我對手機詢問，少年以平靜的口吻說明。
「聽說遭殺害的那名女高中生的鬼魂會在那座山嶺出沒。」
「你是指那個傳聞嗎？」
「森野外出時，總是穿著制服，絕無例外。因為她告訴我，她會蹺半天課，搭公車到那個地方去，所以我心想，她今天一定也是穿水手服。對了，傳聞中的鬼魂，聽說也是穿黑色水手服。」
我想起和森野的對話。
我從公車站牌走到這裡的途中，有幾輛車和我擦身而過，但駕駛一看到我，個個嚇得臉色發白。
應該是他們全都誤以為妳是鬼魂吧。
你看到我，卻沒嚇著。
我一看就知道森野不是鬼魂。話說回來，我原本就不相信鬼魂的傳聞，甚至瞧不起那些受傳聞迷惑的人們。只要調查七年前那起事件，應該就會知道那名遇害的少女就讀哪一所高中，進而得知那所高中的制服並非黑色水手服。
七年前，是我幫少女的屍體換裝，所以我清楚記得。當天晚上，少女的書包裡放的是一件藏青色的西裝夾克和格子裙。
如果調查當時的週刊雜誌，還能進一步得知被害少女的髮型。當時那起事件的報導，刊登出少女生前拍的大頭照。那名被害少女不是一頭黑色長髮，而是宛如少年般的短髮，髮色近乎金色。講白一點，我殺害那名少女時，她穿的是便服。如果鬼魂是以便服的姿態現身，而且身上還沾有鼻血留下的汙漬，我可能就會對有人目睹鬼魂的傳聞感到害怕。但事實上，人們目睹的鬼魂，與我拍攝的那名少女，模樣根本就相差十萬八千里。

少年察覺這件事，對兇手的心理展開預測。他認為兇手同樣不會對鬼魂的消息感到驚恐，而就此與森野對峙。

「不，光憑這樣就認定我是七年前的那名兇手，這實在……」

「我不知道你是否就是兇手。」

「但聽你的語氣，不像是這麼想。」

「森野向來運氣很背，考慮到這一點，就算她會遇到殺人犯也不足為奇。」

看來，那名少女的運氣背是出了名的，令我很在意她之前究竟有過怎樣的體驗。我知道自己就是殺人犯，所以從他這句話中得到一股真實感，但我還是跟他裝傻吧。

「這是哪門子的理由啊。」

裝傻的兇手，模樣實在難看，我心中升起一股悲戚。

「不論你是七年前那起事件的兇手、連續殺人魔，還是連續殺人犯，我都不在乎。」

「這有什麼差別嗎？」

「我向森野提出忠告，叫她別靠近你。雖然不清楚你的真實身分為何，但只要和你保持距離，就不會有事。我的判斷應該沒錯，但她在打完電話後，卻坐上了你的車。這超出我的理解，我不懂你是用了什麼詭計，讓森野乖乖上車。」

這問題我才想問呢。

「對了，你和我訂個契約吧。」

「契約？」

「這很簡單。只要你別跟我和森野有任何瓜葛，我保證不會去干涉你的人生。」

我隔著擋風玻璃，不發一語地注視著眼前的平交道，鐵路一路通往黑暗中。我在腦中反覆思索少年這句話，真是愚蠢，這種契約會有什麼效力？少年這句話的意思，也就是說「我們彼此就互不干涉吧」。這麼做，我能得到什麼好處？我應該會無視於他的請求吧。我一定會找出森野，讓她成為我的拍攝對象。

不，不對。少年知道我的車牌號碼。這麼一來，情況就不同了，而且那名姓森野的少女還知道我的長相以及我的車款。我重新思考少年所提出的契約，現在這句話的意思，聽起來像是在說「如果你想對我們下手，我就將你的車牌號碼告訴警方」。他可能是打算以此作為七年前那起事件的情報，向警方通報。警方或許會以車追人，查出我的身分，對我家展開搜索。這麼一來，我就很難自圓其說了。

真是一場噩夢。少年提出這場交易，雖然覺得沒意義，卻無法馬上拒絕。非但如此，我甚至覺得自己居於不利的地位。因為我現在的立場很尷尬，我已經觸犯法網。少年在講完電話後，就算馬上報警，他也沒任何影響。到時候是否有確切證據可以證明我是兇手，已不是問題。只要警方對少年說的話感興趣，把我納入調查對象就行了。我很快就會走上絕路。

最好的選擇是哪個呢？趕在少年報警前，找出他，殺了他滅口，然後再找出森野這名少女，拿她當拍攝對象？如果要下手，今晚是最佳時機。不過，我有可能辦到嗎？就算能辦到，這項行動的風險也太高了，而且就算成功，這也稱不上幸福。因為我並不喜歡殺人，甚至對此感到厭惡。為了保護自己而殺害不是我拍攝對象的一般人，這種變態又醜惡的行為，我不認為自己做得出來。

如果想以最妥當的方法來平息這場風波，該怎麼做才好？

那就是和少年訂下契約，並持續遵守契約，絕不違背。過著互不干涉的生活，不會想要收拾對方。容許對方的存在，不採取敵對行為，過安穩的日子。我將失去森野這個拍攝對象，這實在令人感傷，但我的人生不會就此走上絕路。

少年的契約有多少可信度？

要是對方先毀約的話，會有什麼後果？

人是愛說謊的動物。我很清楚這點。所以才會追求理想的遺容。不會做作演戲，也不會擺出虛假的表情，更不會擺出向人討好的笑臉。過去我從沒想過這個問題，我可曾打從心底信任過誰？不知道從什麼時候開始，我很理所當然地認為，人們的表情是不會如實反映內心的虛偽之物。不管別人提出何種建議，我都不會馬上相信，總有一天一定會遭到背叛，我早已看破這點。但今天面對這樣的狀況，我被迫接受考驗。我必須相信他人。

「七年前，你為什麼選擇十二月六日這天？」

少年問。

「我不是兇手，所以我不知道原因。」

「兇手為什麼在七年前選擇今天呢？」

「我大致猜得出來。例如……」

「因為是羅沙麗亞‧倫巴多的忌日嗎？」

是森野在電話中告訴少年，我在談話中提到羅沙麗亞嗎？還是說，羅沙利亞對少年而言，是位很特別的人物，和我一樣？

「……沒錯。她死於一九二〇年十二月六日，這位兩歲就夭折的少女，現在仍保有當時的樣貌。她的表情就像剛睡著一樣，嬌嫩欲滴。」

「你可真清楚。」

少年這一連串的發言，聽起來就像在對我說「你要相信我」。我不相信都不行了。否則對我們彼此都有害無益。我思緒明白，但內心恐懼，疑神疑鬼的念頭將我緊緊攫獲。當相信這個契約，就此感到安心時，他會不會背叛我，違背約定呢？最後就是這樣的結局吧？最後能平安無事的，往往都不是相信別人的老實人，而是欺騙者。我在公司裡就曾目睹過這種事，也曾見識過人們欺騙、壓榨他人的嘴臉。

之所以無法相信別人，恐懼正是主因。對受騙上當感到恐懼，對別人所說的謊言感到恐懼。對人的恐懼，奪走我思考的自由。

我這輩子會一直這樣活下去嗎？還是說，如果我能在此時此地相信這名少年，一切就會有所改變？例如，我再也沒必要望著屍體的遺容來讓內心得到平靜。我蹲在駕駛座上，雙手抱頭，耳邊傳來少年那柔聲細語的聲音。

「我也知道羅沙麗亞。」

他的聲音無比溫柔。

「她是歷史上最可愛的屍體。」

就像在對家人說話一樣，聲音中甚至帶有一絲親近。

「如果不是在這種情況下，我很想好好和你談談她的事。」

我到底該相信他幾分呢？

我知道自己該說的是什麼。

我應該相信活著的人。

我會和你締結契約，所以就讓我們彼此不要有任何瓜葛吧。

只要這麼說就行了。

然而……

「我一直很想相信別人，但不管怎樣，我就是覺得害怕。」

我不懂自己究竟在說些什麼。但我就像在尋求救贖般，想向他展開告白。

少年回答道：

「你這樣就行了，沒必要改變，你不相信別人也沒關係。人們總是滿口謊言，不相信別人才是明智之舉。這麼辦好了，你就不要把我當人看好了。因為我不是人，所以不必對相信我感到恐懼。」

「真是胡來。」

「為了締結契約，我吩咐森野將手機留在原地。希望你別再追查她的下落。」

掛斷電話後，車內只剩引擎的震動聲。電車沒從前方的鐵路上橫越而過，也沒其他車輛路過此地。車外盡是一片黑暗，令人喘不過氣來的巨大黑夜，就像深海的水壓壓垮一切似的，這片黑暗很快也會將擋風玻璃壓成粉碎，將我壓縮成像牛奶瓶般的體積大小——我獨自做這樣的想像。那名少年到底是何方神聖？森野說我和他的氣質很像。我望向後視鏡，細瞧自己的臉，但還是瞧不明白。漸漸地，我感覺車外那經過濃縮，沒有固定形體的黑暗，彷彿就是那名少年，頓時一股恐懼襲來，突然很想聽聽人的聲音，於是我打開收音機。

在發動車子前進前，我想起自己忘了某個東西。我打開駕駛座車門，以手電筒照向黑暗。將卡在樹枝上的雪白繃帶收回，仔細端詳。上頭微微留有血漬。

我駕著車，很快便來到山腳處的市鎮。穿過一路平坦的田園地帶，來到車流量大的地區，途中行經好幾個高掛二十四小時營業的便利商店招牌。廣播的聲音完全沒傳進我腦中，我邊開車，邊想著之前與少年的對話。

「打從一開始，我就不相信鬼魂的傳聞。關於鬼魂的形象，與七年前報導的被害人服裝和容貌相去甚遠，我知道這點。而我看到那名姓森野的女孩，之所以不會感到驚恐，就是這個原因。」

一直到掛斷電話前，我都否認自己的犯行。

「如果真是這樣，那很抱歉，讓你陪我講這麼久的電話。」

他的聲音不帶半點情感。

「比你更令人生氣的，是一般社會大眾。」

「為什麼？」

「如果他們沒相信鬼魂的傳聞，你應該就不會懷疑我了。」

七年前，在山嶺處發現女高中生的屍體。

而如今，同樣的地方出現鬼魂。

鬼魂身穿黑色水手服，留著一頭長髮。

「大家都疏於查證事實。不論是社會大眾，還是散播傳聞的人，全都一樣。」

而在發現屍體的地方興建垃圾處理廠的這項提案，也讓人們對命喪該處的少女激起一份情感。是歉疚，還是畏怯，肯定因人而異。而鬧鬼的傳聞之所以會深入人心，應該是因為它反映了附近居民的心情。

「反對興建垃圾處理廠的人，一定會散播那個謠言。」

應該是想刺激那些無法以理性看待此事的人們心中的情感，以激化他們對行政的反抗意識。但少年卻斬釘截鐵的否定了我的想法。

「不是這樣。」

「你怎麼知道？」

「因為散播傳聞的人就是我。從半年前開始，我就定期在網路上留言，那些目睹鬼魂的消息都是我編的。因為決定要去發現屍體的現場，所以事先做了些準備。如果運氣不好，難保不會在同一天和兇手不期而遇。其實我原本也打算和她同行，所以要是能目睹疑似兇手的人物，那不是很幸運嗎。」

要理解他所說的話，需要一點時間。也就是說，少年故意散播假消息，設下用來鎖定兇的陷阱是嗎？傳聞中的鬼魂樣貌與森野一模一樣，這也是少年的刻意安排。

「你一會兒說運氣不好，一會兒說幸運，真是莫名其妙。不過，你為什麼想親眼目睹兇手？」

「這種心理，就像是到動物園看獅子一樣。」

「那位姓森野的女孩知道多少？她也知道鬼魂的傳聞是你散播的嗎？」

「她什麼都不知道。」

「什麼都不知道？」

「她應該以為你只是個剛好路過的男子，想和她搭訕吧。」

「在什麼都不知道的情況下，打電話給你，然後按照你給的忠告逃走是嗎？」

「沒錯，因為我們是朋友。」

朋友。在聽聞這個字眼的瞬間，我為之一寒，雞皮疙瘩直冒。因為少年的聲音不帶半點情感，這種說法就像完全不認同「朋友」這種概念的存在。既然這樣，為什麼他要保護那名少女？是因為愛情嗎？

「假設我是兇手，殺了那名少女，並拍下她的照片，你會怎麼做？」

「我會查出你的下落。」

「向我復仇嗎？」

「不，是拜託你讓我欣賞你的作品。應該還會跟你交涉，請你將照片轉讓給我。」

「然後呢？」

「就沒了。」

我覺得想吐。從少年身上，我找不出任何人類定義為愛的一切要素。

我想起之前森野在車上的表情。那落寞的神色，與少年所說的話比較之後，顯得多有人味啊。

我掛斷電話，不再與少年交談。

放棄那名姓森野的少女，感覺就像失戀。但如果我想找出那名少女，恐怕就會在某個地方遇見那名少年。我有預感，如果遇上他，肯定不會有好事。掛斷電話後，我心裡的猜測轉為肯定。那名讓人聯想到森林暗夜的神秘少女，我只能選擇放棄。不過，我追求美好遺容的這份心，卻還是和之前一樣，甚至更為高漲。追求羅沙麗亞·倫巴多讓我想起的那深奧之美。與少年締結的契約，其內容為「如果我不和他們有任何瓜葛，他們也不會干涉我的事」。這可看作是少年在告訴我「如果你想拍照，就找森野以外的拍攝對象吧」。

那天晚上，我沒回到我住的那棟大樓。我駕車前往鬧街，在保齡球場大廳看到一名看起來無事可做的少女，於是向前搭訕邀約。我們一起玩夾娃娃機，我請她喝自動販賣機的果汁，開車載她。當天晚上就搞定了拍照。這名少女是黑髮，這與我和森野的邂逅並非全然無關。

一直到隔週，警方都沒衝進我屋內，我也沒調查森野或少年的身分。我關閉手機電源，和繃帶一起妥善藏好。

當我替第五名少女拍照時，心裡感到慶幸，好在那天沒能以森野當拍攝對象。如果拍下她的遺容，我的創作就算完成了，我往後的人生就只能以她的照片當作最愛。像現在這樣，不管再怎麼拍照都無法滿足的這種失落感，正是轉化為熱情的動力。我以積極的態度看待此事。

不過，那天森野是否平安抵達自己家中呢？閒暇時，我總會一邊欣賞自己收藏的遺容相片集，一邊想起她。

「妳逃走時，要往夕陽的方向跑。那裡應該會有民宅。」

少年發的簡訊裡這麼寫道，不過當時太陽不是已開始下山了嗎？氣溫驟降許多。如果她在山中迷路凍死，此事應該會登上新聞版面才對。新聞沒報導此事，就表示她最後平安下山了。

就算她平安抵達附近的民宅，也可能因為少年散播的謠言，而被誤以為是鬼魂，而遲遲無人對她伸出援手。就算她想攔下路過的車輛，對方也可能會驚聲尖叫，加速逃離。我腦中浮現她碰上這種荒唐的遭遇，暗自咒罵的模樣。

她始終什麼都不知道。

不知道自己那天有可能就此喪命。

也不知道和她一起走在落葉林小徑上的男子就是殺人犯。

《GOTH斷掌事件》後記

（本篇為日本二〇〇二年出版《GOTH斷掌事件》單行本的後記）

寫完後回頭一看，這本書竟成了關於筆記本、姊妹以及狗的作品。當初動筆寫《GOTH》的第一個故事時，根本沒有打算把它發展成一個系列，出版成一部像現在這樣的短篇小說集。因此，如今的感覺是有些不可思議。創作第一個故事〈暗黑系〉的初衷原是想把它收入角川Sneaker文庫中的《推理小說集．殺人惡魔的放學後》。然而，說也奇怪，由於我和責任編輯都對小說中那對主角拍檔的設計感到滿意，所以我便乘勢以同樣的人物試著續寫了幾個短篇，也正因為如此，我又得趕緊另寫一篇叫做〈SEVEN ROOMS〉的作品收入剛才提到的那本小說集裡。

以前，我喜歡寫一些關於心靈療癒的故事，那是因為自己對其他題材並不怎麼感興趣。我覺得寫自己想寫的東西是很愜意的事情，但總是同樣的題材又會被人看作傻瓜；也不知從何時起，我被人冠上了「專寫令人心痛的小說」的頭銜。因此這次創作的《GOTH》沿著與之前完全相反的方向做出嘗試，心中既興奮，又有些擔心。

在寫第二個故事〈斷掌事件〉的時候，我在朋友的網站留言板上看到「根本不讓人『心痛』」、「成為乙一噱頭的『令人心痛』絲毫沒有表現出來」的留言，感到非常鬱悶，甚至覺得《GOTH》完全是一次失敗。與此同時，我也對「心痛」這個詞患上輕度的恐懼症。我並沒有刻意把「令人心痛」當作賣點兜售的想法。當然，假如該書的內容的確非常「令人心痛」的話，不打著這樣的旗號銷售，書是賣不出去的……不過，我覺得這樣的推銷方式實際上是用資本主義的髒手去觸摸人性中高貴的部分，就像那些把信徒的祈禱換算成金錢的宗教團體。這恐怕是我的多慮吧。

另外，我感覺到以前自己過於輕視推理了。當然，自己本來就不是以推理作家的身分步入文壇的，因而完全沒有必要計較這個問題。不過在替故事寫結尾的時候，我倒常常使用推理的方法，因為從創作的角度來說，這樣寫比較輕鬆，但現在覺得自己的處理實在過於簡單了。

例如，當情節部分和推理部分發生衝突時，我會毫不猶豫地在故事的敘述過程中簡化推理部分。如此一來，即使在行文過程中暴露犯人的身分，我也在所不惜。因此，聽到有朋友告訴我「那個故事讀到一半就已經知道犯人是誰了」的時候，我真不知該如何解釋才好。雖然我知道有讀者會非常在意這一點，但仍然更加清醒地意識到，自己其實也是同樣被讀者所要求。所以，在寫《GOTH》的第一個及第二個故事時，我就盡量留意，即使暫不考慮情節，也要特別注重推理。

第三個故事〈狗〉姑且不論。第四個故事〈記憶〉是這本書所收錄的短篇小說中最後一篇完成的作品。等其他所有的故事都寫完後，我才發現「森野的形象似乎還不夠突出」。出於這樣的考慮，我決定補寫這個故事。因而很長的時間裡，就連作者本人都沒有發現森野這個人物竟然擁有如此的秘密，想不到連我也被她擺了一道。

據說，第五個故事〈土〉是責任編輯最喜歡的一篇。說起這位責任編輯青山，需要補充說明的是我經常稱其為「小說品酒師」。作品完成以後，我一般都會請青山編輯試讀，為我指出彆扭和不妥的地方。每到這種時候，青山的工作狀態就像在葡萄酒裡搜尋其中的雜味一樣，用自己的舌尖來分解和玩味我的文章，特別是這一次，我得到很大的幫助。在此要向青山編輯表示感謝。

第六個故事是〈聲音〉。構思這個故事的時候，我感到創作題材的枯竭，記得曾向編輯詢問：「有沒有什麼關於變態狂的新奇構想？」說到這裡，順便補充一下，我很喜歡Sneaker文庫中的《妖魔夜行系列》。當時，我決定要像這個系列每次都推出各式各樣的妖怪一樣，自己也要在《GOTH》的各個故事中讓形形色色的怪人登場。我是把《GOTH》裡的故事當作空想的虛構故事來寫，類似吸血鬼題材的小說。

在作品中，我設定那些以殺人為樂的變態狂是「生來如此」的，換句話說，在我的筆下，他們並不是人，而是一群怪物。對於這一點，我自己一直覺得有些不妥。當然，這屬於虛構小說中一種特殊的設定，並非我認為在現實生活中也是如此。希望在這一問題上不會引起讀者的誤解。

最後，這次也受到許多人的幫助。刊登在雜誌上時幫我繪製插畫的緒方剛志老師，謝謝您。幫我做書籍裝幀設計的各位，非常感謝，也辛苦責任編輯青山幫我「品」小說。

有人提議，希望我再寫幾篇《GOTH》的續集，短篇亦可，長篇也行，但我自己卻沒有半點頭緒，不知該如何是好。或許，我再也不會寫這樣的作品了。如果硬要讓我寫的話，我想接下來將發生的故事，不外乎主角的妹妹又發現一具屍體吧。就此擱筆，再會。

二〇〇二年六月

乙一

〈森野前往拍紀念照之卷〉後記

（本篇為日本二〇一三年出版《ＧＯＴＨ番外篇 森野前往拍紀念照之卷》文庫本的後記）

本書收錄了我的小說《ＧＯＴＨ斷掌事件》番外篇，作為二〇〇八年公開播映的電影《ＧＯＴＨ斷掌事件》的相關企劃一同發表。記得是電影試映會結束後的事，我和幾位編輯一同到某家咖啡廳聊天時，有人提議要不要配合電影上映推出森野夜的寫真集，拍攝對象是在電影中扮演森野夜的高梨臨小姐。

「如果出寫真集的話，可以請乙一老師寫稿嗎？」

「當然沒問題！」

高梨臨小姐在電影中擔崗演出，出於對她的一份感謝之情，我接受了寫稿的委託。雖然只是略盡棉薄之力，但或許能對寫真集提供一分助力。我心想，應該是在書末加上幾頁我寫的文章吧。如果是這樣，應該很輕鬆。

該寫什麼文章好呢？幾經苦思後，我決定寫一篇介紹森野夜這名角色的故事。我向來都不在小說當中摻雜自己的思想、哲學、吹噓這類的事。但我試著在這個故事中盡情的放入這些要素。一些略嫌冗長，如果是一般小說有可能會刪除的內容，要是當作寫真集的附加內容，或許讀者就能接受。以結果來看，在我個人的經歷中，這算是相當特別的一部作品，它融入了我的個人思想，算是我採用故事形式的一篇隨筆，直接將自己創作的主幹轉化為文章。附帶一提，之所以命名為〈森野前往拍紀念照之卷〉，是想營造出「這是附加的文章，主軸是高梨臨小姐的寫真集哦」這樣的氣氛，結果沒想到會變成這種風格的寫真集……

這部小說收錄的寫真集，是怎樣的風格呢？我第一次看到實體書，是在設計師的事務所裡。寫真集的書名為《GOTH森林暗夜》，原價一千六百八十日圓。那是很奇特的設計，會令看的人感到不安，而最令我意外的，是我所寫的文章占了總頁數的一半。原本當作是替寫真集寫附加文章，結果卻變得如此搶眼，我對此略感沮喪。要向在電影中演出的高梨臨小姐獻上我的感謝之情，替她打氣，這應該才是我原本寫作的動機才對，但現在卻把當事人擺在一旁，自己搶在前頭亮相，感覺實在很歉疚。不該是這樣的結果啊，我對此感到失望。除此之外，我也對於這件事多方展開反省。結果這造成了我的心理創傷，這同時也是我不寫《GOTH》續篇的原因，不過，這件事要是再談下去，可就太灰暗了，所以還是就此打住吧。

最重要的攝影也引來了不少爭議，因為看起來就像外行人用廉價相機拍攝而成。各位不妨試著用Amazon搜尋一下這本書吧。我寫這篇後記時，讀者的評分平均是兩顆星，評價頗低，讀者評論裡寫了不少對照片呈現方式的不滿。

但這是誤會，請試著用負責攝影的新津保建秀先生的名字上網搜尋。他出過許多出色的女性寫真集，都很暢銷。新津保先生原本就是女性攝影的名人，可說是專家中的專家。收錄在寫真集《GOTH森林暗夜》中的照片，是刻意拍成像外行人用廉價相機拍攝的風格，因為殺人犯在電影中的演出，就是以這種手法替拍攝對象森野夜拍照。這可說是狂熱分子才會做的嘗試，聽說他拍了一些高畫質的照片，很適合用來充當雜誌封面，但最後還是決定不採用，刻意採取這種外行人風格的照片，當真瘋狂！

……採取這種嘗試的結果，這本《GOTH森林暗夜》成為一本散發詭異氣氛的寫真集。封面的設計、小說的收錄方式、照片、價格，全都融為一體，將讀者拒於門外，感覺就像是帶有一種刻意要讓拿起這本書的人感到失望的想法。購買者大吃一驚，全都在Amazon上給予低分的評價，這也不難理解。不過，或許這也是編輯、攝影師、設計師刻意安排的陷阱。寫真集《GOTH森林暗夜》是刻意安排的失敗作品，感覺彷彿會另外附上彩蛋。以我個人的情況來說，我的書會送人，但這本寫真集我則會自己留著。如果看完這篇後記，你感到在意，不妨也看看《GOTH森林暗夜》這本寫真集吧。

二〇一三年五月

乙一

☐集滿4個印花贈品（二款任選其一）：

A：【推理謎】LOGO皮質燙銀典藏書套一個

（黑色，25開本適用，限量1000個）

B：【推理謎】吉祥物『獨角獸』圖案皮質燙金典藏書套一個

（咖啡色，25開本適用，限量1000個）

☐集滿8個印花贈品（二款任選其一）：

C：【推理謎】LOGO皮質燙金證件名片夾一個

（紅色，11.5cm x 8.6cm，限量500個）

D：【推理謎】吉祥物『獨角獸』圖案環保購物袋一個

（米色，不織布材質，41.5cm x 38.6cm，限量1000個）

☐集滿12個印花贈品（二款任選其一）：

E：【推理謎】LOGO不鏽鋼繩鑰匙圈一個

（限量500個）

F：【推理謎】吉祥物『獨角獸』圖案馬克杯一個

（白色，320cc容量，限量500個）

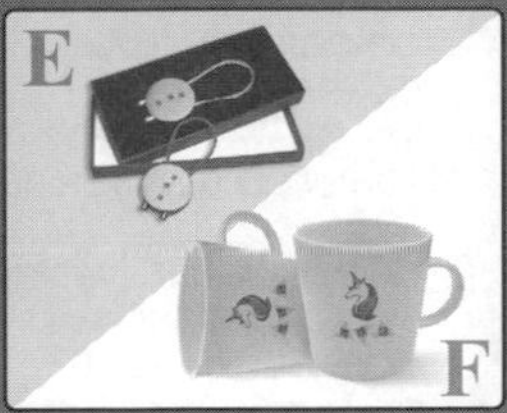

謎人俱樂部會不定期推出最新限量贈品提供兌換，
請密切注意活動官網和粉絲專頁。

【注意事項】

◎本活動僅限台灣地區讀者參加。

◎贈品兌換期限自即日起至2024年12月31日止（以郵戳為憑）。

◎贈品圖片僅供參考，所有贈品應以實物為準。

◎所有贈品數量有限，送完為止。如讀者欲兌換的贈品已送完，皇冠文化集團有權直接改換其他贈品，不另徵求同意和通知。贈品存量將定期在【謎人俱樂部】活動官網上公佈，請讀者在兌換前先行查閱或直接致電：（02）27168888分機114、303讀者服務部確認。

◎皇冠文化集團保留修改或取消謎人俱樂部活動辦法的權利。辦法如有更動，將隨時在【謎人俱樂部】活動官網上公佈。

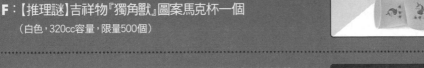

國家圖書館出版品預行編目資料

GOTH斷掌事件 / 乙一 著；陳可冉、秦剛、高詹燦 譯.
-- 二版. -- 台北市：皇冠, 2019. 08
面; 公分. --(皇冠叢書；第4762種)（乙一作品集；1）
譯自：GOTH リストカット事件 / GOTH番外篇 森野は記念写真を撮りに行くの巻【合本版】
ISBN 978-957-33-3470-5（平裝）

861.57　　108012377

皇冠叢書第4762種
乙一作品集｜1

GOTH斷掌事件

GOTH リストカット事件
GOTH番外篇　森野は記念写真を撮りに行くの巻【合本版】

作　　者—乙　一
譯　　者—陳可冉、秦剛、高詹燦
發 行 人—平　雲
出版發行—皇冠文化出版有限公司
臺北市敦化北路120巷50號
電話◎02-27168888
郵撥帳號◎15261516號
皇冠出版社(香港)有限公司
香港銅鑼灣道180號百樂商業中心
19字樓1903室
電話◎2529-1778　傳真◎2527-0904
總 編 輯—許婷婷
責任編輯—蔡承歡
封面設計—朱　疋
美術設計—嚴昱琳
著作完成日期—2013年
二版一刷日期—2019年8月
二版六刷日期—2024年3月
法律顧問—王惠光律師

讀者服務傳真專線◎02-27150507
電腦編號◎533101
ISBN◎978-957-33-3470-5
Printed in Taiwan
本書定價◎新臺幣380元/港幣127元

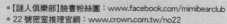

謎人俱樂部贈品兌換卡

我要選擇以下贈品（須符合印花數量）：☐A ☐B ☐C ☐D ☐E ☐F

1	2	3	4
5	6	7	8
9	10	11	12

【個人資料蒐集、利用及處理同意條款】

您所填寫的個人資料，依個人資料保護法之規定，皇冠文化集團將對您的個人資料予以保密，並採取必要之安全措施以免資料外洩。您對於您的個人資料可隨時查詢、補充、更正，並得要求將您的個人資料刪除或停止使用。

本人同意皇冠文化集團得使用以下本人之個人資料建立該集團旗下各事業單位之讀者資料庫，做為寄送出版或活動相關資訊、相關廣告，以及與本人連繫之用。本人並同意皇冠文化集團可依據本人之個人資料做成讀者統計資料，在不涉及揭露本人之個人資料下，皇冠文化集團可就該統計資料進行合法地使用以及公布。

☐同意　　☐不同意

我的基本資料

姓名：________________

出生：______年______月______日　　性別：☐男 ☐女

職業：☐學生 ☐軍公教 ☐工 ☐商 ☐服務業

☐家管 ☐自由業 ☐其他________________

地址：☐☐☐☐☐________________

電話：（家）________________　（公司）________________

手機：________________

e-mail：________________

我對【乙一作品集】系列的建議：

寄件人：

地址：□□□□□

北區郵政管理局登
記證北台字1648號
免 貼 郵 票

〔限國內讀者使用〕

105020

台北市敦化北路120巷50號

皇冠文化出版有限公司 收